BASTEI
LÜBBE

FRANÇOISE REY

DER DUFT DEINER HAUT

Ein erotisches Tagebuch

Ins Deutsche übertragen
von Cécile G. Lecaux

BASTEI
LÜBBE

BASTEI LÜBBE TASCHENBUCH
Band 13 934

Erste Auflage: Februar 1998

Deutsche Lizenzausgabe 1998 by
Bastei-Verlag Gustav H. Lübbe GmbH & Co.,
Bergisch Gladbach
Originatitel: Le Gourgandin
Lektorat: Vera Thielenhaus
Titelbild: Amedeo Modigliani, ›Liegender Frauenakt‹,
Archiv für Kunst und Geschichte, Berlin
Umschlaggestaltung: Manfred Peters
Satz: KCS GmbH, Buchholz/Hamburg
Druck und Verarbeitung:
Brodard & Taupin, La Flèche, Frankreich
Printed in France
ISBN 3-404-13934-8

Der Preis dieses Bandes versteht sich einschließlich der gesetzlichen Mehrwertsteuer

(Porträt Deines Ehemannes,
so wie Du selbst ihn noch nie
gesehen hast)

Warnung an seine Frau
(die ihn nicht wiedererkennen wird)

Christine,
ich habe Deinen Vornamen geändert. Aus banalen Gründen sogenannter Ethik. Und aus Vorsicht. Ich habe auch den Beruf Deines Mannes verändert sowie sein Umfeld oder genauer den Ort seiner Umtriebe. Ich habe eine Provinzfirma erfunden, mit einem Geschäftsführer, Angestellten und Computern, alles sehr allgemein gehalten. Diese Vorsicht ist völlig überflüssig, dessen bin ich mir sicher. Denn auch wenn ich die Ereignisse in ihrem authentischen Rahmen belassen hätte, auch wenn ich Dich hier mit Deinem richtigen Nachnamen bezeichnet hätte, hätte Dich nichts von alledem berührt, aufgeschreckt und beunruhigt. Erstens, weil Du meine Bücher nicht liest. Und zweitens, weil ich von demjenigen, der in diesem Buch beschrieben wird, ein Porträt zeichne, das du nicht wiedererkennen wirst.

Kapitel 1

Samstag, 11. Januar

Gestern hat er seinen fünfundvierzigsten Geburtstag gefeiert. Ungezwungene Versammlung in der EDV-Abteilung, zu einer außerplanmäßigen Pause, die der Geschäftsführer, mit dem er im übrigen per du ist, genehmigt hat. Er hatte daran gedacht, die kleinen Assistentinnen einzuladen, die am Ende des Flurs arbeiten und nie aus ihrem kleinen Reich herauskommen. Und ausnahmsweise waren sie auch gekommen, sanft lächelnd, geschmeichelt. Sie sind in ihn verliebt, sie auch. Er schenkte ein und murrte dabei ein wenig, ermutigte seine Gäste, sich selbst zu bedienen. Der Wein war gut. Die Brioches perfekt. Er kam auf mich zu, die Flasche in der Hand, alle notwendigen Etappen einhaltend: eine kurze Pause, um Myriams Glas zu füllen, eine weitere, um Isabelle einzuschenken. Dann endlich war ich dran. Bestimmt hat er noch anderen nachgeschenkt, aber ich habe nicht darauf geachtet.

Irgendwann, nach zwei Gläsern Wein, habe ich mich in die Betrachtung seiner Gesichtszüge vertieft, die für sich genommen nicht schön sind und doch so verführerisch. Ich habe sein kindliches Kinn betrachtet, seine Boxernase, seine teuflischen Augenbrauen, die ich ihm mit einer selbstverständlichen Geste glattstrich. Warum muß ich, wenn ich mich in seiner Gegenwart gehenlasse, zur Intimität einer Gewohnheit hinreißen lasse, sofort an Dich denken? Ich hatte ihn mal gefragt: »Warum zupft deine Frau dir nicht die Augenbrauen? Du siehst so teuflisch damit aus.« Worauf er geantwortet hatte: »Sie hat ihre Pinzette verlegt.« Dann hatte er mich mit seinem goldigen, zärtlichen und doch schalkhaften Blick gemustert und ganz lieb und bescheiden gefragt: »Sag mal, wirst du mir eines Tages die Augenbrauen zupfen?« Ich hatte blasierte und aufreizende Gleichgültigkeit vorgetäuscht: »Mal sehen ...« und André, der neben mir stand, über den Bart gestrichen. Darauf hatte er eine verdrossene Miene aufgesetzt und mich mal wieder Gourgandine geschimpft. (Gourgandine: Französisch für ›Liederliches Weibsbild‹; Anmerkung des Übersetzers). Das ist eine Art Paßwort zwischen uns. Ein Wort, das hübsch klingt, unschuldig und harmlos. Tatsächlich aber birgt es viel heimliches Leid und Bitterkeit. Deinem Mann habe ich es zu verdanken, Christine, daß ich in der Lage bin, Dir zu versichern, daß es sehr wohl auch ein Maskulinum dieses Begriffs gibt und der Gourgandin seinem weiblichen Gegenstück in nichts nachsteht.

Etwas später, am Ende der kleinen Feier, laufe ich Deinem Gourgandin rein zufällig auf dem Flur im dritten Stock über den Weg. Wir sind allein, und seine Augen glänzen. Ich spüre ihre Wärme auf meiner Wange, auf den Lippen, und einen winzigen Moment gebe ich meinen Widerstand auf. Wer von uns legte dem anderen die Hand auf den Arm? Magie der Körper, die sich wie durch Zauberei umschlingen, wie in einem tausendmal getanzten Ballett. Erst kürzlich habe ich nachgerechnet (ich zähle so oft nach, vergesse, staune immer wieder von neuem): Im Juni sind es sieben Jahre, daß ich mit Deinem Mann schlafe. Das heißt, es würden im Juni sieben Jahre, wenn ich noch mit ihm schliefe ... Aber dem wird ganz sicher nicht so sein, da ich beschlossen habe, nie wieder ... Hoffnung und Hoffnungslosigkeit zerreißen mich, wenn ich mir die Zukunft vorstelle, streng begrenzt auf meine festen

Absichten, oder kapriziös und meinen Schwur brechend ...

Wir spazieren also Arm in Arm über den Flur, und ich, jämmerliche Heldin einer ins Wanken geratenen Selbstverleugnung, vertraue ihm an: »Mein vorübergehender Rauschzustand gestattet mir, dir zu gestehen, daß ich dich immer noch liebe.« Und mit seinem unwiderstehlich glitzernden Blick, mit einem Lächeln auf den Lippen, gesteht er nun seinerseits: »Aber ... ich dich doch auch ...« Wir verlangsamen den Schritt, vereint in unserer gemeinsamen stillschweigenden Sehnsucht, die Trennung hinauszuzögern, die sich auf der Schwelle meines Büros, zu dem er mich geleitet, vollziehen muß. Ich spüre die Wärme seines Armes unter dem meinen, die Festigkeit seines hochgewachsenen Körpers, den ich so gern umarmen würde, und schwebe buchstäblich über den gebohnerten Flur, auf den ich mich gewöhnlich nur mit größer Vorsicht hinauswage. Und plötzlich, ohne jeden Bezug zu unserer vorangegangenen Unterhaltung und vor allem zu der wunderbaren Intimität, die wir uns erlauben, verkündet er: »Weißt du, wie meine Fußballfreunde mich nannten, als ich noch jung war? ›La trique‹ – der Schwanz!«

Voilà. Das ist die ganze Geschichte. Ich weiß, man könnte es für den schwachen Text eines Films mit satirischen Ambitionen über die Vulgarität der Aufreißer halten ... und ich arme Irre, anstatt ihm wütend an den Kopf zu werfen: »Warum sagst du das? Macht es dir Spaß, dich wie ein vulgärer Aufreißer aufzuführen?« oder: »Das interessiert mich einen Dreck«, ich, die Gourgandine, die dem Gourgandin schmeichelt, habe, erfüllt von traurigem Groll, den bitteren Kelch meiner verhaßten Rolle bis zur Neige leerend, erwidert: »Und wie nennt man dich heute? ›Oberschwanz‹?« Er hat vage verneint, verlegen, in seiner Eitelkeit getroffen und zweifellos auch perplex.«

Ich schwöre Dir, Christine, daß ich es niemals gewagt hätte, einen solchen Wortwechsel in einem Buch zu erfinden. Dies ist der exakte Wortlaut unseres Gesprächs … Wir waren an meinem Büro angelangt. Es waren Mädchen dort, die betont locker miteinander tuschelten. Ihm war es egal, und mir auch. Dann ließ er endlich meinen Arm los …

Minuten später kam Isabelle hereingestürmt, im Mantel. Sie brachte mir die Akte, um die ich sie gebeten hatte. Sie sagte: »Ich muß mich sputen, ich habe einen Zahnarzttermin.« Und damit begann mein Leid.

Ich hatte Vorsichtsmaßnahmen ergriffen. Ich kenne ihn, diesen Mistkerl. Bestimmt möchte er seinen Geburtstag mit einem kleinen Bonus krönen, einem amüsanten Fick. Na ja, was heißt amüsant … Alles in allem glaube ich nicht, daß Dein Schürzenjäger von Mann Sprüche klopft, um witzig zu sein. Ich glaube viel eher, daß er ein recht großes Bedürfnis nach Selbstbestätigung hat, ein Bedürfnis, das mit den Jahren nicht weniger wird, sondern im Gegenteil noch zunimmt. Je älter er wird, desto größer sein Verlangen nach Eroberungen, nach Beweisen dafür, daß es ihn noch gibt, daß er noch begehrenswert ist. Nach dem Motto: »Mit fünfundvierzig laufen mir die hübschesten Frauen der Firma nach; ich bumse sie, und sie geraten bei mir in Ekstase …« Also, so betrachtet klingt es wirklich nach einem tiefgebräunten lächerlichen Papagallo. Es schmerzt mich in meiner Liebe für ihn, an einer undefinierbaren Stelle, weder im Herzen noch zwischen den Beinen, vielleicht etwas von beidem ... Jedenfalls habe ich gelernt, diesen speziellen Schmerz zu fürchten; ich fühle, wenn solche Krisen sich ankündigen, so daß ich mich jetzt entsprechend wappne.

Gestern hieß meine Parade Alfred. Alfred bringt mir eine sinnliche Zärtlichkeit entgegen, die ich noch bei keinem anderen Mann erlebt habe. Ich empfinde für ihn nur sanfte Freundschaft sowie grenzenlose Dankbarkeit, weil nur er allein es versteht, meinen Körper in angenehme Trägheit zu versetzen, ihn in Fahrt zu bringen, indem er mit zwei behutsamen Fingern endlos lang ganz zart und bedächtig über meine Haut streichelt. Nie hat ein Mann mich mit größerer Sanftheit, Intuition und Genialität angefaßt als Alfred ... Nach diesen Streichelorgien bin ich immer erfüllt und unbeschwert vor Wonne, wie neugeboren reingewaschen. Das geht so weit, daß ich seit einiger Zeit ein neues Bedürfnis verspüre, das zwingende, regelmäßige und konkrete Bedürfnis, »von Alfred angefaßt zu werden«, so wie andere das Bedürfnis haben, in die Sauna zu gehen, zu joggen oder das Meer zu sehen ...

Während wir beide auf das Wohl Deines Mannes tranken, fragte ich Alfred: »Was machst du zwischen zwölf und zwei?«, worauf er lakonisch, aber mit einem hoffnungsvollen Blick erwiderte: »Kantine.« Und da lud ich ihn ein: »Kommt du hinterher auf einen Kaffee zu mir?« Alfred trinkt keinen Kaffee. »Gern«, entgegnete er wie aus der Pistole geschossen ...

Alfred kam zu spät zu unserer Verabredung. Ich dachte schon, er würde gar nicht mehr kommen. Ich war weder traurig noch enttäuscht oder erleichtert. Nein, ich war völlig ruhig. Der Schmerz, den Isabelles Verschwinden mit der lauen Ausrede, zum Zahnarzt zu müssen, mir zugefügt hatte, war verflogen; ich hatte ihn allein mit diesem armseligen Trick verdrängt: dem heimlichen Warten auf Alfred, der Nervosität, die mit einem Seitensprung einhergeht, dem Bewußtsein, diesen Betrug organisiert zu haben, perverserweise unmittelbar nachdem ich ihm gestanden hatte, ihn noch zu lieben, kurz nachdem ich mir ein Glas von seinem Geburtstagswein hatte einschenken lassen …

Schließlich kam Alfred doch noch, gehetzt, belustigt. »Ich hatte vergessen, daß ich heute kein Auto habe … Ich mußte mir erst eins borgen. Und da alle im Bistro waren, habe ich gewartet, um mir Jean-Jeans zu leihen …«

Das, was er sagte, interessierte mich plötzlich brennend. »Alle im Bistro? Wer?« Er sagte die Namen auf, darunter auch Isabelles und den Deines Mannes. Idiotische Freude explodierte in meinem Kopf. Isabelle war also nicht mit dem Gourgandin zusammen! Oder aber … Ich fing an nachzurechnen, wieviel Zeit sie gebraucht hätten, sich irgendwo zu treffen und dann um eins in der Bar zu sein. Es war möglich, aber unwahrscheinlich. Isabelle hat derzeit zu große Schwierigkeiten, jemanden mit zu sich nach Hause zu nehmen. Das Hotel ganz in der Nähe der Firma kam nicht in Betracht, Dein Mann würde sich nicht in einem Viertel, in dem man ihn kennt, kompromittieren. Im Wagen, auf irgendeinem Parkplatz? Aber ich konnte mir nur schwer vorstellen, daß sie sich auf dem Rücksitz vögeln ließ. Andererseits … so wie sie es darauf anlegte, in meine Fußstapfen zu treten … Gipfel der Egozentrik – es war logischer, den Schluß zu ziehen, daß sie sich nicht getroffen hatten … Ein wenig boshaft fragte ich Alfred, warum er sich nicht den Wagen Deines Mannes geliehen habe. Er lächelte und antwortete: »Das habe ich dann doch nicht gewagt.« Alfred ist über das Ausmaß meines »Abenteuers« mit dem Gourgandin im Bilde, war mehrmals leidender, unfreiwilliger Zeuge, glaubt wirklich, was ich ihm über meine Affäre gesagt habe: »Es ist endgültig Schluß.« Die Vorstellung, dem abgelegten Liebhaber eins auszuwischen, gefiel ihm, auch wenn ihm der Mut dazu gefehlt hatte …

Letztendlich war ich etwas enttäuscht, das Bistro versäumt zuhaben, und enttäuscht von Alfreds Diskretion. Hier etwas, was Dein Mann niemals zugeben würde, Christine: Jedesmal wenn ich ihn betrogen habe, habe ich dafür gesorgt, daß er es erfuhr. Er war schuld, und es geschah allein um seinetwillen. Kann man in einem solchen Fall noch von »betrügen« sprechen? Nein, oder? Und es hat auch nichts mit seinen kleinen Schweinereien gemein, die er hastig verbuddelt wie eine Katze ihren Kot. Vielleicht ist das einer der Gründe, weshalb ich Dir dieses Buch widme: damit man an Deiner Empörung, an Deiner Überraschung und Deinem Ekel – solltest Du je herausfinden, was für ein erbärmlicher Betrüger er ist – seine ganze Doppelzüngigkeit erkennt … Damit man an Deiner Gelassenheit – da du es nie herausfinden wirst – seine Neigung für Betrügereien mißt …

Um meine Enttäuschung zu überwinden, Isabelles Zahnarzttermin zu feiern, Deinen Mann zu betrügen und einen Augenblick unsagbaren Vergessens zu erleben, legte ich Alfred, der es sich auf dem Sofa bequem gemacht und einen Portwein abgelehnt hatte, meinen Kopf auf den Schoß. »Streichle mich«, forderte ich ihn auf.

Seine feingliedrige Hand wandert über meinen Körper, erst über meinen Hals, unter mein Ohr, unter mein Kinn, an meinem Kiefer entlang, über den Nacken, den Haaransatz … Er zupft leicht an einigen Strähnen, hebt sie an, zaust sie ganz sacht. Dann streichen seine Finger über die Mulde oberhalb des Schlüsselbeins, bis zum Kragen meines tief ausgeschnittenen Blazers über dem schwarzen Spitzenbody. Er folgt der Spitze abwärts, streift meinen Brustansatz, wendet sich dann dem Schulterblatt zu, beugt das Gesicht hinab, küßt mich zärtlich zwischen Ohrläppchen und Kiefer, jagt mir Schauer über den Rücken, angefacht von seinem heißen Atem und seinen zärtlichen Lippen ... Schon wogt mein Rücken unter seinen Fingern wie ein Meer, das warme Passatwinde kräuseln, meine Brust hebt sich seinen magischen Händen entgegen ... Seine Hand legt sich um meine verzückt bebende Schulter, entblößt sie mit köstlicher Gemächlichkeit. Mein Arm gleitet ganz aus dem Ärmel, und er streichelt und hypnotisiert ihn wie eine Schlange. Und wie eine Schlange beginnt mein Arm, der plötzlich ein Eigenleben entwickelt, erfüllt von hemmungsloser Laszivität, sich in dem Armreif seiner Finger zu winden, reibt sich, erregt sich; mein Arm ist von der Achsel bis zum Gelenk nur noch eine einzige wollüstige Python, tänzelnd vor Lust. Meine Hand öffnet und schließt sich im Rhythmus des Herzschlags; meine Haut prickelt voller Erwartung und Dankbarkeit, ein unbeschreibliches Wohlbehagen erfüllt mich, mein Körper wird schwer, mein Blut fließt träge durch meine Adern, das Rauschen ein samtiges Flüstern in meinen Ohren ... Ich erliege völliger Ekstase, wimmere bei jedem Bogen, den die geschickten Finger auf meiner Haut beschreiben, stöhne und öffne mich mit jeder Berührung weiter. Ich befinde mich fernab von Zeit und Raum; ich schwebe, Körper und Geist losgelöst ... Dieser Mann besitzt wirklich unleugbare Macht über mich ... Aus den tiefsten Tiefen meiner Euphorie schöpfe ich erneut die Kraft, darüber zu staunen, mit traumverlorener Stimme absurde Bemerkungen von mir zu geben wie: »Deine Frau hat wirklich Glück …« Worauf er entgegnet: »Sie streichle ich nicht so … Das tue ich nur für dich …« Es fällt mir schwer, das zu glauben, aber die Ungläubigkeit erschüttert meine Glückseligkeit in keiner Weise … Mein Körper ist nur noch eine Seifenblase in einem Schaumbad …

Irgendwann registriere ich jedoch, daß er mich direkt vor dem großen Fenster auszieht. Ich schüttele meine angenehme Trägheit vorübergehend ab, um ihm vorzuschlagen, ins diskretere, intimere Schlafzimmer überzuwechseln. Dadurch wird der Bann gebrochen, da ich im Schlafzimmer selbst meine Kleider ablege. Unser Zusammensein erinnert mich plötzlich an einen Besuch beim Arzt, und ich sehe mich wieder mit Deinem Mann, meine arme Christine … Sicher, Alfred nimmt sein Streicheln wieder auf, diesmal ausgedehnter und kühner. Aber weil ich nackt bin und geschützt vor indiskreten Blicken, allein mit diesem Mann, bitte ich ihn blöderweise und ohne übermäßige Lust, mit mir zu schlafen. Und das kann er nicht. »Ich glaube«, erklärt er mir ganz lieb, »daß ich bei dir immer gehemmt sein werde …« Da ich nicht das geringste Verlangen nach seinem Körper habe, versuche ich nicht, ihn zu verführen, sondern gebe mich statt dessen wieder der wohltuenden Salbung seiner Finger hin, die ich träge führe, so daß ich rasch zu einem mittelmäßigen Orgasmus komme …

Jetzt wäre es mir das liebste, wenn er sofort ginge. Aber er sieht das anders. Er zwingt mich, mich wieder hinzulegen, zieht mich an sich, küßt mich, liebkost mich, nervt mich … Seine Hände haben ihre Macht verloren. Oder doch beinahe. Seine Worte rühren mich.

»Du bist phantastisch«, sagt er immer wieder. Dein Mann hat mich nur selten phantastisch gefunden, Christine. Und noch viel seltener hat er es gesagt. Aber auch wenn er es gesagt hat, habe ich ihn nicht unbedingt mehr geliebt, als wenn er es nicht gesagt hat.

Alfred zieht sich endlich wieder an und ringt mir das Versprechen ab, einen ganzen Nachmittag mit ihm zu verbringen, sobald ich frei habe. Ich sage, ja, einfach so … Seltsamerweise geht mir dabei in allen Einzelheiten durch den Kopf, wie ich das allererste Mal mit Deinem Mann geschlafen habe. Wie er mir das erstemal von dir erzählt hat. Wie ich erschöpft aus dem Bett gestiegen bin, halb belustigt, halb entsetzt über das Fiasko, das ich ohne Zukunft glaubte. Wie ich an Dich gedacht habe, voller Mitleid und auch Bewunderung.

Das Buch, das ich seit fast sieben Jahren mit mir herumtrage und von dem ich heute die ersten Seiten zu Papier bringe, begann an jenem Abend zu keimen …

Kapitel 2

Montag, 13. Januar

Heute bin ich dem Gourgandin wieder begegnet, er mit lachendem, zärtlichem Blick und schelmischer Miene. Er versperrte mir den Weg zu einem Schrank, aus dem ich etwas brauchte. Mein Körper zuckt nicht zurück beim Kontakt mit seinem, ergeht sich einen flüchtigen Moment in Wehmut, lehnt sich sogar leicht vor, seinen elastischen, warmen Widerstand genießend. Wir flachsen ein wenig. Ich halte vage nach Isabelle Ausschau, der ich die berühmte Akte zurückgeben muß. »Bring sie ihr doch ins Büro«, schlägt er vor, woraufhin ich ihn provoziere: »Das übernimmst du doch sicher gern …« Er tut, als wolle er mich schlagen. Ich setze zu einer Erwiderung an, überlege es mir dann aber anders und halte den Mund. Das ist ein bewährter Trick, um seine Neugier zu wecken und mir seine Aufmerksamkeit zu sichern. Er bombardiert mich prompt mit Fragen: »Was wolltest du gerade sagen? Los, sag es!« Ich weigere mich stur, er schubst mich, spielt den Folterknecht und droht: »Ich kenne Mittel und Wege, dich zum Reden zu bringen.« Er packt mich, hält mich beinahe umschlungen, schleift mich in sein Büro und schließt die Tür. Das alles vor den Augen der anderen, die dazu mit scheinbar gleichgültiger Miene schweigen. Ganz bestimmt hören sie mich brüllen, als der Mistkerl mich kitzelt und mir dann seinen heißen Mund dicht ans Ohr hält, so daß mein ganzer Körper sich in wohligen Schauern windet. Und er befiehlt weiter: »Komm! Sag es! Sag es!«, wird diabolisch, legt die kraftvollen Arme um mich, küßt mich auf den Mund. Um mich ist es geschehen. Meine Haut, meine Nerven, meine Arme und Beine und mein Bauch, das Innere meines Bauches, alles gehört ihm. Sein Pullover ist so weich, daß ich schreien könnte, meine Hände fliegen zu den vertrauten Stellen, und durch den Veloursstoff seiner neuen Hose fühle ich seinen lauernden Schwanz, ganz so, wie ich ihn liebe, weder gleichgültig noch fordernd, noch zögerlich und doch interessiert. Ich erkenne meine mißliche Lage, kämpfe mit aller Kraft. Ich will mein ganzes Leben an diese Mauer gelehnt bleiben, an die er mich drückt, sein Bauch an den meinen gepreßt, seine Lippen auf den meinen, sein Schwanz, der mich wiedererkennt und einen wahren Freudentanz aufführt ... Ich schmelze dahin, zerfließe, will mich auf der Stelle ausziehen, auf die Knie fallen, weinen und lachen, vergehen vor Liebe. Ich sage: »Nie, niemals wieder werde ich dir meine Muschi öffnen.« Seine Arme schließen sich fester um mich. »Ist mir egal«, sagt er, »ich komme schon auf andere Art rein.« Mir werden die Knie weich, als ich seinen Atem auf meinem Gesicht fühle. »Nein, da auch nicht«, entgegne ich. »Es ist aus. Aus.« Er hält mich weiter fest, seine Stimme, seine Augen und seine Hände noch sanfter als zuvor, und schwört zum hundertsten Mal: »Ich habe dir doch gesagt, daß mit allem Schluß ist. Es ist wahr ... Mit allem ist Schluß ...«

Mit allem – damit meint er Christine, Myriam, Isabelle und die anderen ... Natürlich glaube ich ihm kein Wort mehr, aber der Augenblick ist so wunderbar ... Er gehört mir, mir ganz allein! Er hat die Finger unter meinem Pullover, umarmt mich wie eine Geliebte und verspricht mir wie einer eifersüchtigen Ehefrau, die man halten will: »Ich mache mit allem Schluß.«

Genau das ist mein Drama, mein Leid. Weder seine Frau zu sein noch eine kleine vorübergehende Liebschaft, die ihn verzückt, ihm mit vergänglichem, aber noch nie dagewesenem Schwindel den Kopf verdreht. Zu sehen, wie er sich anderen zuwendet, sich entfernt, geht, und nicht auf seine Rückkehr warten können ... Denn abends kehrt er nach seinen Ausschweifungen zu Dir zurück, Christine. Und am Morgen kommt er nicht mehr zu mir zurück; ich bin so viele Male von anderen verdrängt worden ... Er hat mir oft gesagt: »Ich habe meine Frau nur ein einziges Mal betrogen – mit dir.« Zuviel der Ehre. Du siehst also, Christine, daß Du mehr Glück hast als ich und Dir größere Rücksicht gebührt.

Zum einen ahnst Du nichts von seinen Schandtaten. Er nimmt Dich schon eine Ewigkeit nicht mehr mit auf unsere Kneipenabende und Feiern. Er kommt entweder allein oder gar nicht. Wohingegen ich leider in der ersten Reihe sitze. Und wenn er eine seiner neuen Eroberungen vögelt, betrügt er in diesem subtilen und komplizierten Spiel letztendlich nicht Dich, sondern mich …

Ich war lange die Favoritin, die einzige. Die erste Verwirrung, der erste wirkliche Riß, der erste Seitensprung in Eurer Ehe. Das hat er mir gesagt, und das glaube ich immer noch. Aber der Status ist schmerzhaft. »Die erste« heißt zwangsläufig, daß es noch andere geben wird, man kann nicht die erste und einzige bleiben. Natürlich ist das alles nicht so einfach gewesen, und es ist auch nicht so schnell passiert, wie meine heutige Bitterkeit es erscheinen lassen mag. Und die Gourgandine, die ich bin, hat wohl auch ihre Fehler gehabt und vor allem ihre Schwächen, für die sie einen hohen Preis bezahlt hat … Denn wenn ich mich auch meinerseits mit anderen eingelassen habe, dann doch nie so unmißverständlich und offen wie er. Und ich glaube auch nicht, daß er sich auch nur eine Sekunde so beraubt gefühlt hat wie ich, die ich, im Bewußtsein, wenig zu haben, eines Tages mit noch viel weniger dastand, mit praktisch gar nichts mehr außer der Erinnerung und dem Bedauern …

Heute verschließe ich diesen winzigen und doch unschätzbaren Schatz in meinen Händen, meinem Herzen und meinem Gedächtnis: die eindringliche und trügerische Stimme Deines Mannes, seine Lügen, an die er selbst einige Minuten lang glaubt, seinen unglaubwürdigen und doch aufrichtigen Wunsch, mich zu behalten, auch wenn es ihn Opfer kostet,

Opfer, die er verspricht und derer er doch nicht fähig ist. »Ich mache mit allem Schluß.«

Ich glaube, daß er keiner anderen je ein solches Versprechen gemacht hat. Weder Dir, die Du nie Gelegenheit hattest, einen solchen Entschluß zu fordern, noch den anderen, die ihn nicht genug lieben, um ihm eine Szene zu machen, und die er selbst nicht genügend liebt, als daß sie auf die Idee kommen könnten, ihnen gebühre das Recht dazu ...

Endlich schaffte ich es, mich lachend aus seiner Umarmung zu befreien. »Nie wieder. Ich werde dir zum Trotz die Würde unserer Beziehung wahren ...« Das war nicht nur so dahergesagt. Wir sind nie ein Paar gewesen, aber trotzdem könnte es sein, daß eine Art Selbstlosigkeit sich eingeschlichen hat ... An dem Abend, als ich das erstemal mit Deinem Mann geschlafen habe, Christine, hat er zu mir gesagt: »Vorsicht, ich habe Frau und Kinder, die ich liebe. Ich will nichts kaputtmachen ...«

Und da er ein schlechter Liebhaber ist, habe ich, zu meiner alleinigen Belustigung, in Gedanken erwidert, daß er sich keine Sorgen zu machen brauchte, daß ich irgendwelche Ansprüche anmeldete. Aber zu diesem Zeitpunkt ahnte ich noch nicht, daß der Film eine Fortsetzung haben würde, in der Du zwangsläufig eine der Hauptrollen spielen würdest. Heute erweise ich jener Christine des ersten Abends, jener, die er zu uns ins Bett geholt hat, die heimtückische Ehre meiner Irrungen, Nöte und Zweifel.

Kapitel 3

Dienstag, 14. Januar

Heute morgen war er noch sehr bemüht. Sehr aufmerksam und liebevoll, umflatterte er mich wie eine Motte das Licht, streifte mich, um mich gleich darauf anzurempeln. Geduld und Zurückhaltung in Sachen Körperkontakt sind nicht gerade seine Stärke. Er tat mir sogar weh mit einem zwar freundschaftlich gemeinten, aber unkontrollierten Faustschlag. Ich beschwerte mich der Form halber. Er entschuldigte sich. Ich sagte zu ihm: »Ich mag deine Brutalität nicht. Du bist aggressiv. Ich greife dich nie an. Höchstens verbal …« Er: »Ja, aber darauf verstehst du dich dafür besonders gut.« Dabei lag ein leicht betretenes Lächeln auf seinen Lippen, eine vage, beinahe vorwurfsvolle Melancholie. Sollte es möglich sein, daß er hin und wieder meinetwegen gelitten hat? Nein, das scheint mir doch zu hoch gegriffen. Ich habe ihn höchstens das eine oder andere Mal verärgert … Wie auch immer, ich hatte plötzlich ein schlechtes Gewissen. Ganz sanft widersprach ich: »Nicht heute … heute habe ich nichts gesagt. Und gestern nicht viel …« Er schüttelte den Kopf, um mir zu bedeuten, daß das gestern ganz schön heftig gewesen wäre. Wollte er mir gar die Ehre erweisen, sich an meine verbalen Spitzen zu erinnern? Bei ihm ist genau das mein Problem. Ich fühle mich entweder gleich geschmeichelt oder verletzt. Dazwischen gibt es nichts.

Es war in der Kaffeepause. Er setzte sich zu mir und warf in letzter Sekunde einen Blick auf die Sitzfläche seines Stuhls. Lange Zeit hatte ich die Angewohnheit, die Hand auf seinen Stuhl zu legen, unmittelbar bevor er sich setzte. Am Morgen habe ich es wieder versucht, aber er hat mich lachend erwischt. Wir tauschten zwei oder drei derbe Scherze aus, sehr intime Andeutungen auf gewisse Abneigungen von ihm sowie – seinerseits – darauf, daß es mir nicht gelungen sei, ihn davon zu kurieren. Natürlich war das nur ein Versuch, mein Interesse zu wecken, es noch einmal mit ihm zu probieren. Zumindest faßte ich es so auf. Er hat es weder zugegeben noch geleugnet … Unglaublich, oder? Und vor allem unvorstellbar außerhalb dieser Mauern, außerhalb dieses sehr begrenzten Umfelds der »Firma«. Christine, sag mir nicht, Du hättest ihn wiedererkannt! Und dabei ist er es, er und kein anderer, den ich Dir hier vorstelle: »Dein Mann von der Firma«, der Gourgandin, der sich völlig offen und ohne Skrupel an mich preßt, mich auf unvergleichliche Art berührt und mit mir ungeniert vom Bumsen spricht!!! Natürlich, wenn er diese Nummer auf mich beschränken würde, würde ich nicht im Traum daran denken, ihn zu verraten. Aber leider bin ich nicht die einzige, die in den Genuß seiner Vertraulichkeiten kommt. Gut, mit mir geht es sicher weiter als mit den anderen. Zumindest hat es den Anschein. Weil ich eine ausdrucksvolle Gestik besitze, nicht um den heißen Brei herumrede und mich einen Dreck um ein eventuelles Publikum schere. Aber auch mit den Schüchternsten, den Reserviertesten nimmt er kein Blatt vor den Mund und blamiert sich mit einem Verhalten, das ebenso lächerlich wie taktlos ist. Und ich denke an Dich, Christine … Genauso intensiv wie gestern, nur aus einem anderen Grund. Heute wäre mir danach, Dir lauthals an den Kopf zu werfen: Jetzt mach doch endlich die Augen auf! Sieh Dir doch an, wie Dein Mann uns auf übelste Weise verhöhnt, ohne jede Scham oder Zurückhaltung, vor den Augen und Ohren aller! Sieh doch, wie er sich in Szene setzt, herumscharwenzelt, die eine verfolgt, eine zweite begleitet und eine dritte auf dem Tisch flachlegt, wie er hier einen Blick riskiert, dort Schweinereien flüstert, Hand, Knie, Mund vorschiebt und leise und mit heißem Atem ein Treffen vorschlägt, ein gemeinsames Mittagessen, ein Schäferstündchen von fünf bis sieben … Christine, mach die Augen auf! Ist er Dir bei seiner Rückkehr ins traute Heim nie sonderbar vorgekommen, überdreht oder nachdenklich? Hast Du Dich nie gefragt, was er so treibt, er, der sich seine Zeit völlig frei einteilen kann? Er hat zuviel Freiheit! Und Du bist zu weit weg. Das ist nicht fair. Am Anfang warst Du noch Teil der Spielregeln, gehörtest zu seiner Person. Du warst seine Frau, sein *Alter ego*, sein Lebensinhalt, und das war mir nur recht, ich liebte ihn so, verliebt in Dich, mehr als nur verliebt, nur um Dein Glück besorgt, bereit zu verzichten, ja, Schluß zu machen, um es nicht zu gefährden. Aber inzwischen scheint es, als wärst Du aus seinem Leben, seinen Gedanken verschwunden. Oder aber er hat sich zweigeteilt … führt ein Doppelleben, in zwei verschiedenen Welten, und es ist vergebliche Mühe, daß ich Dich anrufe, um Dich an meiner Empörung und meiner Verletztheit teilhaben zu lassen. Du hast immerhin noch den, der am Abend nach Hause kommt, der an den Wochenenden und im Urlaub da ist, den witzigen, zärtlichen, liebevollen, soliden, treuen Ehemann und perfekten Familienvater. Ich hingegen besitze nur noch Krumen, die andere Hälfte von ihm, zerbröckelt in alle vier Winde geweht, verloren zwischen all den hübschen Schenkeln dieser Scheiß-Firma. Es läuft ganz und gar nicht gut, Christine. Den Anteil, den er Dir schuldet, hat er Dir vollständig erhalten, während er meinen Anteil, der zwar winzig war, mit dem ich mich jedoch begnügt hätte, verschwendet hat, bis nichts mehr davon übrig war. Christine, Du machst Dich schwerer Unwissenheit schuldig, verhängnisvoller Blindheit, und es ist Deine Schuld, daß ich ihn verloren habe. Denn solange seine völlige Verbundenheit zu Dir andauerte, seine fast nie befleckte Treue zu Dir, befleckt nur durch mich, solange all das noch intakt war, gehörte der winzige und kostbare Anteil seiner irregeleiteten Lust mir ganz allein. Wäre das alles erhalten geblieben, wäre ich jene geblieben, die Colette in einem ihrer schönsten Bücher als die »Zweitfrau« bezeichnet, und als solche hätte ich mich mehr als glücklich geschätzt. Aber vom Stadium der Zweitfrau, die ich nie war, bin ich zu dem der »Lieblingsgeliebten« übergegangen, weil er plötzlich das Bedürfnis hatte, seine Abenteuer zu vervielfältigen. Christine, Du hast den Geliebten entfliehen lassen und nur den Ehemann zurückbehalten, um Dich mit ihm blind zufriedenzugeben, während ich ausgehöhlt auf der Strecke bleibe, mit haßerfüllten Groll auf Dich im Herzen. Vielleicht ist das der wahre Grund für dieses Buch. Weil ich Dir sagen will: »Blöde Gans! Blöde Gans! Was hast Du getan? Was hast Du mir angetan?«

Kapitel 4

Donnerstag, 16. Januar

Heute habe ich mit Isabelle zu Mittag gegessen. Isabelle hat kräftiges, kurzes, rotes Haar, sehr gepflegt, ein ebenmäßiges und intelligentes Gesicht, eine etwas affektierte Art und einen schlanken, geschmeidigen und willigen Körper. Als sie in der Firma angefangen hat, habe ich sie gleich als schön und brillant empfunden. Sie hat mir freundschaftliche Avancen gemacht, die ich mir aus der Ferne (und noch von oben herab) angesehen habe, weil ich seit einem bestimmten leidenschaftlichen Lebensabschnitt keine Frauen mehr lieben kann – konnte. Mit der Zeit, aufgrund beruflicher Schwierigkeiten, die wir jeweils hatten, sowie privater und doch sehr ähnlicher Probleme, die wir uns gegenseitig anvertraut haben, sind wir uns nähergekommen. Mehr als das. Irgendwann sind wir eins geworden. Ich habe mit ihr gelitten, als ihre Romanze mit Benoît sich schließlich als das entpuppt hat, was sie für ihn von Anfang an war, nämlich eine banale Bettgeschichte, und sie hat meine Wut auf Myriam geteilt, die Dein Mann, meine liebe Christine, von Zeit zu Zeit regelrecht verfolgt, der er auf den Fluren nachstellt, wenn es ihn juckt, die er hinter verschlossenen Türen küßt und sporadisch fickt seit jenem berühmten Lehrgang in Paris, an dem ich nicht teilgenommen habe (das heißt, genaugenommen schon früher, aber zu Anfang noch in größeren Abständen). Die schöne Isabelle hat mir aufmerksam zugehört, wenn ich ihr von Deinem Mann erzählte, von meiner Liebe, unserer Geschichte. Sie war gerührt, hat mir Eloquenz und das Talent zuerkannt, schmeichelhafte Porträts zu zeichnen. So schmeichelhaft, daß sie während des letzten Lehrgangs in Paris, an dem ich ebenfalls nicht teilgenommen habe, selbst mit Deinem Mann ins Bett gegangen ist. Hinterher hat sie es mir erzählt, weil sie glaubte, ich fände es bestimmt amüsant, daß Myriam ausgetrickst wurde! Du mußt doch zugeben, daß das Ganze langsam absurd wird! Und daß der Protagonist aufgrund von Wiederholungen an der Karikatur entlangschrammt und an Glaubwürdigkeit verliert. Und doch erfinde ich nichts. Ich würde es niemals wagen, nicht einmal für einen fiktiven Roman, eine so verworrene und von Platitüden strotzende Situation zu erfinden. Und dabei weißt Du noch längst nicht alles …

Isabelle ist sensibel. Sie hat Gewissensbisse. Sie ist verwundbar und sanftmütig. Leidenschaftlich. Verwirrend in ihrem Herumirren, ihrer Bewunderung für mich, ihrer Feigheit und ihrer Aufrichtigkeit. Sie war erschüttert, als sie feststellen mußte, daß ihr Abenteuer mit Deinem Mann mich nicht zum Lachen, sondern zum Weinen brachte. Aber sie ist trotzdem weiter mit ihm ins Bett gegangen. Und da habe ich geschworen, nie, niemals wieder … Daher rührt meine Entschlossenheit, von ihr, von ihnen beiden, von ihm, Lügner und Heimlichtuer, Rüpel, der sich während des Tages in Luft auflöst und mit undurchsichtiger Miene wieder auftaucht und schroff auf meine Fragen antwortet: »Ich habe Isabelle gebumst«, oder hastiger: »Ich schwöre dir, daß ich sie nicht gesehen habe. Ich war beim kaufmännischen Direktor Soundso. Hier hast du seine Telefonnummer, ruf ihn an, wenn du mir nicht glaubst.« Hinterher erzählt Isabelle mir alles, weil ich hartnäckig bohre. Ich erkläre ihr meinen Entschluß zum hundertsten Mal. Und zum hundertsten Mal zuckt sie die Achseln: »Das ist Selbstverstümmelung«, meint sie. »Aber du wirfst ihm etwas vor, was du selbst Hunderte Male getan hast!« Und sie plädiert: »Ich nehme dir so wenig …«

Arme kleine Isabelle! Wie soll ich ihr begreiflich machen, daß sie mir sowieso nicht mehr nehmen kann, als ich besitze (besaß), daß meine eigenen Abenteuer nichts gemein haben mit seinen Tiefschlägen und daß es keine Selbstverstümmelung ist, wenn ich mir endlich einen anderen Status zulege, der wenigstens meinen Stolz nicht verletzt … Isabelle weigert sich, die Verantwortung für unsere »Trennung« zu übernehmen. Aber es ist schwierig, ihr begreiflich zu machen, daß die Trennung nötig war, sei es auch nur aus der perversen Hoffnung heraus, sie eines Tages zu widerrufen, oder gar, um ein wenig Aufmerksamkeit seitens Deines Mannes zu ergattern, Christine, der den Gedanken nicht ertragen kann, etwas zu verlieren, dessen er sich sicher glaubte. Denn er kann es nicht ertragen, daß andere sich an seinem »Eigentum« vergreifen. Das ist seine Art der Eifersucht, und es versteht sich von selbst, daß er mir eifersüchtig lieber ist als gleichgültig … Wenn ich weiterhin ab und an mit ihm ins Bett gehe, existiere ich für ihn nicht mehr. Verweigere ich mich, werde ich wieder interessant, weil er mich von neuem erobern muß. Das ist der aktuelle Stand der Dinge. Ich, die provozierende und freizügige Gourgandine, spiele die tugendhafte Unschuld: »Nein, Monsieur, von dieser Frucht koste ich nicht.« Und das alles, um ihn zu reizen, ihn zu erregen, Faszination auf ihn auszuüben, wenn auch nur für ein paar Minuten hier und da. Und das, obwohl – Gipfel der Ironie – mein Herz ihn mehr liebt, als mein Körper ihn begehrt, und ich nach reiflicher Überlegung – was immer Isabelle auch dazu sagen mag – zu der Überzeugung gelangt bin, daß die erotische Anziehungskraft von Anfang an nur sehr gering war. Meine Sexualität mit ihm äußert sich in meinem Verlangen nach seinem Verlangen. Der Rest ist nur Liebe …

Beim Mittagessen haben wir natürlich von ihm gesprochen. Isabelle ist in ihn verliebt. Sie gibt es zu: »Ich fühle mich stark zu ihm hingezogen.« Sie redet gern von ihm. Und ich tue Isabelle gern den Gefallen und höre zu. Sie sondiert vorsichtig die Lage, um herauszufinden, wo wir stehen, er und ich. Ich beschreibe ihr den zärtlichen Augenblick an diesem Morgen, als er sich an mich gedrückt hat, im selben weichen Pullover wie gestern, wie ich ihn mit den Fingerspitzen hinter dem Ohr gestreichelt habe. Er hat gestöhnt, sich so wohl gefühlt wie ich. Dieser Augenblick gehörte mir ganz allein. Keine von den anderen, weder Myriam noch Isabelle, kann so etwas tun, ihn vor aller Augen in den Arm nehmen und ihn hinter dem Ohr kraulen, bis er stöhnt vor Lust. Sehen, wie er sich bereitwillig fallen läßt, wie er vor der Sinnlichkeit des Augenblicks kapituliert und halb naiv, halb komödiantisch, einfühlsam seine Gefühle beschreibt. »Ich bekomme einen Ständer ...« Das war's. Dann bin ich gegangen und habe ihn scherzhaft bloßgestellt: »Wer hat gerade etwas Zeit übrig? Wer will die Gunst der Stunde nutzen? Ich habe ihn bestens aufgewärmt ...« Ich meinte es ernst. Irgendeine hätte die Früchte meiner Sanftheit, Geduld und Zärtlichkeit ernten können, und ich hätte mich weder beraubt noch verletzt gefühlt ... Isabelle konnte das nicht verstehen, sie, die sich über meine Eifersucht wundert, ohne wirklich zu begreifen, daß es sich mehr um sentimentale und intellektuelle Verletztheit handelt als um eine Frage körperlicher Treue. Es heißt, sie würde es genießen, mit ihm zu schlafen. Ich weniger. Und Du, Christine?

Kapitel 5

Freitag, 17. Januar

Und Du, Myriam?

Ich erinnere mich noch sehr gut an jenen weit zurückliegenden Tag, an dem ich zu deinem Mann sagte: »Myriam ist eine schöne Frau ...«, worauf er mir antwortete: »Ich glaube, sie ist scharf auf mich, was meinst du?« Ein ebenso rührendes wie lächerliches Vokabular, kindische Sorgen eines nie erwachsen Gewordenen, die seine Zweifel aufhalten und verdrängen, die seine Eitelkeiten entwürdigen ... Ich erinnere mich an jenen Sommer (den wievielten unserer Geschichte?), in dem er immer seltener auf meine immer weiter auseinanderliegenden und banaleren Briefe antwortete. Ich erinnere mich an meinen Verdacht und an sein Geständnis. Ja, er habe Myriam gebumst. Gevögelt. Oder gefickt ... Ich weiß nicht mehr, wie er sich genau ausgedrückt hat, ganz sicher aber trivial ... Er hatte ihr schließlich nachgegeben. Vor den Ferien hatte es diesen gräßlichen Abend gegeben, an dem er sie lange vor meinen Augen begehrt hatte. Sie trug ein tief ausgeschnittenes rosa Kleidchen. Seit einiger Zeit trug sie enganliegende, gewagte Klamotten. Es stand ihr weniger gut als mir, weil sie sehr kleine Brüste hatte und dazu einen makellosen, aber überschlanken Körper mit knochigen Kanten. Muskulöse Beine, schmale, harte Hüften, Waschbrettbauch, Sportlertaille. Es gefiel mir nicht, daß sie mir meinen Stil klaute, und es gefiel mir nicht, daß Dein Mann auf diese doppelte Geschmacklosigkeit hereinfiel. Nein, sie war nicht mehr so schön, seit sie mit tiefen Ausschnitten herumlief. Ich wäre nicht auf ihre Sportlerinnenschultern oder ihre schamlos zur Schau gestellten Brustwarzen hereingefallen. Sie ging auch auf die Sonnenbank. Übertrieben. Ihre Bräune war unnatürlich und glanzlos. Und er ließ sie nicht aus den Augen, schmolz bei jedem Lächeln dahin … Es stimmt, daß sie ein hübsches Lächeln hat. Wenn sie nicht zuviel Affektiertheit hineinlegt. Ansonsten glaubt sie, die Nase rümpfen und die Schultern hochziehen zu müssen, als würde sie frieren, eine Geste, die ich absolut lächerlich finde. Er seinerseits war sichtlich begeistert. Während wir tanzten, suchte er über meine Schulter hinweg in der Glasscheibe ihren Blick. Ich habe es gemerkt. Ihre Blicke trafen sich im Spiegel des einen Spaltbreit offenstehenden Fensters. Ein- oder zweimal hat er sich in einer dunklen Ecke zu ihr gesellt und sie fest an sich gedrückt. Sie lachte dann leise und grinste wie ein Honigkuchenpferd. Es tat so weh, daß ich hätte schreien können. Bevor ich Deinen Mann kennenlernte, Christine, wußte ich gar nicht, was Eifersucht ist …

Es hat eine Zeit gegeben, da haben wir in der Firma noch ganz anders von Myriam gesprochen. Das war, als sie gerade angefangen hatte. Sie hatte großspurig verkündet, sie würde sich am Arbeitsplatz niemals auf ein Abenteuer einlassen. Damals schon hatte ich zu Deinem Mann gesagt: »Sie ist schön, nicht wahr?« Er aber hatte mit angewiderter Miene entgegnet: »Nein, sie hat einen Damenbart, und das mag ich nicht …« Dieses entschiedene Urteil hatte mich nicht die Spur gefreut. Ich haßte das, was er großspurig als seinen »Photographenblick« bezeichnet. Und ich fürchtete es. Wenn er die Makel der anderen entdeckte und bekrittelte, mußte ich wegen meiner eigenen Unvollkommenheiten zittern.

Die beruflichen Kontakte zwischen den beiden

waren häufig schwierig. Er schrie viel, war mit ihren Methoden nicht einverstanden. Einmal war er so widerlich, daß sie in Tränen ausbrach. Er schenkte ihr Schokolade, damit sie ihm verzieh. Damals fing er an, sie anziehend zu finden, denn sie hatte ihm die Gelegenheit verschafft, sich als Edelmann zu präsentieren. Er hat sich in ihren schönen klaren Augen gesehen hat, die getrübt waren von vergangenem Leid und neuerwachter Dankbarkeit, und das, was er dort gesehen hat, hat ihm gefallen. Von diesem Moment an betrachtete hat er sie mit wachsendem Interesse. Ganz bestimmt hat er ihr empfohlen, den Flaum entfernen zu lassen, der ihm mißfiel, so wie er mir zwei Jahre zuvor die Entfernung einer Warze nahegelegt hatte, weil sie »meine Ästhetik störe«. Und zweifellos hat sich diese blöde Kuh so wie ich seinen Wünschen gebeugt ... Kurz, schon bald darauf war ihre Oberlippe glatt und rein wie ein Babypopo und verzog sich prompt zu der eben erwähnten, verführerisch gewollten, verschmitzten Grimasse. Mir hatte sie mit dem dunklen, weichen Flaum und ungekünstelt besser gefallen.

Am Ende des besagten Abends, den er damit verbracht hatte, sie zu begehren, ist er mit mir gegangen. Er sagte: »Komm«, und ich kam. Es war noch früh. Aber Dein Mann, Christine, der Dich nicht mehr zu unseren Treffen mitbringt, läßt es ungern spät werden. Wenigstens das kannst Du ihm nicht vorwerfen. Bevor er jedoch in sein trautes eheliches Heim zurückkehrt und sich wieder in den braven Gatten verwandelt, der früh nach Hause kommt, um seine kleine Frau nicht zu lange warten zu lassen, gönnt er sich stets den Genuß einer pikanten Eskapade. An jenem Abend sind wir zu einem Parkplatz gefahren. Dort hat er mich aufgefordert auszusteigen, um mich dann rücksichtslos im Stehen von hinten zu nehmen, wobei er mich mit energischer Hand auf die Motorhaube drückte. Ich spürte, daß er sich, so gut es ging, tröstete, weil er die Geschichte mit Myriam nicht hatte zu Ende bringen können. Er geilte sich mit dem Risiko auf, das wir auf diesem betriebsamen Parkplatz eingingen, an der Dramatik der Situation, für die er immer sehr empfänglich ist, an meiner Fügsamkeit ... Er mußte sich beeilen. Er hat sich beeilt. Ich habe weder Lust noch Liebe empfunden, nur die absurde Befriedigung, mir zu sagen, daß die Szene auf dem Parkplatz – rücksichtslos genommen, erniedrigt und verachtet zu werden – mir lieber war, als mit anzusehen, wie er sich mit Myriam davonstahl. Aber ich wußte wohl, daß ihr Abenteuer nur aufgeschoben war, und eine unbeschreibliche Melancholie erfüllte mich, die dumme und paradoxe Niedergeschlagenheit desjenigen, dem eine Gnadenfrist gewährt wurde und der sich bereits grämt, sich früher oder später dem Ende dieses Aufschubs stellen zu müssen. Ich zog meinen nassen Rock wieder herunter, und er brachte mich zu unserer Gastgeberin zurück, einer netten Kollegin, die uns für einen Abend ihr Haus zur Verfügung gestellt hatte. Er fuhr los, sobald ich ausgestiegen war. Mein Haar war zerzaust, meine Kleider zerknittert, und ich selbst war etwas verstört. Ich wurde augenzwinkernd gefragt, wo ich gesteckt hätte. Myriam sah mich an, und eigenartigerweise tat sie mir leid.

Im August gestand er mir dann (in einem Brief), daß er mit ihr geschlafen habe. Er erwähnte es nur flüchtig, als wäre es völlig bedeutungslos, und versicherte mir, daß es bei diesem einen Mal geblieben wäre. Damals war mir sein immenses Talent, Dinge zu verschleiern, noch nicht bekannt – oder besser gesagt, ich ahnte noch nicht, was für ein begnadeter Lügner er ist. Die Kunst besteht einfach darin, ein Minimum zu gestehen, was den Schuldigen arglos und sein Bedauern absolut aufrichtig erscheinen läßt … Man ist dann geneigt, den eingestandenen Fehltritt zu verzeihen, ohne etwas vom gewaltigen Ausmaß des Verschwiegenen zu ahnen. Aber auch das, diese Technik des professionellen Lügners, soll angeblich ich ihm beigebracht haben …

Und dann kam der Tag, an dem ich erfuhr, daß Myriam sich für den Lehrgang angemeldet hatte. Dieser einwöchige Lehrgang in Paris findet einmal im Jahr statt, und das seit fast zehn Jahren. Ganz am Anfang habe ich einmal daran teilgenommen, ziemlich desinteressiert und derart in Gedanken vertieft, daß ich mich kaum noch daran erinnern kann. Und dann noch ein weiteres Mal, zwei Jahre später … Dein Mann war auch dort, Christine, aber damals liebte ich ihn noch nicht. Hinterher ebensowenig wie vorher, auch wenn er in einer Nacht zu mir auf mein Hotelzimmer gekommen ist.

Und dann hat unsere Liebesgeschichte wirklich begonnen, ist gewachsen. Sie erschauerte unter einer kräftigen Brise, die ich vielleicht nicht erkennen konnte oder wollte, um dann ein wenig zu verblassen, abgenutzt von Heimlichtuerei, Vorsichtsmaßnahmen, Zweifeln, jedes Jahr gekrönt von diesem Lehrgang, auf dem ich für einige Tage oder besser Nächte das, im übrigen nicht immer angenehme, Gefühl hatte, Dein Mann gehöre mir …

Als ich dann von Myriams Teilnahme hörte, habe ich gezittert vor Angst. Ich dachte: ›Er wird sie sich dort nehmen, vor meiner Nase. Ich werde sehen, wie ihre Blicke sich finden, und er wird seine Ungeduld nicht länger zügeln können, wird mir nicht länger den Vorzug geben. Nachts werde ich durch die dünnen Wände dieses Scheiß-Hotels, in dem ich so glücklich gewesen bin, ihr Stöhnen hören ...‹ Diese Vorstellung, dieser Schmerz aus Liebe und Eifersucht, diese panische Angst haben mich verfolgt, bis ich sie dann eines Tages auf dem Flur abgefangen habe. Ich sagte zu ihr: »Hör mal, Myriam: Wenn du nach Paris fährst, bleibe ich hier.« Ihre Augen weiteten sich vor Staunen, sie klimperte mit ihren langen Wimpern, spielte die Unschuldige und völlig Überraschte. Aber sie hatte sehr wohl verstanden ... Sie sagte ihre Teilnahme unter irgendeinem Vorwand ab. Ich hatte mich ziemlich erbärmlich geschlagen, mit unverschämter, verzweifelter Unverfrorenheit. Niemand wird je erfahren, welche Überwindung mich dieses Eingeständnis gekostet hat, schon gar nicht Du, Christine, die Du, ohne in Deiner bequemen Villa von bösen Vorahnungen geplagt zu werden, mit der Gelassenheit einer sanftmütigen Ehefrau den Koffer Deines Gourgandins packtest ...

In jenem Jahr habe ich das letztemal am Lehrgang teilgenommen. Hinterher wurde unsere Romanze von Turbulenzen erschüttert, oder schlimmer noch, von Flauten heimgesucht. Sehr langen Flauten des Überdrusses und des Schweigens, der Trägheit und des unbestimmten Grolls, vor allem aber des unstillbaren Bedauerns. Diese großen Einöden der Leidenschaft, die Ehen stark machen und für Affären den sicheren Tod bedeuten ...

Dein Mann hat sich auch weiterhin, ohne mich, in dem kleinen, nicht ganz sauberen Hotel in einem Pariser Vorort einquartiert, wo die Direktion unsere Zimmer für den Aprillehrgang reserviert ... Dort hat er endlich das Bett mit Myriam geteilt. Und dann mit Isabelle ... In diesem Jahr wird er vielleicht mit Aline, Christiane oder Nicole unter die Laken schlüpfen.

Christine, manchmal packt mich die Versuchung, heftig, übermächtig, unmenschlich. Die Versuchung, Dich anzurufen und meine Stimme zu verstellen. Dir einen fiesen anonymen Brief zu schreiben. Dir zu raten: »Statten Sie Ihrem Mann in der zweiten Aprilhälfte im Hotel Prince Eugene einen nächtlichen Überraschungsbesuch ab. Klopfen Sie an seine Tür …« Oder Dir noch andere, ebenso niederträchtige und todsichere Manöver einzuflüstern, um ihn zu entlarven. Manchmal berausche ich mich an einer gehässigen, wirklich sehr gehässigen Freude bei der Vorstellung, wie Du ihn in flagranti ertappst. Dann male ich mir genüßlich die darauf folgende Szene aus, seine Verwirrung, Deinen Zorn, Eure Krise.

Aber er würde sich so ins Zeug legen, Dich versöhnlich zu stimmen, Deine Vergebung zu erlangen, würde so geschickt, gekonnt und genial vorgehen, daß Dir das Ganze, wenn die Wogen sich etwas geglättet hätten, nur zweite Flitterwochen einbrächte … Und ich sehe wirklich keinen Grund, Dir dieses Geschenk zu machen. Das wäre absurd, wenn ausgerechnet ich, die ich nie danach getrachtet habe, Deinen Platz einzunehmen, Dir jetzt meinen anböte, den zu halten mich oft Heldenmut gekostet hat …

Nein, Christine, Du bist seine Frau, heiter und blind, und Du verdienst weder Leid noch Trost.

Kapitel 6

Samstag, 18. Januar

Eine Woche ist es her, daß ich angefangen habe, diese Art Tagebuch mit seinen zahlreichen Rückblicken zu schreiben. Es macht mir Spaß. Die Protagonisten der Geschichte liegen mir am Herzen, ohne daß ich meine Phantasie bemühen müßte: Ich brauche mich nur zu erinnern, muß nur jeden Tag von neuem diejenigen Situationen aufgreifen, die die vergangenen Ereignisse am ehesten wieder aufleben lassen. Wenn ich ein Porträt zeichne oder einen Dialog wiedergebe, wecke ich andere Erinnerungen, tauche hier und da in die nahe oder ferne Vergangenheit ein, die meine Worte wahllos heraufbeschwören. Die Freuden des vagabundierenden Schriftstellers, der nur seiner Feder gehorcht ... Eine Woche, die ich jetzt schon vor mich hin kritzele, zum Thema Gourgandin improvisiere, und – Gipfel der Ironie – eine Woche, in der er nicht mehr seinem Lotterleben frönt und statt dessen mich zum Lügen zwingt! Eine ganze Woche ohne verliebtes Getue, ohne Anmache, ohne verdächtige Abwesenheiten, ohne mit der einen oder anderen Kollegin herumzuschäkern! Was natürlich nicht heißen muß, daß er tatsächlich abstinent ist; ich weiß ja inzwischen, was für ein guter Schauspieler er ist ... Aber trotzdem. Die umsorgende, demonstrative Zärtlichkeit, die er mir gegenüber zeigt, hebt meine Laune, und meine gute Laune führt dazu, daß ich seine positiven Seiten sehe. Ich sage mir sogar, daß, auch wenn er hier und da in fremden Revieren wildert, seine Sorgfalt, mich nichts davon merken zu lassen, ein schmeichelhafter Beweis für seine Zuneigung ist ...

»Welche Erkenntnis!« würde Isabelle ausrufen. »Und ob er an dir hängt! Das sieht doch ein Blinder! …« Isabelle ist großartig. Man möchte kaum glauben, was sie mir so oft erzählt hat, nämlich, daß sie jung und jungfräulich – oder beinahe: ihr Verlobter hat sie erst kurz vor der Trauung entjungfert – geheiratet hat, lange Zeit weder Liebhaber gehabt hat noch in Versuchung geraten ist, und daß Benoît ihr erster Fehltritt auf dem schmalen Grat der Ehe war. Einem Weg, den sie nur zitternd verlassen hat, und so maß sie dem Abenteuer eine übermäßige Bedeutung bei, die zwangsläufig eine große Enttäuschung nach sich ziehen mußte.

Und hör Dir an, was sie heute zu mir sagt, Christine: »Aber natürlich liebst du ihn, klar liebt er dich, und ihr betrügt euch gegenseitig. Das ist doch ganz normal. Macht so weiter, kommt wieder zusammen, wenn ihr der anderen überdrüssig seid. Schenkt mir keinerlei Beachtung, ich bin nur eine vorübergehende Erscheinung. Ich bin so klein neben dir, meine Liebe, so ungeschickt, so dumm, und er ist so eingenommen von dir. Wirklich, ich verstehe nicht, worüber du dich so aufregst.«

Nun, diese kleine Ansprache hat sie mir vor einiger Zeit gehalten. Eine Ansprache, die sich langsam zu bewahrheiten scheint und Wasser auf den Mühlen meines Optimismus sein müßte. Offensichtlich ist Dein gräßlicher Ehemann nicht immer nett zu ihr, was mich keineswegs überrascht – ich habe selbst genug unter seiner Launenhaftigkeit, seinen verletzenden Bemerkungen, seiner Frivolität und seiner Gleichgültigkeit zu leiden. Wenn Isabelle unglücklich ist, sieht man ihr das sofort an. Melancholie überschattet ihre Züge, sie hat dunkle Ringe unter den fast schwarzen Augen, ihre Mundwinkel zeigen nach unten, und ihre schmalen Schultern sind leicht gewölbt. Sie seufzt, klagt kaum, wendet sich hastig ab, um nicht in Tränen auszubrechen ... Wenn ich angesichts des Leids, das der Gourgandin ihr zufügt, keine Befriedigung empfinde, dann liegt das vor allem daran, daß ich eine zärtliche, geheime Zuneigung für sie empfinde, bei der sich schwesterliche Verbundenheit und verwirrende Sinnlichkeit vermischen. Aber es liegt auch daran, daß es mir mißfällt, wenn Dein Mann, dieser widerliche Schweinehund, eine andere als mich quält. Wieder ein Privileg, dessen man mich beraubt ... Ich wette, daß Du, Christine, wenn Du erfahren würdest, daß er eine Geliebte hat, die er unglücklich macht, kein Mitleid mit Deiner Rivalin hättest. Vielleicht wäre es Dir irgendwo sogar ein schwacher Trost. »Geschieht der Schlampe nur recht!« Das ist nicht Deine Schuld, sondern es ist die Schuld der Ehe, die die Beziehungen aufs extremste schematisiert, erst recht, wenn man den Gourgandin geheiratet hat. Das habe ich von ihm: »Der Mann ist nicht kompliziert, mag die einfachen Freuden, und Routine vermittelt ihm ein Gefühl der Sicherheit.« Du wirst verstehen, daß ich, nachdem ich dieses Glaubensbekenntnis mehrfach vernommen habe, oft zögerte, Dich zu beneiden. Und daß ich lange meinen Status dem Deinen vorgezogen habe, zumindest solange meine Beziehung zu ihm noch ihre Exklusivität besaß ... Noch heute tröstet es mich, daß ich das Recht habe, Isabelle zu lieben, ohne mir etwas zu vergeben, das Recht, ihre Sorgen zu verabscheuen und Deinen Mann dafür zu hassen, daß er ihr weh tut. Und es tröstet mich, das traurige und paradoxe Schicksal zu haben, doppelt zu leiden, weil ich nicht mehr die einzige bin, die leidet ...

Sogar Myriam, der ich nicht im entferntesten die

Gefühle entgegenbringe, die ich für Isabelle empfinde, schafft es manchmal, mich zu erschüttern. Ich könnte wetten, daß ich eines Tages, als Dein Mann etwas zu deutlich mit mir herumalberte, Tränen in ihren Augen glitzern sah ... Und kürzlich, als wir über unsere gesundheitlichen Probleme sprachen – vor allem von dieser Nierenentzündung, die uns beiden zu schaffen macht –, sagte sie plötzlich sehr vertraulich: »Du weißt doch, wir teilen ein gemeinsames Leid«, womit sie eine scherzhafte Bemerkung wiederaufnahm, die ich zähneknirschend einige Monate zuvor gemacht hatte. Es hat mich geärgert, daß sie die Situation so einfach akzeptiert. Es gab eine Zeit, da ich – blutenden Herzens – über jedes neue Opfer Deines Mannes gelacht und der Betreffenden ein »Willkommen im Club« entgegengeschmettert habe, so daß das arme Ding ganz verschreckt aussah. Dein Mann hingegen gab sich völlig seiner Eigenliebe hin und tat mehr geschmeichelt als verlegen, als würde er sich köstlich amüsieren ... Aber die Zeit ist lange vorbei, da ich ihm im Scherz einen Blumenstrauß und ein Dutzend Briefe geschickt habe, alle völlig unterschiedlich in bezug auf Orthographie, Syntax, Handschrift, Inhalt und Unterschrift, aber alle verkündend: »Ich bin Mitglied im Club Ihrer bedingungslosen Anbeterinnen.« Ah! Christine! Welch unvergeßlicher Augenblick, als die kleine Floristin an die Tür des großen Saales auf unserer Etage klopfte, exakt zu der Zeit, die ich ihr genannt hatte – der Vormittagspause! ... Unvergeßlicher Augenblick, da ich Deinen Mann zum erstenmal habe erröten sehen, als die Kleine nach ihm fragte, ihn gleich darauf entdeckte und ihm den Strauß überreichte! ... Welch eine wunderbare Verlegenheit bei dem, der sich sonst in jeder Situation gelassen gibt, der richtet, entscheidet, brüllt, zurechtweist, Witze reißt und hinter seiner Belmondo-Fassade eine ungeahnte Schüchternheit verbirgt … Welch eine grenzenlose Schadenfreude, ihn entlarvt und einen Moment lang zum Eingeständnis seines Treibens gezwungen zu haben, ihn in Verlegenheit gebracht zu haben … Den Menschen, den ich in Deinem Mann liebe, Christine, den verborgenen, zärtlichen, zögerlichen und zaghaften Menschen, habe ich vor allen anderen hervorgeholt und ich habe seine Überraschung und sein hilfloses Gestammel auf grausame Art und Weise genossen. Denn bevor er den Vorfall zu seinem Vorteil nutzen und parieren konnte, bevor er jeder von uns mit der erbarmungslosen Miene eines polizeilichen Ermittlers eine Blume reichte, hat er diese eine Minute lang die Hölle durchlitten, wußte nicht, was er sagen oder tun sollte, während er alle Blicke auf sich spürte und von dem arglosen Mädchen den gleichen Blumenstrauß entgegennahm, den er zuweilen der einen oder anderen Eroberung schenkt, um einen Schnitzer vergessen zu machen … Möge ihm dieser zweifache Affront – Blumen zu bekommen und verdutzt dazustehen – in Zukunft erspart bleiben …

Die Briefe ihrerseits machten ihm weit mehr Freude, da er, nachdem die junge Empfangsdame sie ihm überreicht hatte, Zeit hatte, zu erkennen, worum es sich handelte, und sich eine angemessene Reaktion auszudenken. Er entschied sich für eine offizielle Bekanntmachung, die ihn letztendlich in einem ruhmreichen Licht dastehen ließ: Die Texte der Briefe waren Liebeserklärungen, Lobgesänge, flehende Bitten … Er tat, als würde er scherzhaft die Unverdächtigsten unter uns verdächtigen, und entlockte ihnen schallendes Gelächter bei seinen hartnäckigen Nachforschungen, drohte den Unwahrscheinlichsten unter ihnen schreckliche

Foltern an, um sie zum Reden zu bringen. So neckte er beispielsweise lange Zeit die dicke kleine Madame Labbé: »Gestehen Sie, Mauricette, daß Sie dahinterstecken! Geben Sie es zu!« Das runde Gesicht von Madame Labbé verzog sich dann zu einem strahlenden, etwas chinesisch anmutenden Lächeln, und sie quietschte vergnügt: »Aber ganz bestimmt nicht, das würde ich mir niemals erlauben!« Und der Gourgandin triumphierte, glücklich darüber, sie alle zu bezaubern, und stolz auf sein Feingefühl, niemanden bei seinen charmanten Auftritten auszulassen ... Ah! Ich habe mehr als einmal beobachtet, wie er das ganze Arsenal seiner Tricks für eine faltige Verkäuferin aufbot, für eine pummelige Bedienung in einem Restaurant, eine unattraktive Passantin, und das, weil sie ihm alle, schnell verwirrt oder geblendet, den leichten Ruhm ermöglichten, nach dem er hungerte. Sie spiegelten das Bild des Don Juan wider, für den er sich hält ... Und dabei habe ich ihn oft darauf aufmerksam gemacht, daß ein echter Don Juan danach trachten würde, seinen Triumph bis zum Ende auszukosten. Er nicht. Er vögelt nur die Hübschesten, die am besten Besteigbaren, wandelt auf seinen Eroberungskampagnen nur auf den höchsten Graden der Ästhetik, kostet nur die Crème de la Crème der weiblichen Intellektuellen ... Das müßte die glücklichen Auserwählten berauschen vor Stolz, während es grenzenlose Verachtung für die anderen verrät. Tatsächlich gibt es für Deinen Mann eine Art grundlegender Hierarchie, nach der er die Frauen, denen er begegnet, einstuft: zunächst jene, die zu häßlich, zu alt oder zu blöd sind und bei denen er einfach den Herzensbrecher spielen kann und muß und sich seines Erfolgs von vornherein sicher ist. Diese Frauen beruhigen ihn unendlich, weil diese dummen Gänse ihn sofort mit verliebten Blicken anhimmeln und sich aufplustern, stolz, bemerkt worden zu sein, und etwas bedrängt, ohne doch böse zu sein, nicht noch mehr bedrängt zu werden ... Und dann gibt es da noch die anderen, die würdig sind, im Gault et Millau der Liebe aufgeführt zu werden, jene, derer man sich wahrlich nicht zu schämen braucht. Bei ihnen fühlt er sich anfangs weit weniger wohl, dann jedoch, wenn sie sich doch rumkriegen lassen, bestätigen sie ihn um so mehr. Gerüchte, denen zufolge er in ihrer Gunst steht, kann er getrost kursieren lassen ...

Um Dir ein vollständigeres Bild des Menschen, des Weiberhelden zu vermitteln, mit dem Du Dein Leben teilst und den Du alles in allem gar nicht kennst, Christine, muß ich noch mal auf die Episode mit den Briefen zurückkommen. Da er meine Vorliebe für Späße aller Art kannte, hatte er mich als erste in Verdacht. Aber ich hatte so überzeugend aufrichtig und empört geleugnet, daß er schnell kapituliert hatte. »Nein, ich wußte es«, hatte er gesagt. »Das konntest nicht du gewesen sein. Einige der Briefe sind einfach zu blöde und vulgär.« War das eine List, um eine Reaktion meinerseits zu provozieren? Oder auch eine auf Verdacht inszenierte Rache, eine Art, mir zu sagen: »Wenn du es doch warst, was soll's. Jedenfalls weißt du, was ich davon halte.« Ich hatte mich nicht verraten – und dadurch waren das Rätsel und das egozentrische Vergnügen erhalten geblieben, das es ihm bereitete, die Geschichte von Zeit zu Zeit wieder zur Sprache zu bringen. Öffentlich, indem er die eine oder andere beschuldigte und alle zum Lachen brachte, oder ganz vertraulich, wenn wir uns in einer diskreten Ecke unseres Lieblingscafés eine Weile unterhielten, bevor wir auseinandergingen ... Bei diesen Gelegenheiten warf er sich allein für mich in die Brust, schmückte sich mit den schillernden Federn dieses Rätsels, ließ alle in Frage kommenden Schuldigen Revue passieren, wägte ihre Motive ab, ihre Fähigkeiten, einen solchen Streich auszuhecken, um dann abschließend zu bemerken: »Ja, ich bin mir ganz sicher, das waren die zwei Praktikantinnen aus dem zweiten Stock. Dumme Gänschen. Sie sind schon lange scharf auf mich ...« Worauf ich entgegnete: »Meinst du?« und er dann nickte, Argumente vorbrachte, die seine Vermutung belegen sollten, sich selbst beweihräucherte. Jeder redet gern über sich selbst. Der Gourgandin mehr als andere ...

Viel, viel später, als wir wieder in unserer kleinen Ecke im Café saßen, hatte ich plötzlich das Bedürfnis, etwas Neues zu erzählen, ihn zu überraschen und zu verwirren, und so gestand ich ihm: »Das mit den Briefen, das war ich.« Er wollte mir nicht glauben. Schließlich setzte mein Geständnis ihn herab. Im übrigen glaubte er wohl, ich würde die Urheberschaft des Streiches übernehmen, um mich mit fremden Federn zu schmücken, um seine Neugier und sein Interesse zu wecken. Ich blieb dabei, aber er war nicht zu überzeugen. »Nein, das warst du nicht.« Bestimmt glaubte er nicht, daß ich in der Lage gewesen wäre, das Geheimnis so lange für mich zu behalten. Darauf sagte ich: »Ich werde es dir beweisen: Unter den Briefen, die du bekommen hast, war auch eine Postkarte mit einem Photo von Georges Brassens dabei. Die Bildunterschrift lautete: ›Geht uns nicht auf den Sack, meine Süßen – streichelt ihn lieber.‹ Dann folgte: ›Stimmt doch, daß sie uns auf den Sack gehen und daß es unter uns Männern schöner ist.‹ Und dann ein unverschämt ordinärer Satz in der Art wie: ›Wann darf ich dir meinen Schwanz reinstecken?‹, gezeichnet ›Henri‹. Diese Postkarte hast du nie jemandem gezeigt!«

Er starrte mich eine Weile aus großen Augen an, legte seine riesigen Pranken auf meine Hände und brachte seine ganze Abscheu und Ungläubigkeit in einem Schimpfwort zum Ausdruck, in dem auch verdutzte Freude mitschwang: »Miststück!!!« Die Freude, in mir die Energie geweckt zu haben, die ein solcher Streich erfordert, die Freude, endlich die Wahrheit zu kennen. »Und die Blumen, waren die auch von dir?« In einer Art von Bewunderung starrte er mich sprachlos an. Ich sah, wie seine Gedanken sich überschlugen, wie er meine Boshaftigkeit abwog, mein Talent zur Geheimniskrämerei. Aber auch meine Lust daran, ihn zu verblüffen und zu überraschen, woran sich meine Liebe messen ließ ... Und ich liebte ihn, Christine, ich liebte ihn sehr, Deinen Gourgandin, der stolz alle Briefe herumgezeigt hatte bis auf den einen ... Ich liebte ihn für diese Schamhaftigkeit, diese Zurückhaltung, diese Einstellung, die ihn, den Frauentyp, der er war, bewogen hatte, den Brief eines Mannes zu unterschlagen, auch wenn es sich ganz offensichtlich nur um einen Streich gehandelt hatte. Als ich ihn auf diese Unterschlagung ansprach und meinte: »Diese Karte hätte dir nicht zur Ehre gereicht, was?«, gab er schlicht und demütig zu: »Natürlich nicht, kannst du dir doch denken ...« Und da fühlte ich in mir grenzenlose Liebe, die in meinem Herzen pulsierte, fühlte, wie sie meine Adern durchströmte, mich durch und durch wärmte. Und ich hielt seine Pranken fest, streichelte hier eine Schwiele, dort eine kleine Narbe, meine Rührung verbergend, mein Verlangen nach diesem Körper, den er so vielen anderen borgte, in der Gewißheit, daß niemand je dieses unbekannte Fenster zu seiner Seele geöffnet hatte, durch das ich seine Schwäche sehen konnte ... Und ich lächelte leicht ironisch und schwieg, obwohl ich am liebsten laut herausgeschrien hätte: »Ich liebe dich wahnsinnig für diese Karte, die du nicht hergezeigt hast und von der nur wir beide, du und ich, wissen, daß es sie gibt ...«

Kapitel 7

Montag, 20. Januar

Eine Woche und zwei Tage ... Seine sanften Blicke erscheinen mir etwas spöttisch, und der Fächer kleiner Fältchen an seinen Augenwinkeln zieht sich zusammen ... Er gibt vor, über die Situation zu lachen, aber gleichzeitig respektiert er sie auch ... Er hat einen Waffenstillstand erklärt. Und ich mache es mir richtig bequem in dieser unbestimmten und zärtlichen Wartezeit ... Während er auf ein Zeichen wartet, immer öfter Gelegenheiten herbeiführt, mit mir allein zu sein, vertraulich mit mir zu sprechen, mir flüchtig Außendiensttermine zeigt. »Diese Blödmänner! Sie schicken mich während des Pariser Lehrgangs nach Saint-Etienne! ...« Worauf ich antworte: »Das geschieht dir recht!« und dann verspreche: »Wenn du nach Saint-Etienne fährst, komme ich dich dort besuchen. Es ist meine Heimatstadt; ich werde dich herumführen.« Seine Miene erhellt sich, und er reicht mir seine kräftige Hand, mit der Handfläche nach oben. »Schlag ein!« Ich kann der Versuchung nicht widerstehen, seinen Daumenansatz zu streicheln, die kleine Erhebung, die mir nur zu vertraut ist. Ich liebe ihn. Ich will weder an meine Seligkeit glauben, auf die unweigerlich Ernüchterung folgen wird; noch will ich diese Liebe verleugnen oder mir versagen, Glück dabei zu empfinden … Ich durchlebe eine wunderbare Flaute. Jeglicher Groll ist verflogen, die Wut hat sich gelegt, und mein Argwohn ruht. Ich will nicht mehr kontrollieren, welche Wagen wann auf dem Parkplatz stehen oder wann er kommt und geht, will nicht wissen, wann er sich im Café an der Ecke aufhält, wo sich die Kollegen nach dem Mittagessen zusammensetzen. Im übrigen fährt er jetzt einen anderen Wagen. Das vorherige Modell im Stil des sportlichen Abenteurers war leider so leicht auszumachen, daß mir keine – oder fast keine – seiner Eskapaden entging. Ich habe mir verboten, mir Marke, Gestalt und Nummernschild seines neuen Wagens einzuprägen, einer bequemen, unauffälligen Limousine, auf die er sehr stolz ist. Zumindest in diesem Punkt habe ich künftig meine Ruhe … In Alpträumen, deren Grausamkeit eher real war als absurd, schien es mir, daß sein Wagen im Laufe des Tages auf dem Parkplatz wie durch Geisterhand bewegt wurde, hinter einem zweiten verschwand, der von einer hübschen Frau gesteuert wurde, und plötzlich an einer verräterischen Stelle wieder auftauchte: beispielsweise unter den Fenstern von Myriams Wohnung … Eines Tages hat sich der Traum weiterentwickelt. Es waren nicht mehr die Fenster von Myriams, sondern von Isabelles Wohnung … Nein, das traurige Erwachen am Morgen war wirklich zu dumm, so wie auch die idiotischen, im voraus verlorenen Kämpfe am Nachmittag, das Ringen mit mir, nicht von den Fenstern im dritten Stock aus einen grimmigen Blick nach unten auf den Parkplatz zu werfen …

Auch habe ich mir selbst verboten, auf den Fluren nach ihm Ausschau zu halten. Auf diese Weise begegne ich ihm viel eher ... Vielleicht sind es ja auch keine zufälligen Begegnungen ...

Gab es nicht eine Zeit, da seine Schritte ihn fast täglich zu meinem Büro führten, genau um die Zeit, da die Sekretärinnen beim Mittagessen waren? Ich wartete immer auf ihn, ob wir uns verabredet hatten oder nicht. Ich lauschte auf seinen wiegenden Gang auf dem Flur, auf das Pfeifen, mit dem er sich strategisch ankündigte ... Das, Christine, waren Augenblicke, wie Du sie ganz sicher nur selten mit Deinem Mann erlebt hast. Und ich war glücklich, wenn auch manchmal – oft – unbefriedigt.

Er kam herein wie ein lüsterner Teufel, schloß die Tür hinter sich ab, zog die Vorhänge zu, so daß der Raum vom gegenüberliegenden Gebäude aus nicht mehr einzusehen war. Wir lachten beide komplizenhaft, weil das Wetter nur selten ein Zuziehen der Vorhänge rechtfertigte. Ich lüpfte meinen Rock, zog meinen Slip aus. Ich trug oft Strümpfe, die ihn scharf machten, schwarze Strapse, die er über alles liebte. Die Situation erregte ihn sofort. Er wurde autoritär, setzte sich auf einen Stuhl, öffnete seinen Hosenschlitz. »Komm her!« sagte er. Wir hatten nicht viel Zeit, und ich gehorchte, ohne auf einem Vorspiel zu bestehen. Und überhaupt, Christine, man muß zugeben, daß Dein Mann eine ziemliche Null ist, was das Vorspiel betrifft! Ich, die ich nicht allzulange brauche, in Stimmung zu kommen, dachte, ganz darauf verzichten zu können. Ich brachte für seine Ungeduld servile Nachsicht auf und viel zu selbstloses Verständnis. Ich setzte mich gleich auf ihn, und das Eindringen tat weh, da Nachsicht und Verständnis noch nie eine Frau haben feucht werden lassen. Ich begann trotzdem, fast in Rekordzeit, an den Erfolg des Unterfangens zu glauben. Ich holte weit aus, in einem Rhythmus, der mir zusagte, langsam, gleichmäßig und tief. Aber an diesem Punkt verdrängte der Gönner den Liebhaber und ruinierte alle Hoffnungen auf einen Höhepunkt. Dem Gourgandin, darauf erpicht, zu gefallen, zu bezaubern, zu verführen, die Schauer der Ekstase aus mir herauszukitzeln, war der Gedanke ein Greuel, selbst vielleicht zu schnell zu kommen, noch vor mir. Ein bedauerlicherweise weit verbreiteter Hemmschuh. Viel zu verbreitet beim männlichen Geschlecht und bei Deinem Mann leider gerechtfertigt, da sein Schwanz gleich nach dem Samenerguß schlaff wird. Dann ist es mit den Wonnen der Dame, die man gerade beglückt, natürlich vorbei. Und somit muß man das Instrument, das sie zum Schwingen bringt, so lange als möglich in erigiertem Zustand halten. Nur braucht sie, um dank dieses berühmten Instruments, das sich stets im schönsten Moment entzieht, zum Höhepunkt zu kommen, gewöhnlich kleine Unterbrechungen, Positionswechsel, neue Reize. Es fiel mir immer schwerer, meinen Phantasien hinterherzujagen, mir meine Überzeugung zu erhalten. Mein Glaube nutzte sich ab durch den Mangel an Durchhaltevermögen in meinen Träumen. Ich konnte die Augen nicht länger schließen und mich auf wirkungsvolle Visionen konzentrieren – ich mußte mich der Realität stellen: Der Gourgandin flehte um Gnade, meine Bewegungen überforderten ihn ... Und so gelangten wir zu diesem seltsamen Paradox: Er sorgte sich gentlemanlike um meine Lust, aber er war es eigentlich, auf den man Rücksicht nehmen mußte, und dabei blieb mein eigener Enthusiasmus auf der Strecke. Manchmal weigerte ich mich, aufzuhören, mich umzudrehen, setzte mein Bemühen um Erfüllung fort … In diesen Fällen kapitulierte er, kam schweigend, biß sich auf die Zunge vor Verbitterung ob der Niederlage, um schließlich zu murmeln: »Es tut mir leid.« Ich war frustrierter von dieser sein eigenes Vergnügen herabwürdigenden Bemerkung als davon, selbst nicht zum Ziel gekommen zu sein. Manchmal ermüdete mich das Ganze auch. Und da er nicht nachgab, simulierte ich das Einlaufen in den Hafen, die Landung in Cythère, um ihm das Gefühl zu geben, mir nachfolgen zu dürfen … Welche Frau hat diese List nicht schon angewandt, sei es bei dem Mann, den sie liebt, oder bei dem, den sie erduldet? Wer vermag schon ihre Motivation zu ergründen, die jeweiligen Anteile von Großzügigkeit und Egoismus, von Verachtung für sich selbst oder den Partner und von blindem Gehorsam gegenüber althergebrachten Archetypen zu entwirren? Es ist gleichzeitig eine Art, ihm zu versichern: »Ja, du bist großartig, du verstehst es, mich zu befriedigen« und zu verkünden: »Siehst du, ich habe dich verdient, ich bin nicht schwer zum Orgasmus zu bringen, ich erkenne deine Bemühungen an, und du, du hast die Geliebte, die dir gefällt, abgekämpft und dankbar …« Aber es ist auch eine Tür, die sich vor dem intimsten Austausch überhaupt verschließt, eine Art Unabhängigkeitserklärung, ein Weg, die Liebe da abzubrechen, wo der andere gerade glaubt, sie zu machen. Ein Mittel, das Geschenk, das er einem machen möchte, verächtlich zurückzuweisen, eine Lüge, die nicht immer so heilig ist, wie es den Anschein hat …

Ich für meinen Teil habe in diesen Augenblicken, die durch die riskante Situation weder Entspannung noch Gehenlassen aufkommen ließen, viel zu oft der Einfachheit des Theaterspielens nachgegeben. Heute tut mir das leid; nicht, daß Aufrichtigkeit mir etwas gebracht und Deinen Mann angespornt hätte, es besser zu machen (ich glaube nicht, daß er hierzu überhaupt in der Lage gewesen wäre. Und genau hier verbirgt sich die Verachtung, von der ich sprach, eine ganz spezielle Verachtung, die darin besteht, daß man sich mit dem zufriedengibt, was der andere zu geben in der Lage ist) ... nein. Aber ich habe wieder einmal meine schmutzige Gourgandine-Rolle gespielt, schnell erregt, schnell befriedigt, und vor allem habe ich dem Gourgandin geschmeichelt, habe ihn in seiner Persönlichkeit bestätigt, habe seine Auftritte beklatscht, habe durch meine immer wieder bekundete Zufriedenheit überhaupt erst die Lust in ihm geweckt, als Sexprotz durchs Leben zu gehen ...

Es ist nicht mal die Tatsache, daß er später seine Rolle auf anderen Bühnen gespielt hat, die mich ärgert. Viel schlimmer ist es, daß ich vor seinen Augen meine Prinzipien verraten und verkauft habe und daß ich heute, wenn ich zurückblicke und an die Routine mit Deinem Mann denke, Christine, nicht immer ganz einverstanden bin mit dem, was ich getan habe. Diese schlimme Abkehr, für die es keine andere Entschuldigung gibt als die Liebe, macht mich zwar manchmal stolz, aber noch öfter beschämt sie mich ...

Ich könnte Hunderte Anekdoten zu diesem Thema erzählen. Hunderte Male, die er mich an den verschiedensten, unpassendsten Orten genommen hat – in einem Besenschrank, einer Toilette, einer Abstellkammer, einem Konferenzsaal, einer Bibliothek, der Krankenstation, im Büro des Chefs, am Empfang ... Das Szenario war stets in etwa das gleiche: Wenn er nicht gleich dort zu mir stieß, schleppte er mich hin, einen

Arm energisch um meine Taille gelegt, seine Finger schraubstockartig um mein Handgelenk gelegt. Ich hatte Mühe, mit seinen ausholenden Schritten mitzuhalten, trabte brav neben ihm her, obwohl ich im voraus wußte, daß die ganze Sache mit der halben Befriedigung enden würde, dem traurigen Gefühl, ihm nur ein bißchen gehört zu haben, und das so heimlich, so einsam. Mir ging es um sein Verlangen, das ihm, wenn auch leicht zu befriedigen, zum Bedürfnis geworden war, wie er selbst sagte. Das Glitzern in seinen Augen, sein hungriger Ausdruck, die Hast seines imposanten Körpers, das alles war mir kostbar, ebenso wie die List, mit der er immer wieder unsere Begegnungen arrangierte, die gespielte Überraschung, die er an den Tag legte, wenn er meinen Weg kreuzte und sich scheinbar zufällig eine Gelegenheit ergab ... Diese gespielte Überraschung verriet eine gewisse Schamhaftigkeit, die in krassem Widerspruch zu der Person stand, die er gern spielte. Eine Scham, die so schwer auszumachen und doch meiner eigenen so ähnlich war, daß ich mich, wenn ich sie erahnte, richtiggehend berauscht fühlte ... Sünde der Eingeweihten, Sünde des Stolzes – ich habe zu gegebener Zeit dafür bezahlt ...

Eines Tages sah ich nämlich, wie er andere Büros ansteuerte, lockeren Schrittes, scheinbar ziellos und völlig unschuldig wirkend. Ich bin seinem wiegenden Gang mit den Blicken gefolgt ... Er hatte eine Hand in der Tasche, steuerte pfeifend auf Myriam – später auf Isabelle – zu. Sein Nacken, seine Schultern und sein Rücken logen, und dann seine kalkulierte Nonchalance, diese Hand in der Tasche, die erwartungsvoll zitterte ...

Christine, hast Du ihn noch nie völlig entspannt und pfeifend davonschlendern sehen, um die Nachbarin zu vögeln?

Erinnerungen wie diese verbieten mir heute, seinem Kommen und Gehen innerhalb der Firma noch irgendwelche Bedeutung beizumessen. Zuerst dachte ich, das mir selbst auferlegte Verbot würde meine Kräfte übersteigen ... Dann, als ich ganz gut zurechtkam mit meiner vorgetäuschten Gleichgültigkeit, glaubte ich, meine Liebe zu ihm würde weniger. Das hat mir angst gemacht, und es hat weh getan. Aber jetzt ist mir zweierlei aufgegangen: Gleichgültigkeit vorzutäuschen ist eine typische Strategie für eine verliebte Frau, sie dann auch zu fühlen, der falsche Sieg einer geliebten Frau. Ich bin beruhigt, ich liebe den Gourgandin, und der Gourgandin liebt mich. Wir können noch lange damit fortfahren, uns gegenseitig weh zu tun, über die Flaute hinaus, die uns seit acht Tagen zärtlich und komplizenhaft stimmt.

Kapitel 8

Dienstag, 21. Januar

Heute morgen habe ich Isabelle gefragt, ob sie mich zu Hause abholen könne, weil ich kein Auto hätte. Ich hatte Skrupel: »Das wird dich Zeit kosten, und du mußt einen Umweg machen.« Aber sie antwortete mit völliger Überzeugung: »Ganz im Gegenteil. Dann habe ich das Vergnügen, ein Weilchen in deiner Gesellschaft zu sein.« Für mich ist es auch ein Vergnügen. Ich empfinde bei jedem Kontakt mit ihr ein Wohl- oder besser Glücksgefühl, das sich aus tausend verschiedenen Empfindungen und Emotionen zusammensetzt. Weibliche Komplizenschaft, Schwesterlichkeit im Weinen und Lachen, Rührung, weil sie so oft verwundbar und verzweifelt ist, das Bedürfnis, sie zu beschützen, sie zu trösten, zu streicheln, und ja, sie zu verwirren; Stolz darüber, erklärende Worte zu wählen, damit sie sofort versteht und zustimmt, Stolz, ihre Bewunderung zu wecken, Gewissensbisse, wenn ich ihr weh tue ... Ich tue ihr oft dadurch weh, daß ich ihr sage, daß sie mich verletzt. Sie ist dann tief betroffen, fleht, analysiert, fällt aus allen Wolken, entschuldigt sich, den Tränen nah. Ihre Verzweiflung gibt mir nichts. Ich mache mir klar, daß, obwohl schließlich sie mich in gewisser Weise betrogen hat, trotzdem ich mich schuldig fühle. Ich vermeide, ihr das zu sagen, es so zu formulieren. Ich werde den Verrat nicht ansprechen und auch nicht die Frage der Schuld; sie selbst bekennt sich sofort zu der ihren. Aber wir werden damit fortfahren, die Angelegenheit auseinanderzunehmen, zu rationalisieren, darüber zu reden, über mich, über uns und vor allem über ihn.

Am Abend ist sie nach der Arbeit mit raufgegangen. Ich habe ihr Passagen aus diesem Tagebuch vorgelesen. Hin und wieder hat sie einen klagenden oder verletzten Laut von sich gegeben. Sie hat den Gourgandin gleich wiedererkannt. Hörst Du, Christine? Sie hat ihn wiedererkannt. Seinen gezwungen-bedauernden Tonfall, seinen Gang, wenn er zum Vögeln schreitet, rhythmisch, pfeifend, einige seiner Zärtlichkeiten und auch einige seiner Knüffe. Ich triumphierte traurig: »Siehst du, er ist derselbe, für alle derselbe. Was er für mich getan hat, tut er auch für andere.« Isabelle ist nicht uneingeschränkt dieser Meinung; sie sagte: »Immerhin paßt er sich an.«

Ich sage ihr, daß ich auch aus diesem Grund froh bin, ihre Freundin zu sein. Weil ich völlig offen über ihn reden kann: »Er sagt dieses Wort, macht jene Geste.« Seine Plattheiten und Treuebrüche messen können, mit einem Vergleich seine einfallslose Verführermasche ins Lächerliche ziehen, die Eintönigkeit seiner amourösen Machenschaften bloßstellen ... mich angewiderter Verachtung hingeben, übelkeiterregender Bitterkeit, und auch bei ihr Ekel wecken ... und das Schaudern, das ihre Schultern geschüttelt hat, als wäre ein übelriechender Wind vorbeigeweht ... »Brrrr!« sagt sie. Ein Laut, der Entsetzen und Beklemmung ausdrückt, Brechreiz ... Wir sind siamesische Zwillingsschwestern durch die Liebe und die Kränkung ... Mit dem Unterschied, daß sie nicht eifersüchtig ist. Zumindest behauptet sie das. Ich beschreibe ihr meinen Schmerz und meine Wut, als ich bemerkte, daß der Gourgandin an anderen Weiberröcken schnupperte, ihnen nachlief ... Sie versteht das sehr gut. Sie meint nur: »Aber als er dich begehrt hat, ganz offen vor allen anderen, hat ihnen das ja vielleicht auch weh getan.« Wen meint sie damit? Nicht sich selbst, da sie ja nicht eifersüchtig ist ... Myriam vielleicht ... Ich begehre auf: »Das ist mir scheißegal. Ich war zuerst da. Die anderen kümmern mich einen Dreck!«

Isabelle hat nur genickt, sichtlich bekümmert von meinem Egoismus.

Kapitel 9

Mittwoch, 22. Januar

Mein Gott, wenn ich ihr diese letzte Seite zu lesen gebe, wird sie völlig konsterniert sein. Sie, die mir heute morgen anvertraut hat: »Ich habe die ganze Nacht kein Auge zugetan. Ich habe lange über das nachgedacht, was du geschrieben hast, und ... nimm es mir nicht übel, aber ...« Sanfte Isabelle, so rührend in ihrem Bestreben, mich nicht zu verletzen ... Sie fand zu Recht, daß ich von ihr und der Geschichte, seit sie hinzugekommen ist (vielleicht auch von der Geschichte an sich und somit vom Gourgandin), ein zu oberflächliches Bild gezeichnet hätte. Ich war nicht böse über diesen Kommentar. Die Kritik ist zutreffend. Aber auch wenn meine Analysen tausendmal tiefgründiger wären, wären sie immer noch nicht tiefgründig genug für die empfindsame Isabelle, würden der Geschichte immer noch nicht gerecht werden, da diese sich – so wie jede wahre Geschichte – durch eine Unmenge verschiedenster Nebenbedeutungen kompliziert und – wie jede erzählte Geschichte – durch Worte ihren schillernden Glanz und ihre Lebendigkeit verliert, zugunsten der Starrheit eindeutiger Definitionen ...

»Wart's nur ab«, habe ich Isabelle geraten. »Geduld. Ich bin ja erst am Anfang. Ich bin noch nicht dazu gekommen, dir die Rolle zukommen zu lassen, die dir gebührt ...«

»Erzähl wenigstens von der Rolle, die du zwischen ihm und mir gespielt hast«, verlangte sie daraufhin.

Ich gestehe, daß es an der Zeit ist, davon zu sprechen. Es niederzuschreiben wird die Reue wieder aufflackern lassen, das weiß ich jetzt schon. Aber der Preis ist nicht übertrieben dafür, daß ich mir angemaßt habe, ausgerechnet mit Worten Einfluß auf unser aller Schicksal zu nehmen.

Lange bevor Isabelle bei uns in der Firma angefangen hat, sogar noch bevor der Gourgandin der Gourgandin war, damals, als er einfach nur mein Liebhaber war, mein flüchtiger und viel zu ferner Liebhaber, verspürte ich bereits den teuflischen Wunsch, ihn richtig zu verführen. Ein Wunsch, der meine schon beginnende Liebe zu ihm zeigte und der meinem intuitiven Gespür für seine Neigung zu filmreifen Inszenierungen entsprach. Dein Mann, Christine, träumte von sich als dem Zorro der leidenschaftlichen Umarmung, er sah sich als Pornoheld, und ich hatte das Gefühl, für ihn nur eine farblose Eroberung zu sein. Um ihn zu fesseln, zu faszinieren, habe ich wie Scheherazade ein langes Netz aus Worten geknüpft, dessen Maschen mir anfangs noch einiges Kopfzerbrechen bereiteten ... Dieser Anfang der Geschichte würde Dir ganz sicher bekannt vorkommen, wenn Du mein Buch gelesen hättest.

Denn das besagte Netz ist folgendes: Ich habe ein Buch geschrieben (*La Femme de papier*, Spengler éditeur, 1993), dessen erste Zeilen exakt wiedergeben, was ich soeben ausgeführt habe, und dessen Handlung sehr schnell in schwindelerregende literarische Pornographie umkippt ... Bis dahin, geben wir es zu, ist das Szenario (beinahe) klassisch.

Es hatte angefangen wie eine Wette. »Wetten, daß ich einen pornographischen Text schreibe, nur für dich, der dir meine geheimen Phantasien verrät?« Der Geliebte ist darauf eingegangen, neugierig und geschmeichelt. Und es hat ihm gefallen, das Spiel hat ihn gefesselt. Er hat nach mehr Seiten verlangt, mehr Kapiteln. Schon bald schrieb ich nicht mehr von meinen eigenen Phantasien, sondern von seinen. Zuerst von solchen, die ich erahnte. Dann folgten weitere, die er mir vage skizzierte. »Erzähl doch dies oder jenes. Beschreibe diese oder jene Situation«, forderte er mich auf. Ich steckte viel Liebe und Stolz in meine Arbeit. Und viel persönliche Phantasie. Eine Art von Kunst, extremistisch und nicht sehr gegenständlich. Ich feilte an den Sätzen und modellierte dabei die Person. Ich hatte aus meiner Muse einen vollkommen künstlichen Menschen gemacht, einen unersättlichen und einfallsreichen Frauenheld mit sehr deutlichen Macho-Zügen. Ich war auf jenen Seiten ebenso Weibchen wie er Männchen, hemmungslos durch meine Liebe, häufig auch passiv duldend, auf jeden Fall aber gefügig. Darum konnte ich auch später von verratenen Prinzipien sprechen, von einem verleugneten Ideal …

Damals hat mich das nicht gejuckt. Weit davon entfernt. Ich kam morgens in die Firma und reichte ihm meinen Aufsatz. Er griff mit schmeichelhafter Hast danach und wartete, um die Seiten zu lesen, auf einen Moment, in dem er für sich war und Ruhe hatte. Ich liebte es, mir vorzustellen, wie sein Blick auf meinen Text fiel, auf meine Worte. Wie er zuweilen Mühe hatte, sie zu entziffern, über einen Begriff stolperte, vielleicht erschauerte vor staunender und schockierter Erregung. »Hat sie das wirklich geschrieben? Irre ich mich auch nicht?« Manche Sätze, die mich besonders viel Mühe gekostet hatten und einen völlig neuen Wagemut verrieten, ließ ich mir immer wieder durch den Kopf gehen. Ich verging vor Scham und Glück bei der Vorstellung, daß er sie las, vielleicht mehrmals, wenn sie besonders brutal waren.

Hinterher gab er mir die Seiten zurück, mit einem Kommentar oder noch beredterem Schweigen. Es hat in seinen Reaktionen eine deutliche Entwicklung gegeben, an die ich mich noch sehr gut erinnern kann. Beim ersten Brief hat er noch mit einem durchtriebenen, interessierten Lächeln gefragt: »Ist das eine Gebrauchsanweisung?« Beim zweiten bemerkte er: »Du hast schriftstellerisches Talent.« Das Kompliment wog schwer aus diesem Mund, der gewöhnlich so mit Lob geizt. Beim dritten äußerte er eine Bewunderung, die etwas atemlos klang und doch elektrisiert. Später sagte er manchmal: »Das ist unglaublich«, oder »Ich bin richtig eifersüchtig«, wenn in der Geschichte andere Männer als er selbst vorkamen. Ich hatte mein Ziel erreicht ... Ich wurde belohnt, nicht durch die Treffen, die gewöhnlich auf seine Lektüre folgten und bei denen er, überreizt durch meine brennenden Phantasien, sehr schnell kam, und das auch oft, wie ich bereits gestanden habe, allein ... nein. Mein Lohn war von anderer Art. Mein Lohn war seine Gewöhnung an mich und meine Worte, bestand in seiner Dankbarkeit und seinem Stolz sowie in dem rührenden, wachsenden Fleiß, den er an den Tag legte, der Figur aus meinen Ergüssen zu entsprechen. Der Prozeß war eingeleitet: Anstatt ihn zu beschreiben, so wie er war, beschrieb ich ihn so, wie er sein wollte und langsam wurde. Und indem ich seinem Traum schmeichelte, zerstörte ich den meinen. Denn nach all diesen Schreibereien, in denen ich mich als exaltierte, leidenschaftlich begehrende und über alle Maßen zufriedene Geliebte dargestellt hatte, wäre der einzige Weg, eine Umkehr zu bewirken, der gewesen, seine Illusionen zunichte zu machen und zu leugnen: »Nein, bei dir komme ich nicht so stark, schnell oder gut«, ihn zu bitten: »Versuch, dich nicht von dem

Helden des Buches blenden zu lassen, seiner täuschenden Aura zu widerstehen, ihn zu verachten und anders zu sein.« Das gewaltige Mißverständnis zwischen uns begründete darin, daß er glaubte, ich wünschte ihn mir so, wie ich ihn in meinem Roman dargestellt hatte, während ich ihm seine konventionelle, klischeehafte Persönlichkeit nur verliehen hatte, um ihm zu gefallen und meine Liebe zum Ausdruck zu bringen ... Aber meine Liebe hat in diesem literarischen Abenteuer nur eine untergeordnete Rolle gespielt. Oder zumindest ist ihr nicht die Bedeutung zugekommen, die ihr gebührt hätte. Der Geliebte – Narziß, der sich über den trügerischen Spiegel meiner Worte beugt – hat sich in sich selbst verliebt, ist zum Gourgandin geworden, und indem er sich in den Tiefen seines Spiegelbildes verlor, erstickte er alles, was gerade erst geboren war und hätte leben können ...

Es ergab sich, daß dieses Buch ein Erfolg wurde. Daß man mich hundertmal nach dem Wie und Warum eines solchen Werkes fragte. Daß ich recht selten erklärte: »Ich habe einen Mann geliebt, und das war meine Art, es ihm zu sagen ...« Daß ich noch seltener gestand: »Ich habe den, den ich liebte, mit meinen Worten ein wenig getötet. Ich habe ihn in einen Vollrausch versetzt, in Eitelkeit erstickt ...«

Parallel zu der Arbeit an diesem ersten Buch habe ich noch vieles andere geschrieben, bestärkt durch das Interesse meines Briefpartners und das Interesse der Herausgeber, denen das Manuskript, das ich vorgelegt hatte, aufgefallen war. Ob kurze autobiographische Erzählung oder ellenlanger barocker und aufgeplusterter Roman – meine »Werke« dienten alle dem alleinigen Zweck, den Mann in Szene zu setzen, den ich liebte. Ich erwies ihm nun lediglich eine andere Huldigung: die der Wahrheit oder, trotz der fiktiven Situationen, die einer gewissen Glaubwürdigkeit. Natürlich gefielen dem Gourgandin, der meine erste Arbeit zu voller Blüte gebracht hatte, meine anderen Bücher weniger. Dort war allzusehr die Rede von seinen Schwächen, seinen Fehlern, den kleinen Lächerlichkeiten seiner Persönlichkeit, während seine Leistungen nicht genügend gewürdigt wurden. Aber wenngleich das Porträt bei weitem nicht so schmeichelhaft ist, ist es doch unendlich viel liebenswerter. Der blinde Gourgandin hat das nicht erkannt, ebensowenig wie die Herausgeber. Die interessierten sich nur für vielversprechende Verkaufszahlen und waren der Ansicht, die Leser würden sich nur mit noch viel abgelutschteren Phantasien ködern lassen, mit sexuellen Leistungen, zu denen niemals irgend jemand fähig wäre, und mit zwei völlig hohlen Hauptpersonen, die sich auf bumsende Mikroben reduzieren …

Isabelle hingegen, die mir die Ehre erwiesen hat, sich von Beginn an für alles, was ich geschrieben habe, zu interessieren, hat die Sache weniger prosaisch betrachtet. Sie ist dahingeschmolzen vor Rührung bei der Lektüre der Irrungen und Unsicherheiten meines Protagonisten. Wir haben viel darüber gesprochen. Völlig unsensibel sind wir vom Romanhelden auf sein Modell zu sprechen gekommen und auf den Raum, den er in meiner Phantasie einnimmt, in meinem Herzen, meinem Leben. Damals war ich es, die gern von ihm erzählte, während sie nur zuhörte. Nach und nach hat sie alles über ihn und mich erfahren. Und alles verstanden. Oder beinahe.

Ich hatte ihr davon erzählt, wie der Gourgandin mich betrogen hatte. Wie weit er die Geschmacklosigkeit getrieben hatte, als er eines Tages eine Party bei mir zu Hause – anläßlich des Erscheinens meines Buches (unseres Buches, da er ja, wenn auch anonym, direkt betroffen war) – ausgenutzt hatte, um Myriam in seinem Wagen zu bumsen, keine fünfzig Meter von meiner Wohnung entfernt. Ich war ihr begegnet, als sie zu Fuß zurückkam, halb verlegen, halb triumphierend, während er noch völlig zerzaust im Wagen saß, den Kopf ermattet an die Rückenlehne seines Sitzes gelehnt, um sich von der Anstrengung zu erholen.

Ich war nicht wirklich überrascht gewesen. Nur eins war mir plötzlich klargeworden: Der Kerl war ein grober Klotz ohne jede Finesse, ließ sich völlig von seinen niederen Instinkten beherrschen, war Sklave seines Verlangens und plump bis zur Karikatur. Er hatte der Angelegenheit die Krone aufgesetzt, indem er sich erbot, mich auch noch zu bumsen, und das, nachdem er gerade erst sie gevögelt hatte ... Ah! Wie sehr er es genoß, meinen Romanhelden zu kopieren! Ich war geflüchtet vor Entsetzen und Trauer ...

Danach war ich natürlich immer wieder seinem Charme verfallen. Jedesmal wieder gleichzeitig angewidert und entzückt. Angewidert, weil ich wußte, daß er vor kürzerem oder längerem erst mit Myriam geschlafen hatte, und entzückt, weil hinterher sie es war, die erst an zweiter Stelle kam. Jämmerlicher Trost für eine liebende Frau, die zu feige und schwach ist, sich zu lösen. Aus einem Hang zum Selbstmord oder dem perversen Wunsch heraus, in das Feuer des Gourgandins das Öl einer dritten Gespielin zu gießen, die zwar die erste nicht trösten, aber vielleicht die zweite zur Verzweiflung treiben würde – vielleicht auch aus dem naiven Bestreben heraus, dem Gourgandin zu demonstrieren, daß seine Affären mich kalt ließen und ich eine noble Distanziertheit erlangt hatte –, sagte ich eines Tages zu ihm: »Es wundert mich, daß dir noch nicht aufgefallen ist, wie hübsch und intelligent Isabelle ist.« In seine Augen war ein strahlender Glanz getreten, als ich hinzugefügt hatte: »Daß du ihr gefällst, weiß ich mit Sicherheit.« Isabelle habe ich, immer noch aus Trotz oder richtiger, getrieben von dieser absurden Panik, die einen verleitet, sich aus Furcht vor einer Gefahr geradewegs in sie hineinzustürzen, zugeflüstert: »Der Gourgandin hat ein Auge auf dich geworfen.« Ich werde nie ihre kindliche Freude vergessen, ihre Ungläubigkeit, ihr fröhliches Geplapper. Nach ihrer schlimmen Erfahrung mit Benoît tat es ihr so unendlich gut, jemandem aufzufallen – erst recht ihm –, für jemanden schön und begehrenswert zu sein. Sie wagte gar nicht, es zu glauben. Sie entwickelte wieder Selbstvertrauen. Sie fühlte sich geehrt, daß ein Mann wie er, der eine Frau wie mich liebte …

Gut. Sie haben miteinander geschlafen. Der abrupte Übergang zwischen der tief bewegten Freude Isabelles und dieser Feststellung wird sie schockieren. Aber ich wollte sagen: »Es ist doch nicht meine Schuld, daß die Dinge sich so entwickelt haben.« Und dabei habe ich gerade erst lang und breit das Gegenteil dargelegt. Es ist meine Schuld. »Dir habe ich es zu verdanken, daß ich einen Romanhelden kennengelernt habe«, hat Isabelle mir geschrieben. Sie versteht es, bei Schriftstellern den richtigen Ton zu treffen. Die Autorin in mir jubelt. Die Frau weniger. Und letztere macht sich zuweilen einen Spaß daraus, das Glück der ersten mit Zweifeln zu überschatten. Wäre es nicht auch so gekommen, wenn ich nichts geschrieben, nichts gezeigt und nichts gesagt hätte? Hatte der Gourgandin nicht schon Myriam verführt, die nie meine Vertraute war? Und noch andere, die hier noch nicht erwähnt wurden, flüchtige Bekanntschaften, schnell begehrt, schnell erobert, schnell vergessen? Wenn ich zu Isabelle sage: »Nein, du hast keine Schuld. Der Gourgandin erfüllt seinen Vertrag als Gourgandin, das ist alles«, verletzt sie das. Sie weigert sich – und das kann ich gut verstehen –, nur ein »Arsch« zu sein, wie sie selbst sich mit Bitterkeit ausdrückt. Und dann fängt sie an, mir auseinanderzusetzen, warum dem nicht so sei, erzählt, quält mich. Er redet mit ihr, ist zärtlich, charmant, legt die Aufreißer-Maske ab. Ich muß begreifen, daß er ihr ebensoviel enthüllt wie mir und letztendlich jeder x-beliebigen. Und dann ziehen wir unsere Vergleiche: Ah! Sagt er das auch zu dir? Macht er das mit dir genauso? In diesen Augenblicken der Komplizenschaft bringen uns Ekel und Schmerz einander näher – oder sie trennen uns, wenn wir sie nicht gleichzeitig empfinden.

Ich schreibe oft, nur für mich, über die Affäre des Gourgandin mit Isabelle. Ich versuche, vernünftig, aufrichtig, meinen Teil der Verantwortung klarzumachen. Isabelle sagt häufig: »Es läuft über dich.« Ab und an, traurige kleine Rache meines Selbstwertgefühls, lasse ich mich überzeugen. Dann sage ich mir, ja, der Gourgandin hat sie letztendlich begehrt, weil ich sie für würdig erachtet habe, so wie bei Myriam. Aber hinterher werfe ich diese allzu einfache Analyse wieder über den Haufen. Eines Tages hat er mir ein Abenteuer mit einer Vertreterin gestanden, die zwar sehr hübsch war, die er selbst aber als dumme Gans einstufte. Und sie hatte ich ihm nicht empfohlen … »Ja«, würde Isabelle dazu sagen, »aber warum hat er dir davon erzählt? Ging es ihm nicht allein darum, vor dir noch strahlender dazustehen?« Vielleicht … Die Leichtigkeit, die Blicke der hübschesten Frauen auf sich zu ziehen, verliert für einen Gourgandin Dreiviertel von ihrem Reiz, wenn es sich nicht öffentlich vollzieht. Das kann ich nachvollziehen, so bin ich auch. Und manchmal erinnert unser jeweiliges Verhalten an diesem Punkt an die banalsten Komödien. Kürzlich habe ich mir in dem alten Film *Le Corniaud* die hitzige Sequenz angesehen, in der ein temperamentvolles italienisches Paar sich quält: Er umarmt demonstrativ ein Mädchen, das ihm nichts bedeutet, um seine Geliebte in Rage zu bringen, woraufhin sie sich ihrerseits in die Arme Bourvils schmiegt, mit einer ebenso übertriebenen wie gespielten Zärtlichkeit. Gourgandin und Gourgandine, wie sie im Buche stehen: ein teuflisches Paar, bei dem jeder eine scheinbar gerechtfertigte Eifersucht schürt, ohne zu merken, daß sie den gleichen brennenden Schmerz nach sich ziehen kann, den er selbst zufügt … und Eitelkeit verbietet beiden zu kapitulieren. Jeder für sich versucht, die Provokation noch zu steigern, und der Teufelskreis beginnt. Indem man sich rächt, weckt man beim anderen ebenfalls das Bedürfnis nach Rache, und dieser infantile Prozeß ist irgendwann nicht mehr aufzuhalten. »Er hat angefangen, nein, sie, ja, ich war es, aber ich bin nicht so weit gegangen wie er usw.« Aber das kindische Verhalten des Gourgandin, eine Provokation mit einer anderen Provokation zu vergelten, beruht nicht allein auf Rachegelüsten … Es ist außerdem eine ungeschickte Art, sich aufzuwerten, zu betonen: »Siehst du, wie beliebt und begehrt ich bin. Siehst du, was für ein Glück du hast, meine Favoritin zu sein.«

Und das ist das Traurigste an der Sache: Nachdem ich mich gerade damit abgefunden habe, nicht die einzige zu sein, bin ich heute nicht einmal mehr sicher, noch die Favoritin zu sein. Isabelle würde sagen: »Du hast doch selbst geschrieben, daß du die erste warst.«

Bitterer Geschmack des Imperfekts. Auf die Gefahr hin, gar nichts mehr zu sein, hätte ich es vorgezogen, die letzte gewesen zu sein …

Kapitel 10

Sonntag, 26. Januar

Ich habe Isabelle von dem Traum erzählt, den ich letztens hatte. Wir waren auf einer Party, der Gourgandin, sie, ich und andere Kollegen. Wir saßen auf Stühlen, die im Kreis aufgestellt waren, in irgendeinem Raum, Küche oder Wohnzimmer … Sie saß zu meiner Linken, und wiederum links von ihr saß der Gourgandin. Sie mußte ihn gestreichelt haben, da sie uns lachend ihre spermabedeckten Hände zeigte. Dann rieb sie sich die Unterarme damit ein, den Hals … Das wiederholte sich mehrfach, und jedesmal wurde die zähe Flüssigkeit, die auf ihren Händen schäumte, umfangreicher, klebriger, weißer. Schließlich rieb sie sich aus Spaß auch das Gesicht ein. Ich war todtraurig. Plötzlich stieg Brechreiz in mir auf und ließ mich zur Toilette rennen. Ich weinte vor Ekel, der meine Seele aufwühlte und meinen Magen verkrampfte. Die anderen lachten – ich schämte mich. Meine Schminke war verlaufen, hatte schwarze Striemen auf meinem Gesicht hinterlassen, mir kleine, schmale, extrem langgezogene Augen gemalt. Jemand sagte: »Du siehst aus wie Annette Léon.« Annette Léon war ein noch sehr junges und naives Mädchen, das vor zwei Jahren ein Praktikum in unserer Firma absolviert hatte. Der Inbegriff des braven, anständigen, schreckhaften Mädchens ... Mit meinem geschwärzten Gesicht erinnerten meine Augen an die einer Hausgans ...

Als ich ihr von diesem Alptraum erzählt habe, lag ein leicht verkniffenes Lächeln auf Isabelles Gesicht, und sie stieß Seufzer aus, die soviel bedeuten mochten wie: »Wie dumm, sich selbst derart zu quälen ... Wie dumm, eifersüchtig zu sein, und das ausgerechnet auf mich ...«

Vor zwei Nächten habe ich noch etwas anderes geträumt: Ich verbrachte einen merkwürdigen Urlaub in einem Ferienlager, zusammen mit meiner Familie, Kollegen, Nachbarn und Bekannten. Am Abend gingen alle auseinander. Die Nacht ist noch nicht angebrochen, und es ist angenehm warm. Ich ziehe mich auf ein WC zurück. Als ich die Toilette wieder verlassen will, weiß ich, daß niemand mehr in der Nähe ist ... Die Tür klemmt, läßt sich nicht öffnen. Ich spüre, wie sich jemand von der anderen Seite dagegenstemmt. Langsam läßt der Druck nach, und die Tür öffnet sich einen Spaltbreit. Obwohl ich ihn nicht sehe, weiß ich, daß er, der Witzbold, mich eingesperrt hat. Dann steht er vor mir, in seinem roten Pullover. Ich bin geblendet, bin entzückt von seiner Anwesenheit, euphorisch, grenzenlos glücklich. Ich ziehe ihn an mich, und er läßt es geschehen. Ich sage: »Bist du es wirklich? Wie schön, daß du gekommen bist!« Er lächelt, ist lieb, warm, zugänglich. Er legt die Arme um mich, und mein ganzer Körper ist von stiller Glückseligkeit erfüllt. Ganz deutlich fühle ich die Gewißheit, daß es das Schicksal dieses Mannes ist, mich zu lieben und von mir geliebt zu werden. Ich reibe mich an ihm, in dem Wunsch, in ihm zu versinken, schließe die Tür hinter unserer Intimität, verriegele sie. Die Kabine ist winzig, aber ich fühle mich dort wohl mit ihm. Doch es darf nicht so bleiben. Irgendwo draußen wartet mein Mann auf mich, vielleicht bereits im Bett. Und da trennen wir uns. Wir schwören uns, uns wiederzusehen. Aber ich sehe ihn in meinem Traum nicht wieder. Ich suche ihn, und die Gewißheit, ihn wiederzufinden, ist in mir, erfüllt mich wie ein Kind, das ich unter dem Herzen trage. Die Nacht bricht nicht an ...

Diesen Traum werde ich Isabelle vielleicht nicht erzählen. Ein unbestimmtes Schamgefühl hält mich davon ab, ohne daß ich es genauer beschreiben könnte. Aber manchmal verschwindet es ganz plötzlich, und dann erzähle ich Geheimnisse, von denen ich glaubte, sie nie enthüllen zu können ...

Donnerstag hat Benoît mich bei sich zu Hause zum Mittagessen eingeladen. Er weiß, daß meine Beziehung zum Gourgandin so locker ist, daß sie mir gewisse Freiheiten gestattet. »Sag ihm, daß du am Vormittag eine Stunde früher gehst«, raunt er mir zu. »Dann haben wir mehr Zeit ... Ich habe meine Pause nach hinten verlängert.« Am Morgen dann offenkundiges Getuschel, worauf ich mit Unschuldsmiene den Gourgandin aufsuche. »Trag doch bitte ein, daß ich heute schon um halb zwölf Mittag mache.« Er zieht in einer komischen Geste die Augenbrauen hoch. Ich lache über seine Neugier und seine Enttäuschung. »Hey, du bist doch für das Personal zuständig, oder? Also sehe ich mich gezwungen, dir Bescheid zu geben. Das ist alles.« Und da er mich immer noch mit fragendem Blick mustert, füge ich hinzu: »Ja, eine Verabredung mit einem Typen, der meinen Wagen kaufen möchte.« Darauf ruft er, schockiert von meiner Dreistigkeit, aus: »Hältst du mich für blöd?« »Ja«, entgegne ich lachend. Etwas später am Vormittag geht er wieder zum Angriff über. Ich mache mir die Mühe, sein Gedächtnis aufzufrischen: »Du hast mich auf die Idee gebracht. Es ist bei dir doch auch schon vorgekommen, daß du zwischen zwölf und zwei dein Auto verkauft hast, oder?« Ihm geht auf, daß meine lahme Ausrede mehr ist als eine bloße Provokation – eine schmutzige kleine Revanche. »Miststück!« brüllt er, als leide er unerträgliche Schmerzen. Vielleicht tut es ihm ja wirklich weh? Warum aber dann die lachenden Augen, die komische Mimik, diese empörte und theatralische Gestik? Kann er wirklich nur auf diese Art leiden, indem er seinen Schmerz karikiert, ihn durch Clownerien verleugnet, mit einer Pantomime wie ein stummer Schauspieler? Hand auf dem Herzen, verbitterte Grimasse, schwer atmend. Geliebter Gourgandin, dabei schweigst auch du manchmal traurig, du auch ... Aber so selten ...

Ich hatte immer noch kein Auto, Isabelle hatte mich am Morgen abgeholt. Wir hatten uns nicht zum Mittagessen verabredet, und gegen zehn steckte sie den Kopf zur Tür herein. »Um zwölf?« fragte sie. Absurde Verlegenheit hielt mich davon ab, ihr zu eröffnen, daß ich schon mit Benoît verabredet war. Ich muß ein komisches Gesicht gemacht haben, als ich antwortete: »Nein, kümmere dich heute mittag nicht um mich ...« Ich hatte Angst, ihren Groll gegen Benoît wiederaufleben zu lassen, Angst, den Schmerz der Eifersucht zu wecken, und auch Angst – da ich es ihr nicht einfach gestehen konnte –, sie durch meine Geheimniskrämerei vor den Kopf zu stoßen ...

Benoît nimmt mich mit zu sich nach Hause. In der Diele liegen zwei kleine Pantoffeln herum. Ich bemerke sie und bin gerührt. Benoît gesteht mir: »Die Sachen, die er hat herumliegen lassen, als er für immer gegangen ist, bringen mich noch um.« Benoît macht nie einen niedergeschlagenen Eindruck, macht keine großen Worte. Dabei befaßt er sich seit der Trennung von seiner Frau mit dem, was ein Psychologe als Trauerbewältigung bezeichnen würde. Er kann sich nicht daran gewöhnen, daß sein Kind nicht mehr da ist, und die vorübergehenden Depressionen von gestern haben sich inzwischen in einen Dauerstreß verwandelt, der ihm den Schlaf raubt. Und ihn impotent macht. Letzteres ist ihm mit fatalistischem Bedauern nach dem Essen klargeworden. Wir hatten reichlich gegessen und viel geredet. Ich kenne Benoît seit fast sechzehn Jahren. Zwischen uns besteht eine weit zurückreichende Komplizenschaft und Freundschaft ... Wir haben von Isabelle gesprochen. Und vom Gourgandin. Und von beiden zusammen. Dann hat Benoît angefangen, mich zu streicheln. Ich habe ihn gewähren lassen. Ich habe lediglich gesagt: »Gib mir fünf Minuten.« Ich bin auf die Toilette gegangen und habe meinen Tampon entfernt. Als ich wieder rauskam, wartete er vor dem ehemaligen Zimmer seines Jungen auf mich. Jetzt ist es seins. Ich hatte Skrupel, im Bett des Kleinen mit ihm zu schlafen. Ich warnte ihn, daß ich Blutflecken auf den Laken hinterlassen könnte. Benoît war das scheißegal. Wir versanken beide in Zärtlichkeit. Ich drückte seinen schlanken jungen Körper fest an mich; er war warm, leicht und ganz weich. Ich wollte ihn seinen Schmerz vergessen lassen. Als er mit zwei Fingern in mich eindrang, konzentrierte ich mich ganz auf seine Liebkosung, leitete ihn sogar an. Ich wollte ihm wahre Lust bieten. Ich flüsterte ihm zu: »Sei weniger lang, sondern dafür runder, verstehst du, was ich meine?« Und er antwortete: »Klar.« Er befolgte meine Anweisung und erweiterte mich langsam ... Ich wartete darauf, daß sein Glied an meiner Hüfte steif wurde. Er kapitulierte schon sehr bald: »Ich kriege keinen hoch.« Ich nahm ihn in den Mund und bot meine ganze Zärtlichkeit und mein ganzes Können auf, um ihn doch noch zu überzeugen. Er gab bald mit einer resignierten Geste auf, nahm meinen Kopf zwischen die Hände und zog mich auf sich. Ich fürchtete, er könnte verletzt und verbittert sein, und sagte: »Das ist doch nicht schlimm, oder?« »Nein«, entgegnete er. »Weil du es bist ...« Wir lachten ein wenig, und dann streichelte er mich wieder, so lange, bis ich kam ... Ich sah auf die Uhr. Er mußte los. Ich hatte es nicht so eilig – ich arbeite nur vormittags.

Benoît beeilte sich nicht. Im Gegenteil. Er beschloß, den Gourgandin anzurufen. »Ich werde ihm sagen, daß ich mich etwas verspäte.« Das machte ihm Spaß. Der andere wußte, daß er mit mir zusammen war, weil er sich die Mühe gemacht hatte, ihn mit der Nase darauf zu stoßen. Jetzt sollte er wissen, daß er darüber die Zeit vergessen hatte, daß die Sache lief. Der Gourgandin symbolisiert so vieles für andere Männer im allgemeinen und für Benoît im besonderen ... Beide interessieren sich gleichermaßen für das weibliche Geschlecht und streben danach, möglichst viele Erfolge für sich zu verbuchen. Aber für Benoît bleiben Abenteuer oft nur »Ouvertüren«, potentielle Geschichten, die passieren könnten und ihn schon als Möglichkeit zufriedenstellen. Während er mit neidvoller und ein wenig naiver Bewunderung dem Gourgandin die Gabe zuerkennt, alles, was er anfängt, auch zu Ende zu führen. »Wie sollen die Frauen ihm denn widerstehen können bei seinem Aussehen?« fragte er und fügte hinzu: »Für mich ist er wirklich der perfekte Mann ...« Er rief also den perfekten Mann an, um ihn mit unmißverständlichen Andeutungen in Kenntnis zu setzen von dem wunderbaren Augenblick, den er mit mir verlebte und der unmöglich abzubrechen war ... Denn so wie für Benoît der Gourgandin der Prototyp des Mannes war, so war ich für ihn die ideale Frau. Und wenn Benoît vorhin im Bett seines kleinen Jungen bei ebendieser Frau versagt hatte, brauchte der Gourgandin das nicht zu wissen ...

Am Abend habe ich Isabelle im Fitneßraum wiedergesehen. »Hast du dich heute morgen nicht wohl gefühlt?« fragte sie mich besorgt, worauf ich feige in ihrem Sinne antwortete: »Nein, nicht besonders. Benoît hatte mich zum Essen eingeladen. Er brauchte jemanden zum Reden, und ich auch.« Halb Wahrheit, halb Lüge. Isabelle war froh, mich durchschaut zu haben. Ich ärgerte mich, weil ich nicht wußte, wie sehr Benoît ihr vor gar nicht so langer Zeit weh getan hatte ... Aber sie versicherte mir, daß sie inzwischen nur noch Freundschaft für ihn empfände ...

Ich will Isabelle auf keinen Fall erzählen, daß ich mit Benoît im Bett war. Auch wenn es sie nicht eifersüchtig machen würde, würde es ihr doch ein zu gutes Gewissen vermitteln. Warum sich beim Gourgandin genieren, wenn die Gourgandine wahllos in jedes Bett hüpft?

Ich habe mich nicht in irgendein Bett gelegt, sondern in ein Bett, das verlassen und einsam ist und das ich versucht habe, für eine Weile weniger einsam zu machen. Und das in der Wohnung eines Mannes, der ein Telefon besitzt und sich seiner mit einer Boshaftigkeit bedient, die mir gefällt ...

Kapitel 11

Montag, 27. Januar

Es hat geklappt, Christine! Es hat geklappt! Der Gourgandin hat reagiert! ... Wieder einmal, als wäre es das erste Mal, als würde es das letzte Mal sein, schlug mir das Herz bis zum Hals, ich hatte Tränen in den Augen und Lieder im Kopf, dazu schreckliche Lust, ihn an mich zu drücken, fester, immer fester, ihn bis an die äußersten Grenzen der Liebe zu lieben ...

Donnerstag waren wir nach dem Austausch »Hältst du mich für blöd – Ja!« auseinandergegangen. Hinterher hatte Benoît ihm am Telefon mitgeteilt, daß er sich etwas verspäten würde. Sie hatten eine Weile gescherzt, und ich glaubte herauszuhören, daß der Gourgandin am anderen Ende der Leitung unmißverständliche Andeutungen machte ...

Donnerstag abend hatte er uns durch die Scheiben des firmeneigenen Fitneßraums beobachtet und einige Grimassen geschnitten, kindische und scheinbar unbekümmerte Clownerien. Freitag morgen habe ich ihn nicht gesehen, weil ich nicht in der Firma war. Ich war entsetzlich müde, eine wunderbare Ausrede, mir den freien Vormittag zu gönnen, den ich schon so lange nehmen wollte. Ich teilte dem Personalbüro mein Fortbleiben schon recht früh mit. Etwas später, gegen neun, kam mein Mann, der noch zu Hause war, auf die Idee, Deinen Gatten aufzusuchen, Christine, um mit ihm ein technisches Gespräch fortzusetzen, das er aufgrund mangelnder Einzelheiten hatte abbrechen müssen. Nun hatte er diese Einzelheiten in Erfahrung gebracht und hatte sich sofort aufs Telefon gestürzt ... War es dieses kleine Detail, das den Gourgandin vollends aus der Bahn warf?

Heute morgen bin ich zu spät gekommen. Und ich hatte wieder einmal meinen Schlüssel vergessen. Ich klopfte an die Tür des Gourgandin, der mir, ohne von seiner Zeitung aufzublicken, ein Schlüsselbund reichte. Er wirkte deprimiert und voller Verachtung. »Hoppla!« sagte ich, »du scheint ja nicht gerade in Form zu sein!« Ob er sauer auf mich ist? dachte ich. Aber ich hätte gewettet, daß sich hinter der brummigen Fassade doch eine leise Lust zu lachen verbarg. Ich fuhr mit dem Fahrstuhl rauf. Als die Türen einen Stock höher aufglitten, stand er vor mir und reichte mir einen anderen Schlüsselbund. »Ich habe dir den falschen gegeben«, erklärte er ausgesprochen lakonisch. Dann verschwand er bedächtigen Schrittes, ein ganz klein wenig bedrückt …

Auf meinem Schreibtisch lag ein Brief. Auf dem Umschlag stand mein Name, in seiner schwungvollen Handschrift, die ich unter Tausenden wiedererkennen würde. In dem Umschlag steckte eine Karte mit dem Briefkopf der Firma, und dabei – und das war das Teuflische – ein drei Seiten langer Text, den ich ihm vor beinahe drei Jahren nach Paris geschickt hatte, wohin er ohne mich gefahren war.

Dienstag, 2. Mai 1989

Während der Besprechung der Handelsabteilung, Du weißt, die Angelegenheit Oziat. Als ich in der Kaffeepause den Saal verließ, sprach mich Reymaud an und meinte, Régine hätte eine Nachricht für mich. In der Hand hielt ich Deinen Brief, den ich auf dem Weg nach unten in der noch nicht verteilten Post gefunden hatte, und mein Herz, mein Kopf, einfach alles, war erfüllt von der großen Ungeduld, ihn zu lesen. Ich habe die Nachricht bei Régine abgeholt – sie enthielt präzise Anweisungen für die Besprechung – und bin dann zurück in den Konferenzsaal gegangen, wo ich Deinen Brief geöffnet habe.

Jetzt kämpfe ich mit den Tränen, weil ich nicht vor den anderen weinen will und auch, weil ich es nicht glauben kann.

Antoine, das hast Du selbst gesagt, ist kein Idiot. Er hat auf Deine Intelligenz und Dein Feingefühl gesetzt … Verdammt! Wenn ich bedenke, daß ich Dich manchmal primitiv gefunden habe. Ich klammere mich an die verrückte Hoffnung, Dich die Zivilisation mit ihren Regeln und Gesetzen vergessen zu machen …

In mir herrscht Chaos. Ich sterbe vor Rührung und Dankbarkeit wegen Deines großartigen Verzichts, aber ich sterbe auch vor Angst, daß er gar nicht so großartig sein könnte, daß die Gelegenheit für Dich nur ein Vorwand ist, eine Situation zu beenden, die Dich langweilt, eine Frau loszuwerden, deren Reize sich abgenutzt haben. Davor fürchte ich mich. Ganz allein zu leiden. Dich viel zu bald geheilt zu sehen, zu bald erleichtert, zu bald glücklich ohne mich. Weil ich stolz bin und so schrecklich unsicher …

Darüber hinaus habe ich Angst vor Deinem Schmerz, Deiner Trauer. Weil ich Dich liebe und Dir um jeden Preis Leid ersparen will, sei es auch auf meine Kosten.

Ich habe Angst davor, wieder Lust zu haben, Dich zu verführen, und ich habe ebenso große Angst davor, der Versuchung nachzugeben wie ihr zu widerstehen. Ich habe auch Angst, daß Du ihr erliegst oder ihr nicht erliegst. Du hast recht. Die Situation ist völlig verfahren. Nur daß ich mir dessen erst unmittelbar vor der Trennung bewußt werde. Ich werde alles tun, was Du willst, mit aller Liebe, derer ich fähig bin. Deine Komplizin sein, Deine kleine Schwester, Deine

Geliebte – in Abständen oder auch nie wieder. Deine Feindin, wenn Du es willst, um es Dir leichter zu machen. Ich kann ein richtiges Biest sein. Oder leicht zu durchschauen (Ja! Lach nicht!).

Aus Liebe biete ich Dir alles an, was nicht nach Liebe aussieht, und alles, was manchmal für sie unerläßlich ist: Freundschaft, Zärtlichkeit und die widersprüchlichsten, paradoxesten Hoffnungen …

Die Besprechung nähert sich dem Ende. Ich werde nach Hause fahren, zu Antoine, der heute frei hat, mit ihm, der mir nichts von Eurem Gespräch erzählt hat, reden und ihn vielleicht hassen …

Mein Brief ist noch nicht zu Ende. Ich glaube, er wird nie zu Ende sein …

Bei mir zu Hause.

Mein Geliebter, ich liebe Dich. Ich wünschte mir, Du, der Du nicht trösten kannst, würdest mich in den Arm nehmen und mich trösten, um mein Leid erträglicher zu machen. Ich wünschte, Du würdest mich weinen lassen, Du würdest mit mir weinen, wärst albern und kindisch, wie Du es noch nie gewesen bist, und würdest mir sagen: »Adieu, meine Julia. Die Romeos nehmen entweder eines Tages Abschied, oder sie sterben, aber niemals bleiben sie für immer.« Ich bin sechzehn Jahre alt, und mein Herz ist schwer.

Und dann ist da in mir die Ausgefuchste, die Raffinierte, die Gourgandine, die aufbegehrt. Wie soll ich es anstellen, der Verlockung zu widerstehen, Dich wieder zu verführen, mich vor Deinen Augen in Szene zu setzen, die anderen auszustechen?

Was würde Dir mehr schmeicheln? Mein resignierter Rückzug oder meine sture Revolte? Ich werde alles versuchen, versprochen …

Wie dumm! Als ich aus Rom zurückkam, hatte ich Dich ein wenig vergessen, war die brennende Sorge um Dich ein wenig verblaßt. Und jetzt wirst Du mit nur einem Brief für mich wieder der wichtigste Mann auf der Welt.

Mein Geliebter, vergiß mich, wenn es für Dich leichter ist … Aber mein Geist ist ein komisches und stures Wesen. Er wird Dich überall in Paris heimsuchen, und vor allem in dem Hotel mit seinen schmutzigen, verwanzten Betten, die viel zu schmal sind und dazu noch quietschen. Bereite ihm einen freundlichen Empfang. Er ist nur der Botschafter meiner ganzen Liebe zu Dir, meiner Träume und Erinnerungen.

Mein Großer, liebe mich weiter. Ohne Deine Zärtlichkeit, ohne Dein Verlangen, ohne Deine Blicke und Deine Ungeduld wäre ich nur noch ein halber Mensch …

Dieser Dienstag, der so anders ist als die anderen, ist ein sehr trauriger Tag. Und doch bin ich noch bei Dir, und Dir verdanke ich diesen ganzen Reichtum: meine Zweifel und meine Qualen. Es gibt Menschen, die noch nie Liebeskummer hatten, die Armen! …

Dein Brief ist sanft und warm: Er teilt mir nichts Endgültiges mit und ruft mich zur Hilfe. Und ich komme, bin schon da. Ich werde Dir helfen, mich zu verlassen, mich zu vermissen, vielleicht auch, zu mir zurückzukommen, mich besser zu lieben, weniger zu lieben … Jedenfalls wirst Du mich nicht verlieren. Ich habe mich Dir nicht rückhaltlos hingegeben, weil ich unfähig war, Dir ein solches Geschenk zu machen, und Du unfähig gewesen wärst, es anzunehmen. Aber das, was ich Dir gegeben habe, gehört das ganze Leben Dir.

Ich bleibe Deine »Femme de papier«.

Ich liebe Dich.

Ah! Dieser Gauner, dieser Schuft, dieser Teufel! Mich mit meinen eigenen Worten zum Weinen zu bringen, mich mit meinem eigenen Schmerz und meinen eigenen Versprechungen aus der Bahn zu werfen! Mich in die Zeit zurückzuversetzen, da zwischen ihm und mir noch nichts wirklich verblaßt war, da wir kurz vor der möglichen Trennung eine Art Apotheose erlebt hatten. Dieser Schlaukopf! Dieser geliebte Schlaukopf! Wie viele Asse er im Ärmel hat, um mir zu verbieten, ihn zu vergessen oder auch nur so zu tun ...

Auf der Karte steht in seiner Schrift ein etwas verworrener Text, in dem er mir mit bittersüßem Humor mitteilt, es handle sich hier um den einzigen Brief von mir, den er je zurückbehalten habe ... Es stimmt, daß er mir sonst jeden einzelnen Brief zurückgegeben hat. Ich bräuchte sie nur in der richtigen Reihenfolge zu lesen, um unsere Geschichte zu rekonstruieren ... Ich hatte geglaubt, er hätte es nicht gewagt, diesen Brief in seinem Gepäck von Paris mitzubringen, ich hatte gedacht, er hätte ihn gleich dort zerrissen. Und jetzt ist er im exakt richtigen Moment plötzlich wieder aufgetaucht! Ich nehme sogar an, daß er ihn nicht aus Sentimentalität aufbewahrt hat, sondern aus weiser Voraussicht, wie man einen Notgroschen bereithält, den man eines Tages vielleicht braucht ... Und jetzt ist der Tag gekommen ... der Augenblick, mir zu sagen: »Sieh doch, was du versprochen hast! Erinnere dich an dein Bestreben, mir zu gefallen, deine Fügsamkeit, an deine Liebesschwüre!« Diese Dreistigkeit, diese Berechnung verschlägt mir den Atem, erweckt Bewunderung in mir, Rührung ... Und doch! Wäre es nicht dumm, wegen dieser Kleinigkeit, wegen einer fünfminütigen Lektüre weich zu werden und all meine Vorsätze über Bord zu werfen? So rasch die erhoffte Gelegenheit beim Schopf zu packen, mich mit Leib und Seele wieder in meine Liebe zu ihm zu stürzen?

In der Pause habe ich mir eine Tasse Kaffee geholt und dann sein Büro angesteuert. Er kam gerade heraus. »Wo willst du denn hin mit deinem kleinen Kaffee?« »Zu dir!« habe ich entgegnet. Aber es war schon jemand dort, der eine Akte studierte. Wir blieben an der Tür, den Kollegen ignorierend, senkten aber der Diskretion halber die Stimmen. »Wo hast du denn plötzlich diesen Brief her?« fragte ich ihn. Er freute sich unheimlich, wie immer, wenn es ihm gelang, mich zu verblüffen. »Aus meinem Archiv«, erwiderte er verschmitzt und triumphierend. Ich hatte wahnsinnige Lust, ihn lange und leidenschaftlich zu küssen. Seine Augen blitzten. »Dann hast du meine Nachricht bekommen?« Ich nickte. »Ja, ich habe mich auf der Toilette eingeschlossen, weil sie mich zum Weinen gebracht hat ...« Er spielte den Überraschten, den Ungläubigen, dieser Schuft ... Am anderen Ende des Büros blätterte der Kollege immer noch in der Akte. Ich weiß nicht einmal mehr, was eigentlich passiert ist. Ich muß näher an ihn herangetreten sein, seinen Pullover berührt haben, versunken in der schwindelerregenden Betrachtung dieser geliebten Züge, die ich im Laufe der Jahre habe altern sehen, sein von immer mehr weißen Strähnen durchzogenes Haar, seine Falten, seine müden Augen – gestern hatte er mit seinen Fußballfreunden einen draufgemacht ... Ah! Jetzt fällt es mir wieder ein! Ich habe ihn aufgezogen, weil er das letztemal, als er solche Augen hatte, den Nachmittag mit Isabelle verbracht hatte ...

Aber Isabelle war mir in dieser Sekunde völlig egal. Ich konzentrierte mich darauf, mich zum hunderttausendsten Mal in den Gourgandin zu verlieben, und ich registrierte alles sehr genau: Geschwindigkeit und Dauer des Absturzes, dieses Gefühl, in ein Loch ohne Boden zu fallen, wenn er mich so ansieht mit zärtlichen goldgrünen Funken in den Augen …

Mittags wollte ich ins Café, in der Hoffnung, ihn dort zu treffen. Isabelle ging nicht mit, sie wirkte irgendwie seltsam mißmutig. Ich schwebte auf Wolke sieben und hatte keine Lust, herunterzukommen, um ihr die Beichte abzunehmen. Feige überließ ich sie sich selbst. Bevor ich ging, suchte ich Myriam auf, um ihr mitzuteilen, daß ich die Akte, die sie brauchte, überarbeitet hätte. Keine Myriam … Sofort machte ich mich auf die Suche nach dem Gourgandin, aber er war ebensowenig aufzutreiben, weder in seinem Büro noch an den anderen Orten, wo er hätte stecken können. Ich lief Alfred über den Weg, der meinte: »Sie sind bestimmt im Café.« Im Café waren jedoch nur Basile und Jean-Jean, die die beiden auch im Selbstbedienungsrestaurant nicht gesehen hatten … Wieder ein freier Fall, diesmal in tiefste Verzweiflung. Und dann der banale Ausruf von irgend jemandem: »Da sind sie ja!« Sein Wagen raste auf den Platz. Er war nicht mit ihr zusammen, sondern mit Jean-Paul … Blitzartige Wiederherstellung meiner Lebensfreude, meines Glücksgefühls, das sich rasch über die Köpfe der anderen erhob, höher, immer höher hinauf, vorbei an den über uns liegenden Stockwerken, unaufhaltsam aufsteigend wie eine berauschte Lerche …

Am Tisch fingen die anderen an, vom Skilaufen zu reden. Ab und an begegnete ich dem Blick des Gourgandin. Unsere Liebe überstieg die zur Diskussion stehenden Vorzüge des Skilaufens auf Glatteis und des Monoskis im Pulverschnee. Die anderen waren am dritten Abschnitt der Huez-Alpen angelangt, schwarze

Piste, dreitausend Meter … Ich schwebte deutlich höher, und mit leichtem Flügelschlag stieg der Gourgandin zu mir auf. Da wir beide das gleiche dachten, fuhr er laut fort: »Sag mal, du warst doch Freitag morgen nicht in der Firma, richtig? Geht es dir wieder besser? Stell dir vor, dein Mann hat mich Freitag nachmittag angerufen … Ich fand das seltsam. Aber ich habe natürlich geschwiegen wie ein Grab und mit keinem Wort erwähnt, daß du nicht im Büro warst. Ich habe mich nicht nach dir erkundigt …« Er setzte die zweideutige Miene eines taktvollen Komplizen auf, der möglicherweise mein Alibi gewahrt hatte. Er dachte, daß ich den freien Vormittag woanders verbracht hätte als zu Hause, daß ich Antoine nichts davon gesagt hätte und meinem Mann ein Verdacht gekommen war, woraufhin er in der Firma angerufen hätte, um sich davon zu überzeugen, daß der Gourgandin im Büro war … Natürlich, das war das Detail, das ihn bewogen hatte, sich zu outen. Er hatte sich gesagt: »Daß sie Donnerstag mit Benoît bumst, gut. Das bleibt unter uns. Aber Freitag! Mit wem? Es muß schlimm – oder ernst – sein, wenn ihr Mann reagiert und an mich denkt, ihr nachspioniert.« Ich gab mich etwas verlegen und perplex, bevor ich nachhakte: »Ach ja? Antoine hat dich angerufen? Das ist ja komisch! Und ihr habt nicht von mir gesprochen?« Und dann, weil er mir in seiner Eifersucht leid tat, klärte ich ihn auf: »Nein, nein, ich habe nur Spaß gemacht! Ich weiß, daß er dich angerufen hat – ich war zu Hause!« Zu spät, der Verdacht des Gourgandins war zur Gewißheit geworden. Zumal ich nicht richtiggestellt hatte, daß er am Morgen und nicht am Nachmittag angerufen hatte … Ich schämte mich für diese so schwerwiegende Unterlassung. Ich wußte zu gut, wie weh es tat, eine häßliche Wahrheit zu wittern oder daran zu glauben … Um halb zwei hatte noch niemand Lust, das verdammte Café zu verlassen. Der Gourgandin wäre sicher allein mit mir dageblieben, aber Alfred wartete sichtlich darauf, daß ich ging, um mit ihm zu sprechen. Vielleicht dachten die anderen, wir würden den Nachmittag miteinander verbringen. Ganz plötzlich waren alle verschwunden. Ich fand mich allein auf der Straße wieder. Der Gourgandin brachte seinen Wagen direkt vor mir zum Stehen, kurbelte das Fenster herunter und rief: »Ah! Alfred hat ja sein Auto wieder!« Dann mußte er selbst über diese dumme Feststellung lächeln … Ich sonnte mich im glücklichen Leuchten seiner grünen Augen. Er warf mir mit kindischer Mimik ein paar Küßchen zu, und ich kehrte nach Hause zurück wie eine Marionette am langen Faden meines wiedergefundenen Glücks, das hoch oben am Himmel Kapriolen schlug wie ein wildgewordener Drachen …

Sobald ich zu Hause war, schrieb ich ihm einen Brief (nachdem ich ihm vor … vielleicht drei Monaten geschworen hatte, ihm nie wieder zu schreiben – ohne selbst daran zu glauben). Am Anfang des Briefes versicherte ich ihm noch brav und in vernünftigem Ton, daß ich ihn liebte. Dann ging der Füller mit mir durch, und völlig entfesselt schrie er heraus, sang er, proklamierte er, daß ich ihn liebte, daß ich ihn liebte, daß ich ihn liebte … daß ich ihn liebte. Und ich wagte sogar, die Möglichkeit einer Verabredung zu erwähnen …

Ich las den Brief anschließend noch einmal durch und fand ihn albern, fand, daß er weit hinter der Realität zurückblieb. Aber ich gab mich resigniert mit der jämmerlichen Begrenztheit meiner kümmerlichen Worte zufrieden …

Am späten Nachmittag kam Isabelle mich besuchen.

Mein Gourgandin hatte die absolute Vertraulichkeit seiner Nachricht mit Rotstift unterstrichen. Und so erzählte ich ihr nichts. Jedenfalls nicht mehr als sonst. Eher weniger. Sie war verbittert und enttäuscht. Sie beschrieb sich als an Heim und Herd gekettet, verzweifelt und verloren in ihrer Männerwelt, in der ihr ein Ehemann und vier Jungen fast gleichgültig gegenüberstanden. Ich protestierte, erinnerte sie daran, daß sie zahlreiche Interessen hätte, darunter im übrigen auch ihre außerehelichen Abenteuer. Das sagte ich in ganz normalem Tonfall ... Sie schnitt eine angewiderte Grimasse und sagte: »Eben. Das ist es ja, was mich ... Also, ich finde das nicht eben positiv ...« Wir gingen beide nicht näher darauf ein.

Antoine kam nach Hause und mixte einen sehr starken und sehr leckeren Punsch. Ich trank schweigend auf mein Glück und Isabelles Deprimiertheit.

Kapitel 12

Dienstag, 28. Januar

Isabelle ist eine Lügnerin. Sie behauptet, ihn nicht zu lieben. Nicht eifersüchtig zu sein. Mir nichts wegzunehmen.

Ich habe dem Gourgandin heute morgen eine Antwort gegeben. Er schien glücklich. Er küßte mich mehrmals und beschmierte sich mit meinem Lippenstift.

In der Pause sage Isabelle, daß sie, wie jeden Dienstag, auf mich warten wird, um gegen 11 Uhr 45 mit mir zum Wochenmarkt zu gehen. Um 11 Uhr 30 klopft sie an meine Bürotür, steckt den Kopf herein und sagt, ziemlich blaß um die Nase: »Warte nicht auf mich. Ich fahre nach Hause, ich fühle mich nicht wohl ...« Ehe ich etwas erwidern kann, ist sie bereits wieder verschwunden. Um 11 Uhr 40 mache ich mich fertig, allein loszuziehen. Plötzlich fällt mir ein, daß sie mir noch wichtige Unterlagen geben muß. Ich gehe sie suchen und stelle fest, daß sie die Firma offenbar schon verlassen hat. Der Personalchef muß es genau wissen. Ich klopfe also an die Tür des Gourgandin. Niemand da. Alfred versichert mir, daß er eben noch dagewesen sei. Mit Isabelle ...

Der gefährliche Skorpion in mir, der niemals ruht, reckt seinen Stachel! Ich sehe sogar auf sämtlichen Toiletten der Etage nach. Ich hasse dieses plötzliche Verschwinden; ich weiß nur zu gut, was es bedeutet. Und ich kenne auch – da ich selbst sie in den gewagtesten Aufmachungen aufgesucht habe – alle für ein Schäferstündchen geeigneten Winkel dieser Scheiß-Firma ...

Dann taucht, weiß Gott woher, der Gourgandin wieder auf. Ich frage ihn, wo Isabelle sei. Er zieht mich in sein Büro. »Sie ist gegangen, weil ich ihr gerade erklärt habe, daß es aus ist zwischen uns.« Ich zögere, ihm zu glauben, mich zu freuen, sie zu bemitleiden. Er fährt fort: »Und das habe ich ihr nicht zum erstenmal gesagt.« »Dann ist es, wenn ich dich recht verstehe, sie, die dich nicht in Frieden läßt?« Er nickt. Verlogene, verlogene Isabelle. Perfide Heimlichtuerin. Gemeine Schlampe, die mich in meinem Kummer bemitleidet, sich an die Brust schlägt, mit hochnäsiger Miene ihre Seitensprünge verdammt und dabei hinter meinem Rücken den Gourgandin umgarnt, wieder zum Angriff übergeht ...

Ich lasse meinen Groll nicht vor ihm heraus. Er wirkt

mißmutig: »Ich hasse es, anderen weh zu tun«, sagt er. Aber ich weiß, daß dieser Schmerz, der Schmerz einer schönen und intelligenten Frau, ihm ein kostbarer Schmuck ist. »Du gibst dir nicht eben Mühe, es zu vermeiden«, entgegne ich. Und gleich darauf, ganz beispielhaftes kleines Frauchen: »Tue ich anderen weh?« »Ja«, erwidert er mit einem traurigen Lächeln. »Du«, entgegne ich darauf, »bist nicht anders.« Und weil ich ihn so unbeschreiblich liebe, vergesse ich Isabelle für den Moment ...

Zu Hause denke ich wieder an die Unterlagen, die sie vergessen hat, mir vorbeizubringen. Um 14 Uhr rufe ich in der Firma an, um zu fragen, ob sie wieder im Hause sei. »Ja«, antwortet die Frau in der Zentrale. »Ich habe sie gesehen.« Und obwohl ich versuche, sie davon abzubringen, beharrt sie darauf, überall nach Isabelle zu suchen, nachdem diese sich in ihrem Büro nicht meldet. Man könnte meinen, die ganze Welt hätte sich verschworen, mir gewaltsam die Augen zu öffnen. Natürlich bleibt sie unauffindbar.

Ich bitte nicht darum, mit dem Gourgandin verbunden zu werden. Und die Frau von der Zentrale, die vielleicht doch völlig arglos ist, schlägt es mir auch nicht vor.

Heute abend hasse ich Isabelle.

Andererseits ... Was, wenn er es ist, der lügt? Wie soll ich das wissen? Was, wenn er, um seine Herrschaft zu festigen, danach trachtet, uns zu entzweien? Würden wir, dumm wie wir sind, nicht in die Falle gehen? Und was ist mit Myriam?

Ah! Christine, Du hast wirklich Glück, weit weg in deiner Villa am anderen Ende der Welt ... Zwanzig Kilometer liegen zwischen Dir und der Firma, und Du kannst frei atmen. Aber wenn doch eines Tages alles ans Licht käme, welch eine Katastrophe, nicht wahr?

Kapitel 13

Mittwoch, 29. Januar

Als ich heute morgen in die Firma komme, sind weder Isabelle noch der Gourgandin dort … Ich gestatte mir nicht, irgendwelche Schlüsse zu ziehen, und stürze mich statt dessen in die Arbeit. Nach einer Weile klopft Isabelle an meine Tür: »Komm doch zu mir rüber, wenn du einen Augenblick Zeit hast, ja?« Sie macht einen schrecklich unglücklichen Eindruck. In ihrem Büro fragt sie mich sofort völlig zusammenhanglos: »War es richtig?« Ich falle aus allen Wolken: »Was?« »Die Akte, die ich dir geschickt habe …«

Ach so! Ja! Die berühmten Unterlagen, die sie mir am Vortag per Kurier nach Hause geschickt hat! Warum spricht sie ausgerechnet jetzt von diesen Unterlagen? Verdammt, es ist offensichtlich … Weil sie weiß, daß man sie gestern gesucht und nicht gefunden hat. »Ich war gerade dabei, den neuen Bildschirm im Konferenzsaal zu installieren«, erklärt sie weiter, ohne daß ich sie darum gebeten hätte. Die Vorstellung, wie sie zusammen mit dem Gourgandin schraubt, montiert, einstellt, macht mich rasend … Dann sehe ich, daß sie den Tränen nah ist. »Was ist denn?« frage ich.

»Das weißt du doch«, entgegnete sie. Gut, ich hätte verneinen sollen. Die Ahnungslose spielen. Und ich schwöre, daß ich nicht aus Boshaftigkeit sagte: »Ja, er hat es mir gesagt.« Es war Aufrichtigkeit. Weil ich mich geschämt hätte, ihr gegenüber, die so traurig war, zu schummeln …

Aber in diesem Moment zog sich die Falle zusammen. Es war schon nicht leicht gewesen, ihre Freundin zu sein, als sie noch mit ihm schlief. Aber jetzt, nach dem, was zwischen ihnen passiert war, würde es wirklich problematisch werden, es zu bleiben ... Ich versuchte es auf die sanfte Tour.

»Warum tut es dir denn so weh?«

»Das war der Tropfen, der das Faß zum Überlaufen gebracht hat.«

Ich versuchte es mit Verständnis:

»Ich halte das nicht für einen Tropfen.«

»Doch, aber das Timing ist schlecht. Die Last, die ich mit mir herumschleppe, ist schon zu schwer.«

Ich versuchte es mit Kooperation:

»Was kann ich tun, um dir zu helfen?«

»Nichts. Ich bitte dich um gar nichts.«

Ich verteidigte mich:

»Ich habe auch um nichts gebeten, ihn in keiner Weise unter Druck gesetzt.«

»Ich mache dir keine Vorwürfe.«

Ich versuchte es mit Optimismus:

»Dramatisiere es doch nicht. Bei ihm ist nie etwas endgültig.«

»Also, weißt du, ich schwöre, ich schwöre auf meine Kinder – und du weißt, daß ich zu meinem Wort stehe – ich schwöre, daß ich nie wieder ein Wort mit ihm sprechen werde.«

Sie weinte, tief verletzt von allem, was ich versuchte zu sagen oder zu verschweigen. Widersprüchliche Gefühle nagten an mir. Einerseits wollte ich sie in den Arm nehmen, mit ihr weinen, sie wiegen, ihr gut zureden: »Mein armer kleiner Schatz, meine kleine Schwester, ich lasse ihn dir, und ein Geschenk ist das nicht, weißt du.« Aber sie war es, die mehrmals fast böse sagte: »Du kannst ihn haben, behalt ihn! Behalt ihn!«

Andererseits wollte ich toben, sie schütteln, sie

anschreien: »Verdammt, du gehst mir auf den Geist mit deinem Theater. Ich habe das gleiche durchgemacht, genau das gleiche, und ich habe kein solches Tamtam gemacht!« Aber sie kapitulierte bereits: »Mit dir kann ich nicht mithalten. Gegen dich habe ich keine Chance.« Und ich protestierte, warf mich ins Zeug: »Hör zu, er hat wegen eines einfachen Anrufs überreagiert, wegen eines freien Vormittags. Es war eine List, eine Strategie, und ich hätte nicht gedacht, daß er noch darauf hereinfallen würde!«

Sie schniefte. »Ich kann einfach nicht kämpfen wie ihr, ich habe nicht eure Klasse.«

Ich ermutigte sie, blöd wie ich bin, riet ihr: »Versuch es doch. Es klappt bestimmt!«

Sie straffte die Schultern, in Tränen aufgelöst und doch voller Würde. »O nein! Ich hasse ihn! Er ist ein Lügner!«

Bei Gott, welche Erkenntnis! Ich fuhr in ihrem Sinne fort: »Natürlich ist er ein Lügner. Weißt du noch, dieser Donnerstag, den er mit dir verbracht hat? Ich höre ihn noch schwören, schwören, hörst du, daß er bei einem Geschäftspartner war.«

Sie zitterte, plötzlich erfüllt von Boshaftigkeit: »Aber ich, ich wußte, daß er andere hatte, daß ich nicht die einzige war … Und die da …« Sie nickte vage in Richtung von Myriams Büro. »… wartet abends bis in die Puppen auf ihn, wenn er kein Auto hat.« Sie blieb hartnäckig, suhlte sich, um mich zu treffen, in Verdächtigungen, setzte als Waffe all die Zweifel ein, die mich hatten wanken lassen.

»Und er muß so ziemlich überall noch kleine Freundinnen haben! Welche, von denen wir gar nichts wissen!«

»Das glaube ich nicht«, erwiderte ich traurig, »das

wäre nicht seine Art. Wenn es sie gäbe, wüßten wir davon. Was würde ihm das sonst bringen?«

Sie weinte wieder, brach wieder zusammen. »Was bin ich doch blöd gewesen! Und dir hat er tatsächlich gesagt, daß ich ihn nicht in Ruhe lasse! Aber das stimmt doch gar nicht! Das ist nicht wahr! Ein Augenblick hier und da, mehr wollte ich doch gar nicht. Mir ist nicht entgangen, daß er sich in letzter Zeit zurückgezogen hat, distanzierter wurde ...«

Hämische Freude durchströmt mich, und es gelingt mir einfach nicht, sie zu unterdrücken. Gut so! Gut so! Auch sie hat ihn gefühlt, den schmutzigen, widerlichen Schmerz, nicht mehr so begehrt zu sein, die erniedrigende Qual, zuerst an Glanz zu verlieren und dann noch an Anziehung. Sie weint immer noch. »Ich habe zu ihm gesagt: Warum uns trennen? Von nichts kann man sich nicht trennen!« Ich weiß nicht genau, ob sie damit den Gourgandin oder sich selbst herabwürdigte. Und sie selbst weiß es auch nicht so genau. Sie verkündet: »Für mich existiert er nicht mehr.« Und dann: »Für ihn habe ich nie existiert.«

Ihre Augen sind verquollen, ihre Lippen aufgesprungen, ihre Hände glühen, und sie tritt von einem Fuß auf den anderen wie ein übernervöses Pferd ... Schon mehrmals hat jemand an ihre Tür geklopft. Ich muß gehen ... Mir fällt nichts Passendes ein, was ich sagen, tun oder auch nur denken könnte ... Ich schwanke zwischen bitterem, skeptischem Triumph und nagenden Schuldgefühlen ...

Scheiße, und noch mal Scheiße! Alles steht kopf, nicht wahr, Christine?

Mittags traf ich sie in der Bäckerei und fragte sie, ob sie nicht Lust hätte, mit mir einen Grog zu trinken. Sie lächelte so gequält durch den Tränenschleier, daß ich alles, wirklich alles darum gegeben hätte, die letzten vierundzwanzig Stunden aus unserem Leben zu streichen ... Ich sagte: »Ist er heute nicht gekommen, weil er sich vor deiner Verzweiflung fürchtet?«

Sie schüttelte den Kopf. »Nein, er hat Außentermine.« Mit welchem Recht wußte sie besser über seinen Terminplan Bescheid als ich? ... Mein Mitleid schmolz dahin, und ich wurde sofort bissig.

Im Café waren wir immer noch hin und her gerissen zwischen Groll und Freundschaft. Hundertmal versuchte jede von uns, ihre Gefühle und die Taten, Gesten, Lügen und Heimlichkeiten des Gourgandin aufzulisten. Betrübt gestand sie: »Er hat mir etwas zu Weihnachten geschenkt.«

Ich antwortete: »Das dachte ich mir. Ein Parfum?«

»Nein, ein Buch. Warum, schenkt er dir Parfum?«

»Ja, seit sieben Jahren bekomme ich von ihm ein Weihnachtsgeschenk, und oft ist es Parfum.«

»Siehst du, es gibt sehr wohl eine Hierarchie: Parfum ist teurer als ein Buch!«

Das Niveau des Dialoges ließ sie den Mund verziehen, eine verkrampfte Mimik, als wäre ihr übel. »Seit drei Tagen habe ich nichts mehr gegessen, und ich könnte trotzdem kotzen. Kotzen! Das Ganze macht mich richtig körperlich krank.«

Ich verkniff mir wohlweislich, sie darauf hinzuweisen, daß, wenn ihr Brechreiz bereits seit drei Tagen andauerte, das gestrige Gespräch nicht das erste dieser Art gewesen sein konnte ... Ihr Ekel tat mir weh. Ich erklärte:

»Hör zu. Es wäre leicht, sehr leicht für mich gewesen, weniger durch euch beide zu leiden. Ich hätte nur sofort auf deine Avancen einzugehen brauchen. Weißt du, sie haben mir sehr geschmeichelt, mich gerührt und noch viel mehr. Ich hatte oft Lust auf dich, Lust, dich zu streicheln, dich auszuziehen. Als du mir geschrieben hast, daß der Gourgandin dich um ein Rendezvous zu dritt gebeten hat, mit dir, ihm und mir, und daß du aus Trotz darauf eingegangen bist, hat mich das riesig gefreut. Weil ich den Eindruck hatte, daß das von deiner Seite auch eine Art war, mir zu sagen, daß du mich liebtest und schätztest. Aber du wirst dich erinnern, was ich darauf antwortete: daß ich dich zuerst richtig kennenlernen wolle. Einige Zeit mit dir ganz allein haben wolle. Er käme erst hinterher dazu – gegebenenfalls. Später. Und dann bin ich doch nie zur Tat geschritten. Weil ich, nachdem ich meine Motive analysiert hatte, mir diese unredlich und verworren vorkamen. Ich hatte den kleinlichen Wunsch, dem Gourgandin eins auszuwischen, ihn auf einem Gebiet zu schlagen, das er nicht bedacht hatte. Vielleicht hegte ich auch die Hoffnung, ihn durch dich zurückzugewinnen. Das war gemein und deiner nicht würdig. Außerdem empfand ich dich als zu passiv. Du wärst darauf eingegangen, wenn ich gehandelt hätte, aber die Initiative ging nicht von dir aus. Und dein mangelndes Interesse verbot mir eine Offensive. Ich hatte Angst vor deiner Verwundbarkeit, Angst, dich zu verleiten, zu weit zu gehen … Verstehst du das? Es war … Respekt. Für mich bist du kostbar. Verstehst du?«

Sie nickte mit zitterndem Kinn. Ich hatte meine kleine Ansprache mit viel Liebe gehalten. Aber schließlich, als ich sie so klein und unglücklich vor mir sah, hatte ich doch das Gefühl, daß sie sich einen Dreck darum scherte, respektiert zu werden, daß sie es vorgezogen hätte, ein wenig vergewaltigt zu werden, ein wenig benutzt, sei es auch leichtfertig … Daß ein kleines Plätzchen unter uns beiden genügt hätte, sie überglücklich zu machen ... Aber ein »unter uns« gab es nicht, konnte es nicht geben, solange ihr Abenteuer mit dem Gourgandin andauerte. Denn ich war es, die das Gefühl hatte, zurückgewiesen zu werden ... Angesichts der Wichtigkeit, die unsere Analysen, unsere Tränen und unser Bedauern dem Gourgandin zukommen ließen, drehte sich ihr der Magen um. Beinahe hätte ich mich ihrer fraulichen Wut angeschlossen, meine Liebe vergessen und ihr vorgeschlagen: »Rächen wir uns. Auch mich hat er schon sehr traurig gemacht.« Aber statt dessen dachte ich nur, daß wir damit Myriam freie Bahn geben würden.

Es sei denn, daß sie sich, ebenfalls von Groll getrieben, dem Vergeltungsbataillon anschloß ... Willkommen im Club!

Kapitel 14

Donnerstag, 30. Januar

In meinem Büro – 9 Uhr 30.

Vorher im Fahrstuhl hat die Absurdität der Situation mir ein Lächeln abgerungen. Ich war unglücklich, weil Isabelle mit dem Gourgandin schlief. Sie wurde unglücklich, weil ich aufhörte, mit ihm zu schlafen. Im großen und ganzen war es das. Hätte ich so weitergemacht wie früher, hätte er sich nicht ermutigt gefühlt, sie »abzuschießen«, wie sie es am Vortag verbittert ausgedrückt hatte. Das ist doch komisch, oder? Stell Dir doch einen Augenblick vor, Christine, Du würdest von meiner Affäre mit dem Gourgandin erfahren und ihm unmißverständlich zu verstehen geben, daß Du ihn verläßt. Und daß er mir, um Dich zurückzugewinnen, noch unmißverständlicher den Laufpaß gibt. Und daß ich dann zu Dir komme, um Dir eine Szene zu machen! ... Der Unterschied ist natürlich der, daß wir beide keine Freundinnen sind ...

Also, in meinen Augen ist Freundschaft etwas ziemlich Perverses.

In meinem Büro – 11 Uhr.

Er ist gegangen. Ich habe ihm gesagt, daß wir uns meiner Meinung nach ganz schön in die Bredouille gebracht hätten. Oder besser, daß er es ist, der uns dahin gebracht hätte. Daß Isabelle, auch wenn sie das Gegenteil beteuere, böse auf mich sei. Darauf antwortete er: »Das hat doch mit dir gar nichts zu tun!« Eine Beteuerung, die nicht unbedingt dazu angetan war, mich zu beruhigen. Er nahm mich in die Arme, drückte mich an sich, streichelte mich. Sein grüner Angorapullover an meinem schwarzen Mohairkleid. Ich zerfloß unter seinen Händen, wurde ganz schlank und geschmeidig und ganz heiß von unvorstellbarer Lust. Er konnte mich nicht gleich nehmen, das wäre zu riskant gewesen, zu überhastet. Und das war gut so. Ich zog es vor, ihn zu begehren. An meinem Schenkel, der ihn zuerst wiedererkennt, dann unter meiner Hand, die ihn sucht und noch in derselben Sekunde findet, ihn streichelt, schwillt sein Schwanz an und beginnt zu pulsieren. Er kann sich in seinem Slip frei bewegen, und seine Form erfreut meine Finger, verzaubert mein Becken, das sich voller Verlangen an ihm reibt ... Er küßt mich überall aufs Gesicht, und diesmal hinterläßt nicht mein Lippenstift Spuren auf seinem Gesicht, sondern mein Make-up. Seine Unterlippe, die vollere von beiden, ist mit einem beige-rosa Hauch überzogen, der ihn aufmerksamen Blicken verraten wird. Mehrmals wische ich ihm mit einem zärtlichen Finger den Mund ab, und mehrmals schminkt er ihn neu, indem er seine Lippen über mein Gesicht und meinen Hals wandern läßt. Seine Umarmung ist zärtlich und überzeugend. Ich nehme die Brille ab, um meinen Blick in seine goldenen Augen eintauchen zu lassen. »Ich liebe dich«, sage ich und schmelze dahin vor Sanftheit und gezügelter Ungeduld. Er hat unter dem Pullover nichts an. Meine Finger streichen über seine Taille, seinen Rücken, schieben sich unter seine feuchten Achseln, führen seinen Geruch zu meiner Nase wie eine wertvolle Beute. Diesen Duft würde ich unter Tausenden wiedererkennen ...

Er ist fort. An mir haftet noch der berauschende Geruch seines Schweißes, der mich in kleine, säuerliche Wellen hüllt, wenn ich umblättere ... Ich schließe die Augen, das Gesicht in den Händen ... Und da tauchen vor meinem geistigen Auge Millionen von Bildern auf, Nächte, Tage, dieses und jenes Zimmer, die Rundung seiner Schulter, die Form seines Armes, sein verstörter Gesichtsausdruck, wenn er überglücklich war, sein Tanz des großen Medizinmannes und Freudenspenders ...

Mein Gott, wie habe ich so lange – schon über drei Monate – ohne diesen Geruch leben können?

Zu Hause, 14 Uhr.

Heute morgen hatte ich ihn gefragt, ob er mich zum Café und hinterher nach Hause fahren könnte, da ich immer noch kein Auto habe. Er antwortete: »Ich fahre dich gleich am Nachmittag nach Hause, dann kannst du mich zum Essen einladen.« Ich antwortete, daß ich zu Hause nicht allein wäre. Er ließ es dabei bewenden. Erst später dachte ich: ›Wir hätten trotzdem zusammen essen können, im Restaurant.‹ Beinahe wäre ich ihm den Flur hinunter nachgelaufen, um es ihm vorzuschlagen. Aber dann ließ ich es doch bleiben; wenn er es nicht selbst vorgeschlagen hatte, bedeutete das, daß die Mahlzeit ihn weniger interessierte als das Drumherum. So also trübt man dadurch, daß man sich zu viele Gedanken macht, sein neugewonnenes Glück.

Im Café herrscht Verdrossenheit bei den anderen. Seine Hand liegt beinahe unter meiner, sein Arm, sein Bein, sein ganzer Körper ist auf der Bank an mich gedrückt. Ich habe noch seinen Geruch an den Fingern. Isabelle kommt hinzu. Mir wird abwechselnd heiß und kalt. Sie ist distanziert, spricht mit trockener, harter, lauter Stimme. Sie bleibt nicht lange.

Ich kann einfach nicht anders, als die Frage zu stellen, die hätte tabu sein müssen. »Reagierst du bei mir, wenn ich sauer auf dich bin, genauso? Denkst du dann auch: ›Die beruhigt sich schon wieder‹?« Schweigen. Eine zögernde Miene. Urteil: »Ich weiß nicht ...«

Hinterher analysiert er, etwas zu spät, was uns unterscheidet. »Du bist anders, wenn du sauer bist. Hinterhältiger und manchmal auch überheblicher ...« Ich tue so, als würde ich mich für die Adjektive interessieren. »Provokant?« bemerke ich mit spitzen Lippen. Mein Herz ist woanders. Ich wäge den winzig kleinen Raum zwischen Haß und Leidenschaft ab, frage mich, ob es, wenn das Schiff untergeht, besser ist, die Freundschaft zu retten oder die Liebe ... Schon bejubele ich den Triumph der Rückeroberung nicht mehr. Schon leide ich, zweifle an dem Gewonnenen, bedaure das, was nicht gewonnen wurde und nie gewonnen sein wird.

Der Gourgandin, den ich liebe und fürchte, wird sich niemals ändern.

Kapitel 15

Freitag, 31. Januar

Zu Hause, 14 Uhr.

Gestern wollte er mich gegen 17 Uhr zu einer Feier in der Firma abholen. Ich hatte mich sehr sorgfältig zurechtgemacht, hatte bewußt das schwarze Wollkleid anbehalten, durch das er mich einige Stunden zuvor umarmt und gestreichelt hatte und dem noch unserer beider Gerüche anhafteten. Lediglich Strumpfhose und Slip hatte ich gegen Strapse, schwarze Strümpfe und einen im Schritt mit praktischen Druckknöpfen versehenen Body getauscht – noch ohne konkrete Hintergedanken, aber in der vagen Hoffnung auf eine Gelegenheit, die man nutzen sollte, von einer Begegnung träumend, die zwar flüchtig und kurz, aber auch gelungen sein konnte. Der zärtliche Augenblick am Morgen war mir zu kurz erschienen. Und er war so wunderbar gewesen, daß ich, wenn er mich noch einmal in einer dunklen Ecke an sich zog, ganz sicher einen phantastischen Orgasmus bekommen würde. Ich stellte mir den Ort des Geschehens vor. Es würde in einer Kammer der Firma stattfinden, in einem der zahllosen Wandschränke der Abteilung ... Dort würde nur ein Stuhl stehen … Der Stuhl hat einiges mit dem Enthusiasmus für meine Schäferstündchen mit ihm zu tun …

Es ist also ein Stuhl da. Er umarmt mich, drückt mich an sich, seine Hände wandern zum Saum meines Kleides, gleiten von hinten an meinen Schenkeln entlang wieder aufwärts, erreichen meinen Po, schieben sich unter den Body … Er bekommt einen Steifen, murmelt: »Darauf habe ich so lange gewartet …« Er fingert an den Druckknöpfen herum, reißt sie schließlich mit einem ungeduldigen Ruck auf, setzt mich auf den Stuhl. Ich kann ihn nicht sehen, weil er das Licht ausgeschaltet hat: »So wie du es magst, im Dunkeln.« Ich fühle nur, wie er sich vor mich hockt, meine Beine spreizt, meine Strümpfe streichelt, meine Strapse befingert, sich davon überzeugt, daß ich bereit bin. Er hockt zwischen meinen Knien, rührend in seiner Ungeduld, knöpft seine Hose auf, wenn ich das noch nicht getan habe. Er zieht mich zu sich heran. Ich sitze auf der Stuhlkante, und sein Schwanz strebt mir entgegen. Meine rechte Hand eilt ganz instinktiv zum Rendezvous, findet im gleichen Moment wie er die feuchte Wärme meiner Weiblichkeit. Ich mache beim kleinen Zünder halt, der so empfindlich ist, daß ich schreien könnte vor Lust. Er dringt in mich ein, kann sein Temperament nicht zügeln, tut mir etwas weh und gleich darauf sehr gut. Ich tanze auf ihm, um ihn herum, ich tanze mit Becken und Handgelenk, und mein Bauch würde sich gern länger dem Pulsieren hingeben, das mit der Regelmäßigkeit kleiner Wellen zunimmt und wieder verebbt: ihn kommen lassen, ganz tief, bis er den Grund berührt, gegen die Ränder preßt, alles auseinanderschiebt, ihn dann zurückdrängen, beinahe hinausjagen und während seines Rückzuges seine Länge und Form fühlen, ihn erneut herbeirufen, noch tiefer, um ihn wieder zurückzustoßen. Wenn er sich zurückzieht, sterbe ich vor Gram, wenn er zurückkommt, sterbe ich vor Lust. Um zurückkommen zu können, muß er erst gehen. Ich spüre in meinem Inneren, von mir selbst unbeeinflußt, diese langsame freudige Arbeit, die allmählich Formen annimmt, die konzentrischen Wellen der Lust, die meine Hüften erreichen, meine Taille, meine Schenkel. Alles nimmt teil an diesem Auf und Ab, alles spannt und entspannt sich, gibt und nimmt. Ich bin ein einziges großes schlagendes Herz, ein enormes, pulsierendes Geschlecht, ein riesiger Bauch, der sein eigenes Glück gebiert ... Er läßt mich auf seinem wunderbaren Schwanz auf und ab gleiten, und wenn er ihn mir noch dreißig Sekunden, zwanzig, zehn läßt, werde ich in einer Springflut explodieren, die mich vom Stuhl reißt, mich im Gleichgewicht direkt über ihm hält, während Milliarden kleiner elektrisierender Ameisen in meinen Lenden und in meinem Geschlecht prickeln. Ich werde zuhören, wie sie knistern, werde mir die goldenen Funken vorstellen, die ihre zuckenden Beinchen versprühen, und dann werde ich auf den Stuhl zurückfallen, erfüllt von einem warmen, lebendigen Glücksgefühl, wie neugeboren ... Hinterher werde ich mir dann einen Spaß daraus machen, mit einem kleinen kreisenden Tanz um seinen noch aufragenden Schaft herum das Feuer neu zu entfachen. Ich werde ihn mit geschmeidigen Hüftschwüngen in mir rund, hier und dort drücken, vor allem überall schön kreisend, und einen Finger auf dem Knopf werde ich wieder und wieder abheben.

Das, all das, ist nur der Traum ... Die Realität kenne ich aus Erfahrung, und die wird völlig anders aussehen. Die Realität sieht so aus, daß er, kaum daß ich meine linke Hand in sein Haar kralle und seinen

Schwanz in mich aufnehme, wenn ich schon anfange, daran zu glauben, wenn ich ganz naß werde und kräftig pumpe, er plötzlich sagt: »Warte.« Er zieht sich aus mir zurück, rückt von mir ab, steht auf, zieht mich auf die Füße, setzt sich an meinen Platz und befiehlt: »Komm.« Ich setze mich auf ihn. Sein Schwanz ist wieder in mir. Meine zwei Füße auf dem Boden fangen an mitzuspielen, stützen sich ab, heben mich an, lassen mich wieder herunter, und meine Beine begreifen, spannen und entspannen sich, Zusammenspiel meines Körpers, der jedesmal versucht, das Eindringen zu vertiefen, es zu perfektionieren, der Ekstase entgegenreitet. Ich hebe und senke das Becken, hebe es erneut, und es fängt an, mir zu gefallen, ich ramme den Pfahl jedesmal etwas tiefer in mich hinein, fühle das Maul meiner Muschi, gleichzeitig gierig und wählerisch, fühle, wie es ihn sehr gewissenhaft verzehrt, ihn von allen Seiten ablutscht. Rauf, runter ... Und dann sagt er: »Hör auf.«

Er fordert mich auf, mich umzudrehen. Ich sitze immer noch auf ihm, fühle ihn in meinem Rücken. Sein Schwanz steckt tief in meinem Bauch. Ich beuge mich nach vorn, und er rutscht heraus, ich lehne mich wieder zurück, und er gleitet wieder hinein, ich beuge mich nach vorn ... Er sagt: »Warte ...«

Wenn wir schließlich aufstehen, wird er schnell und dürftig gekommen sein, und ich vermutlich gar nicht. So sieht die Wirklichkeit aus. Und genau das wäre mir gestern beinahe wieder passiert. Aber alles in allem war es mir egal. Ich hatte die Strapse angezogen, um ihm zu gefallen, und schon allein für den Stuhl, für die ersten zehn Sekunden auf dem Stuhl, hätte es sich gelohnt ...

Und dann hat es gar nicht stattgefunden ...

Er kam pünktlich um fünf. Im Wagen fing er an: »Ich habe heute nachmittag Isabelle getroffen. Sie hat mir gesagt ... Ich habe ihr gesagt ...« Dann seufzte er, sofort entmutigt, hob eine Hand vom Steuer, eine Hand, die alles beiseitefegte, alles ausradierte, Isabelles Wichtigkeit, die ihrer Begegnung, ihrer Unterhaltung. »Ach, ich sage gar nichts mehr. Das wendet sich ja doch immer gegen mich ...«

Ich fragte nicht nach. Ich warnte ihn nur: »Eines Tages wird dich noch jemand abknallen. Ich habe erst vor kurzem mit Benoît darüber gesprochen. Ein eifersüchtiger Ehemann oder eine zu leidenschaftliche Geliebte. Irgend jemand wird dir das Fell über die Ohren ziehen!« Wir lachten beide, er und ich, er allerdings etwas gezwungen. Dann fragte er, doch ein wenig beunruhigt: »Glaubst du wirklich?« Und da ich daraufhin sehr nachdrücklich nickte, erklärte er: »Darum will ich auch nicht mehr fremdgehen. Damit ist Schluß. Schluß.« Dieser Schwur beeindruckte mich nicht sehr. Zum einen, weil er einfach unfähig ist, ein Versprechen zu halten. Zum anderen fühlte ich mich wie gewöhnlich in keiner Weise von seiner Ehe oder seinen außerehelichen Umtrieben betroffen. Früher hatte ich es als schmerzlich empfunden, aber gestern empfand ich es eher als tröstlich. Ich streute Salz in die Wunde: »Weißt du, daß Isabelles Mann von eurer Affäre weiß? Daß er ihr Telefon abhört? Daß sie ihm alles gestanden hat?« Ich glaube, er wurde ein wenig blaß um die Nase. Dann lachte er wieder und sagte: »Das tröstet mich, das tröstet mich ...« Mir gefielen die leise, uneingestandene Sorge und die Aufrichtigkeit, mit der er zwei Minuten lang glaubte, seine kleinen Abenteuer aufgeben zu können. Es gefiel mir, meine kleine Christine, daß er sich an die Reling der Ehe klammerte, nicht wie ein von der Landschaft gefesselter Reisender, sondern wie ein potentieller Schiffbrüchiger, der das aufgewühlte Meer fürchtet und dem nicht nur speiübel ist, sondern der von panischer Angst geplagt wird, über Bord zu gehen …

Aber er selbst hatte den Sturm heraufbeschworen … Als ich ihn näher kennenlernte, Christine, und er mir sagte: »Ich habe eine Frau, die ich liebe«, war er noch ein sehr leidenschaftlicher Passagier an Bord Eurer Ehe. Hin und wieder gestattete er sich den wohligen Schauer eines kleinen Seitensprungs, der nicht an Deiner Liebe rührte … Lange Zeit hat er mir von Dir erzählt. Zärtlich oder auch spöttisch. Du warst fester Bestandteil seiner Seereise und somit auch unserer Geschichte. Er nannte Dich »die Chri«, und es kam mir vor, als würde ich Dich schon eine Ewigkeit kennen. Dann, eines Tages, hörte er auf, von Dir zu sprechen. Du hast mir gefehlt. Deine Abwesenheit läutete die Geburt des Gourgandins ein und das Ende meiner Privilegien.

Heute redet er wieder von Dir. Aber hör doch, hör nur. Er sagt nicht mehr »meine Frau« und erst recht nicht »die Chri«. Er spricht von seiner Ehe.

Isabelle traf strahlend auf dem Empfang ein. Leuchtendes Make-up, die Augen schwarz und trocken. Sie trug eine der schimmernden chinesischen Westen, die sie so gern hat. Ich sprach sie ein wenig furchtsam an. »Ich hatte heute kein Auto, aber ich habe mich nicht getraut, dich anzurufen …« Sie erwiderte, daß sie nicht böse auf mich wäre, nicht im mindesten. Es klang etwas kühl. Aber dann plötzlich legte sie mir eine Hand um die Taille oder genauer, zwischen Taille und Bauch, und ihre Hand war wärmer als ihre Stimme. Ich schmolz sofort dahin … Ich hatte große Lust, sie zu lieben. Wir hatten im Anschluß an den Umtrunk einen witzigen Abend geplant, aber am Mittag hatte sie durchblicken lassen, daß ihr daran nicht gelegen wäre. Ich nahm ihre

Hand und flehte: »Sag ja, wegen heute abend.« Sie sah mich unverwandt an und sagte laut und deutlich: »Ja«, so als würde sie mir ihre Seele schenken. Ein unerwartetes Glücksgefühl durchströmte mich ... Ich verschwendete keinen Gedanken mehr an meinen Strapsgürtel.

In einiger Entfernung schlenderte der Gourgandin von einem Frauengrüppchen zum anderen. Er brachte sie zum Lachen. Dann trat Isabelle an ihn heran und lachte ebenfalls, sehr laut.

Ich fand das ziemlich gewagt für jemanden, der geschworen hatte, kein Wort mehr mit ihm zu reden. Aber der Gourgandin ging sich an Myriam reiben, die mit krausgezogenem Näschen lächelte. Dann kehrte er zurück zu Aline, spielte ihr die Beschützerrolle vor, die Masche mit dem unwiderstehlichen Blick, der verführerischen Mimik, dem nur für ihre Ohren bestimmten Getuschel. Ich prostete Aline zu und sagte: »Willkommen im Club.« Sie machte große unschuldige Augen und fragte: »Wie meinst du das?« Wenn sie tatsächlich so blöd ist, wie sie aussieht, steht ihr noch einiges Leid bevor ... Wenn sie nur so tut, ist noch Hoffnung, daß er derjenige sein wird, dem schwere Zeiten bevorstehen ...

Etwas später standen Myriam, Isabelle und ich mit noch einigen anderen Kolleginnen beisammen und unterhielten uns, unsere Zungen vom Alkohol gelöst, über die außergewöhnlichen Maße eines Mannes, den ich einmal gekannt hatte. Ich wurde um Einzelheiten gebeten, um eine Geste, die eine Vorstellung des exakten Durchmessers vermittelte. Ich war verlegen. Myriam zeigte mir ein Cocktailwürstchen. »Das wie oft?« »Also«, entgegnete ich, »was Durchmesser anbelangt, weiß ich nicht so genau Bescheid. Aber das da entspräche gerade mal einem Schönheitsfleck auf seinem Schwanz.« »Sag bloß«, rief Myriam. »Dann hatte er auch einen Schönheitsfleck?« Und als Isabelle und ich wissend lachten, wurde sie ganz verlegen und blickte betreten dem Gourgandin entgegen, der auf uns zukam. »Aber nein, nein, mit ›auch‹ habe ich den Helden von Almodovar aus *Talons aiguilles* gemeint.« Sie ließ ihn nicht mehr aus den Augen, woraufhin wir nur um so ausgelassener lachten, froh über ihren Patzer, entzückt von der Verlegenheit des Gourgandin, der hastig den Rückzug antrat und murmelte: »Also, ich gehe dann mal ...«

Es ist doch nicht meine Schuld, lieber Gourgandin, wenn in dieser Firma eine beeindruckende Anzahl Vertreterinnen des weiblichen Geschlechts wissen, daß du einen Schönheitsfleck auf dem Schwanz hast!

Eine rückhaltlose Fröhlichkeit ließ mich die Heiterkeit der anderen teilen. Das geschah ihm nur recht, dem Gourgandin, dem öffentlichen Mann, der sich jedem zeigte und hingab! Es war auch höchste Zeit, daß die Frauen zurückschlugen! Früher hat man sich immer über die zu freizügigen oder zu gutmütigen Mädchen lustig gemacht. Die Männer zogen mit vieldeutigen und vulgären Bemerkungen über sie her, wenn sie ihre bekanntesten Besonderheiten aufzählten, ihre großen Brüste, den geschickten Mund, ihre Liebesschreie ... Hoch lebe der Tag, an dem die Geliebten des Gourgandin gemeinsam lachen und sich augenzwinkernd verständigen: »Ah! Du kennst seine Warze auch? Willkommen im Club! Willkommen im Club!«

Einige Minuten später verließ der Gourgandin die Feier. Er winkte flüchtig zu uns herüber, die wir noch alle beisammen standen. Niemand versuchte, ihn zum Bleiben zu bewegen. Niemand lief ihm nach. Plötzlich fühlte ich einen seltsamen Schmerz. Ich fühlte mich schuldig und beschmutzt von der Komplizenschaft, die mich gemeinsam mit Isabelle und Myriam lachen ließ. Der Tag ging unschön zu Ende, traurig nach dem vielversprechenden Morgen. Ich ließ noch einmal all die Abende Revue passieren, an denen er Feiern vorzeitig verlassen hatte.

Später, auf dem dunklen Parkplatz, auf dem wir trotz allem versuchten, eine nette Fiesta steigen zu lassen und die witzigsten Kollegen zu überreden, sich uns anzuschließen, lüpfte ich meinen Rock und vollführte einen kleinen Straps-Tanz für Jean-Jean – so hatte ich mich nicht gänzlich umsonst zurechtgemacht. Isabelle amüsierte sich königlich. Später, in ihrem Wagen, redeten wir. Sie legte Wert darauf, mir mitzuteilen, daß sie am Nachmittag erneut versucht hatte, den Gourgandin zu einer letzten Aussprache zu bewegen. »Er ist geflüchtet, wollte nichts hören«, berichtete sie und schimpfte gleich darauf: »Dieser Feigling, dieser Lügner ...« In ihrer anklagenden Stimme schwang bereits wieder ein Hauch von Zärtlichkeit mit ... Ich sagte zu ihr: »Erinnerst du dich an die Feier im vergangenen Juni, als ich ganz allein zurückblieb, unter Leuten, mit denen ich nichts am Hut hatte? Er hatte sich davongeschlichen, mit dir. Hinterher hast du mir irgendeine Geschichte erzählt, aber ich wußte, daß ihr zusammengewesen wart. Ich war schrecklich traurig ...« Sie legte eine Hand auf mein Knie, und mir liefen die Tränen über das Gesicht. Isabelle schlug mit der Hand auf das Lenkrad. »Ich schwöre, hörst du, ich schwöre, daß ich nicht mit ihm zusammen war.« Ich sagte mir, daß ich ganz schön blöd gewesen war, diese schlimme Erinnerung so lange zu nähren ... Plötzlich fühlte ich mich geheilt: Der brennende Schmerz jenes Junis, jener endlosen, in Einsamkeit erstickenden Nacht war schlagartig verflogen durch den Zauber eines Schwures. Ich wollte singen, Isabelle umarmen, lachen … Dann fügte sie hinzu: »Du kannst mir glauben. Ich habe nichts für Quickies übrig. Wenn wir zusammen waren, habe ich mir gern viel Zeit gelassen.« Mein Glücksgefühl prallte mit einem häßlichen dumpfen Klatschen auf dem Boden auf. Ich schmeckte den bitteren Nachgeschmack all der Quickies, die mir die Lust verdorben und das Herz zerrissen hatten …

Und da diese meine Nacht war, war ich versucht, mir den Bums meines Lebens zu gönnen, mich lang und breit vögeln zu lassen, von irgendwem, vorausgesetzt, daß es dauerte und gut war oder auch komisch oder verdorben.

Aber in der Pizzeria waren wir dann zu fünft. Und beim Kaffee bei Jean-Jean nahm mir das Fernsehen meine letzten Gelüste auf irgendwelche Schweinereien. Isa und ich hatten uns spaßeshalber versprochen, Jean-Jean zu zweit zu vernaschen, ihn uns zu teilen, jede einen Schenkel, jede eins von seinen Eiern … Aber nein. Mit Aline, die gähnend dasaß, und Poivre D'Arvor im Fernsehen war es einfach unmöglich. Benoît versuchte, mich abzuschleppen, aber ich ließ mich lieber von Isa nach Hause fahren. Vor dem Haus küßte ich sie mehrmals auf den Hals. Sie roch gut. Ob sie Lust gehabt hätte? Aber Aline sollte uns nachfahren und hatte sich bereits in den Seitenstraßen verirrt. Isa mußte sie wiederfinden …

»Auf Wiedersehen, mein Schatz«, sagte ich und ging nach oben, um mich zu meinem Mann ins Bett zu legen. Er liebte mich sehr zärtlich. Sein samtiger Körper glitt zwischen meinen Schenkeln auf und ab. Ich war berauscht von seiner Zärtlichkeit, erlebte den Orgasmus aber wie durch drei Packungen Verbandwatte.

Es ist schon schwer, alles zu haben ...

Heute morgen war der Gourgandin sehr durchschaubar. Isabelle auch ein wenig. Vielleicht haben sie wieder Frieden geschlossen ... Wie dumm ich doch gestern war. Verzeih mir, geliebter Gourgandin.

Kapitel 16

Samstag, 1. Februar

Seit drei Wochen schreibe ich jetzt an diesem Tagebuch. Ich habe alles noch einmal durchgelesen. Vivisektion einer Beziehung, die endlos dahinsiecht, nicht mehr lebensfähig ... Ist es therapeutische Verbissenheit oder Sterbehilfe? Oder nur die einfache Erfahrung, von einem Tag auf den anderen zu schreiben, von einem Schmerz zum anderen, von einer Freude zur anderen? Vielleicht geht es darum, die Realität so zu beeinflussen, daß aus ihr ein Roman wird? Oder dient es nur dem Zweck, wieder einen Grund zu finden, von ihm zu sprechen, obwohl er mir nicht mehr Untertan ist, der unermüdliche Husar mit den gelben Augen und dem widerspenstigen Schwanz, der er im übrigen nie wirklich gewesen ist.

Ihn mehr zu lieben, wenn er menschlich und unausstehlich ist, wenn er alt wird ... Bilanz ziehen, Vergeltung üben ... hinterfragen, analysieren, aufbegehren, resignieren. Alles auf nichts reduzieren, die Komplizenschaft der Gefühle auf eindimensionale Worte. Feststellen, daß, wenn man alles niederschreiben möchte, es weder Anfang noch Ende gibt, kein Weiß und Schwarz mehr; daß die Milliarden Augenblicke, Gefühle, Sehnsüchte und Widersprüche, die wir an einem einzigen kurzen Tag erleben, schon ausreichen würden, eine Saga in drei Bänden zu schreiben … Mich entmutigt fühlen, weil ich Isabelle innerhalb von nur einer Viertelstunde geliebt, gehaßt, verachtet, bewundert, beneidet, geachtet, bemitleidet, verflucht und begehrt habe? Und mich begeistern für alle Möglichkeiten, sie vorausahnen, hier auf dem Papier. Sie träumen, verwerfen. Sie von vorn aufrollen … Und frei wählen, ob man redet oder schweigt …

Seit dem Tag, an dem ich mich unwiderruflich in den Gourgandin verliebt habe, hat es in meinem Leben mehrere Männer gegeben. Eines Abends habe ich sie gezählt, um mich zu trösten; um mich davon zu überzeugen, daß ich die größere Gourgandine von uns beiden war, daß er tatsächlich, wie er es mir des öfteren vorgehalten hatte, nur meinem Beispiel gefolgt war. Es hat Sternschnuppen gegeben, Begegnungen für eine Nacht oder kaum mehr und andere, die größere Bedeutung hatten. Von allen habe ich heimlich erwartet, daß sie mein Selbstwertgefühl stärken und mich über den Gourgandin hinwegtrösten. Daß sie mich schön und anziehend fanden, wenn er sich von mir distanzierte, daß sie in mir die Leidenschaft weckten und mich von ihm ablenkten, wenn er mich nicht mehr lieben wollte, daß sie meine Gedanken beherrschten, mein Herz, mein Leben, wenn ich ihn nicht mehr lieben wollte, daß sie mich zum Lachen brachten, wenn er mich verletzt hatte, daß sie mich rächten, wenn er gemein war, daß sie seinen Platz einnahmen, wenn er mich versetzt hatte, daß sie mich befriedigten, wenn ich seinen Wert herabsetzen wollte durch Vergleiche, bei denen er sexuell unweigerlich der Verlierer war … Von einigen erhoffte ich mir, daß sie seine Eifersucht schürten, sein Verlangen nach mir neu entfachten, ohne je enttäuscht zu werden ... Ich habe mehrfach versucht, dem Gourgandin dies alles zu erklären. Aber er setzte nur eine skeptische Miene auf und meinte: »Du landest wie eine Katze immer auf den Füßen, du bist zu redegewandt.« Er beklagte sich: »Wenn ich dir das gleiche erzähle, glaubst du mir auch nicht.« Es stimmt, daß auch er behauptet hat, sich vor der Bedeutung zu fürchten, die ich in seinem Leben einnähme, daß er das Bedürfnis hätte, vor mir zu flüchten, mich zu verleugnen, mich zu erniedrigen. Es stimmt, daß ich ihm nie geglaubt habe. Nicht etwa, weil er, wie er selbst sagt, nicht wortgewandt wäre (das ist er sehr wohl, wenn er es will), sondern weil ich nie auch nur eine Sekunde zu glauben gewagt habe, daß ich für ihn in irgendeiner Weise eine Bedrohung darstellen oder ihn in Panik versetzen könnte. Ich habe nie gewagt zu glauben, daß er mich ebensosehr liebt wie ich ihn, daß er mich ebensowenig betrügt wie ich ihn und daß er mit seinen Seitensprüngen auf die gleiche Art und Weise Schutz sucht wie ich. So ist das eben, ich gehe zugrunde an meiner Bescheidenheit, meiner Schüchternheit und meinem mangelnden Selbstwertgefühl. Das ist die Ursache meiner Eifersucht und auch ihre Folge. Wenn ich mir seiner Liebe sicher wäre, wäre ich auch nicht eifersüchtig. Aber vielleicht bräuchte ich es dann auch gar nicht zu sein, weil ich dann – mir meiner selbst und seiner sicher – niemals das Bedürfnis gehabt hätte, mich mit anderen Männern einzulassen, und somit bei ihm nie das Bedürfnis nach anderen Frauen geweckt hätte. Wir durchleben einen Teufelskreis, in dem wir uns immer wieder überbieten, uns für das Verhalten des anderen entschädigen wollen ...

Bei diesem oft grausamen Spiel haben wir uns unsere Gourgandin- und Gourgandine-Sporen verdient. Und es kommt noch das Phänomen des Wetteiferns hinzu, der Rivalität. Wir starten in derselben Disziplin, und jeder sieht sich berufen, dem anderen zu beweisen, wie gut er ist. Es ist eine sadomasochistische Parade, die uns vernichten wird und uns dabei stets eng miteinander verbunden hält ... Paradoxe Komplizenschaft jener, die sich aus Liebe betrügen, um sich dabei noch mehr zu lieben, die sich durch Leid verführen, durch Schmerz, durch die klaffende Wunde eines Besitzanspruches, der nicht exklusiv sein kann ... Das alles erklärt der Gourgandin nicht. Ich erkläre es für ihn, nachdem ich so kühn war, ein wenig in seinen Gedanken zu lesen, mir das Recht anzumaßen, von ihm und mir als von »uns« zu sprechen. Einmal habe ich ihm gegenüber die Bemerkung gemacht: »Du hast es nie verstanden, mir zu schreiben ... Ich an deiner Stelle ...« Er zeigte sich sofort interessiert: »Dann schreib du mir doch einfach alles, was ich dir deiner Meinung nach hätte schreiben sollen!« Dieser Gedanke hat mich fasziniert. Ich war geneigt, die Herausforderung anzunehmen. Aber dann kam Isabelle. Und meine Scham erstickte meine Kühnheit im Keim, ließ sie vor Verbitterung ersticken. Weil ich wieder einmal nichts mehr wußte von dem Mann, den ich doch glaubte schon immer gekannt zu haben. Und Zweifel fraßen mich auf. An dem Tag, da ich trotz Céline, Christiane, Nadine und den anderen nicht mehr zweifeln werde, an dem Tag, da ich schreiben werde: »Der Gourgandin liebt mich. Er treibt sich nur meinetwegen und um meinetwillen herum«, an dem Tag, da ich das glaube, an diesem Tag werde ich ihn vielleicht nicht mehr lieben ...

Kapitel 17

Montag, 3. Februar

Um zehn mußte ich einen Vortrag halten. Schon um neun war er da, im Konferenzsaal, um mir die Funktionsweise der Apparate zu erläutern. Wir waren allein, und plötzlich war alles wieder ganz einfach, so wie früher. Er näherte sich mir, mit Händen, Lippen und seinem Körper. Er sprach, lächelte, redete dummes Zeug und kam näher, ohne darüber nachzudenken. Ich trug ein sehr kurzes und sehr figurbetontes Kleid. Sein anerkennender Blick hüllte mich in wohlige Wärme. Ich fragte: »Gefalle ich dir so?«, und er antwortete, immer näher kommend: »Du gefällst mir nicht nur, ich begehre dich.« Ich war froh, daß er wieder er selbst war, ohne Trotz, ohne Schmollen, ohne Groll wegen des idiotischen Spottes von Donnerstag abend. Ich spürte in mir einen Frieden, der mich veranlaßte zu fragen: »Du willst mich noch?«, worauf er antwortete: »Ja, ich will dich.« Er schlang die Arme um mich, und seine Hände erkundeten meine Rundungen, meine Hüften, meine Schenkel, meine Taille. Seine Lippen an meinem Hals fingen an, mich sanft in völlige Erregung zu versetzen. Ich schmiegte mich an ihn, schob Po und Becken nach vorn, bog unter seinem heißen Atem den Rücken und bot mich seinen Küssen dar. Meine Brüste fanden die Wölbung seiner Handflächen, und ein anhaltender Schauer versetzte mich in Ekstase, spaltete mich … Draußen auf dem Flur waren Stimmen zu hören, die Geräusche des alltäglichen Kommens und Gehens. Er schob mein Kleid höher. Ich trug Strumpfhosen. Er gab augenblicklich auf …

»Donnerstag abend«, gestand ich, um sein Bedauern zu vergrößern, »hatte ich Strümpfe an ...« Er setzte eine Miene auf, die an einen lauernden Teufel erinnerte. Sein ganzes Gesicht war nur eine einzige Frage. Er erwartete ein Geständnis. Ich gab auf: »Es ist nichts passiert. Überhaupt nichts. Nur ein kleiner Flirt mit Jean-Jean ... Ich bin früh nach Hause gefahren ...« Ich bildete mir – vielleicht fälschlicherweise – ein, ihm einen gewissen Seelenfrieden zu schenken, etwas Nettes. Das war meine Art, ihm zu sagen: »Keine Angst, ich habe keinen Ersatz für dich gefunden und hatte auch keine besondere Lust darauf ...«

Ich fragte: »Wenn ich heute Strümpfe anhätte, wäre das nur praktischer oder erregender gewesen?« Er zögerte einen Sekundenbruchteil: »Erregender.« Ich lag immer noch in seinen Armen. »Und was mich erregt, interessiert dich gar nicht?« Er wirkte kameradschaftlich und etwas müde. Er sagte: »Weißt du, meiner Libido muß man dieser Tage etwas auf die Sprünge helfen. Ich werde alt. Fünfundvierzig! ...«

Es stimmt, daß er heute langsamer einen Ständer bekommt, sein Glied weniger steif wird und es nicht mehr so lange bleibt. Das ist mir schon seit längerem aufgefallen. Aber natürlich hatte ich gezögert, nicht mich selbst dafür verantwortlich zu machen. Es heißt, das wäre ein klassisches Problem: Wenn ein Mann keinen Ständer bekommt, glaubt die Frau, die bei ihm ist, daß sie nicht erregend genug ist. Und er, verärgert über ihre Enttäuschung, hat noch größere Schwierigkeiten, einen hoch zu kriegen. Gourgandine und Gourgandin bleiben von der Banalität dieser Regel nicht verschont ...

Ich wies ihn dann doch darauf hin, daß mein Mann im selben Alter wäre wie er und offenbar nicht an einem Nachlassen seiner Libido litte. Er reagierte außergewöhnlich galant: »Wer würde bei dir nicht jeden Abend einen Steifen kriegen ...« Ich lächelte über sein Kompliment und setzte eine perplexe Miene auf: »Oh! Wenn du mein Mann wärst ...«

Und dann, fest an ihn geschmiegt, versicherte ich ihm, daß sein Schwanz mir egal wäre. Daß er nur etwa zehn Prozent meiner Liebe zu ihm ausmache ... Ich weiß nicht, ob ihn das beruhigt oder erschüttert hat. Er ist gegangen. Ich war ein wenig frustriert nach seinen vielversprechenden Liebkosungen. Für mich allein nahm ich eine Korrektur nach oben vor: sagen wir zwanzig Prozent.

Mittags hat Isabelle mich nach Hause gefahren. Meine Töchter waren da, und wir haben zusammen gegessen. So konnten Isabelle und ich uns nicht offen unterhalten, und das habe ich, ehrlich gesagt, als Wohltat empfunden. Isabelle sieht nicht gut aus. Ihr Lachen ist etwas gezwungen. Sie macht gerade das durch, was ich selbst erst vor ein paar Wochen durchgemacht habe. Sie denkt an den Gourgandin, schweigend, malt sich das aus, was ich ihr verschweige. Ohne zu wissen, daß man das Eifersucht nennt ...

Kapitel 18

Dienstag, 4. Februar

Isabelle hat mich wieder nach Hause gefahren. Unterwegs hat sie mich gefragt, wie weit ich mit meiner Schreiberei wäre und allem anderen. Meine Antwort hierauf war nicht gelogen: »Ganz am Anfang.« Ich erklärte ihr, daß ich auf der Stelle träte, daß ich an meinen Gefühlen zweifelte und oft an die durchlebte Trauer dächte. Daß mir oft wegen nichts und wieder nichts die Tränen in die Augen stiegen. Schmerzliche Erinnerungen aus der Kindheit und an die Anfänge mit Antoine.

Sie meinte, es müßte mich doch froh stimmen, den Gourgandin »wiederzuhaben«. Aber nach der ersten Euphorie stehe ich unsicher vor einer neuen Routine. Ich zögere, unserer Geschichte neues Leben einzuhauchen. Künftig werden wir uns jedesmal, wenn wir zurückweichen, an derselben Grenze stoßen. Siehst Du, Christine, ich bin nicht einmal mit ihm verheiratet und fühle mich dennoch ganz elend vor Gram. Vielleicht ist es der heutige Regen, der meine Wünsche schmutziggrau färbt und meine Träume ertränkt.

Ich sagte zu Isabelle: »Im Augenblick begehre ich dich mehr als ihn.« Und auch das war nicht gelogen. Ich hatte das erstemal Lust, mich jemandem wirklich hinzugeben und ihn – sie – mit diesem Geschenk zu überwältigen. Vierzig Jahre alt, verheiratet, drei Kinder und eine Affäre mit einem alternden, untreuen Geliebten. Und das Herz schwer wie das eines jungen Mädchens. Und mein Körper, der manchmal eingeschnappt ist, sogar Antoine gegenüber …

Isabelle steht der Schmerz ins Gesicht geschrieben. Sie wirkt hart. Heute morgen hätte ich ihr sagen wollen: »Hör zu, eigentlich will ich ihn gar nicht mehr haben. Nimm ihn zurück.«

Warten wir bis morgen. Wenn ich morgen noch genauso denke, und übermorgen …. Wenn sich in den kommenden Tagen und Wochen nichts ändert … Was dann?

Heute morgen hat der Gourgandin Monique seinen Samtblick geschenkt. Und sie, sie hat sich an ihm gerieben. Und da ich dabei nicht das geringste empfand, begann ich tatsächlich, meinen Ärger und den Schmerz zu vermissen.

Es liegt am Regen, ganz bestimmt.

Kapitel 19

Mittwoch, 5. Februar

Es regnet immer noch. Nieselregen, begleitet von böigen Winden aus dem Midi. Isabelle ist nicht da, sie arbeitet selten mittwochs. Der Gourgandin war schon in der Firma, als ich zur Arbeit kam. In der Pause habe ich ihn nicht gesehen, erst am späten Vormittag. Er schloß sich Alfred, den anderen und mir nicht an, sondern blieb zurück. Und rein zufällig hatte auch Myriam sich in Luft aufgelöst. Am Morgen trug sie einen engen schwarzen Body, unter dem sich die Spitzen ihrer kleinen Brüste abzeichneten. Ich war müde. Am Abend weinte ich in Antoines Armen. Alte Erinnerungen fangen wieder an, sich in meinem Inneren breitzumachen. Hin und wieder weckt mich eines der schmerzlichen Bilder mitten in der Nacht. Dann fühle ich mich sehr verwundbar und möchte am liebsten bis zum Morgengrauen heulen.

Ich flirte mit dem Gourgandin. Ich küsse ihn auf den Hals, streichle mit den Händen über seinen Pullover, fordere ihn sacht heraus, ohne daran zu glauben, ohne damit zu rechnen, ohne daran zu denken: »Mir fällt nichts mehr ein, meine Feder erlahmt, es wird höchste Zeit, daß du etwas unternimmst.« Ein interessiertes Aufblitzen in seinen Augen. Er lächelt. Ich bin versucht, mich mit diesem Lächeln zufriedenzugeben, mit diesem Funken in seinen goldbraunen Augen. Ich bin versucht, meinen Schwur zu halten, mich nie, niemals wieder für ihn auszuziehen. Und seltsamerweise kommt es mir vor, als wäre plötzlich Feigheit im Spiel: Wenn ich meinen Schwur halte, dann entfliehe ich dem jämmerlichen Neuanfang, der blassen und traurigen Wiederholung einer unausweichlichen Enttäuschung und der folgenden Verbitterung. Ich will mich in meine Erinnerungen verkriechen, einen Buckel machen, den Kopf einziehen, kläglich zurückweichen vor dieser aufgewärmten Liebe, die mich nicht mehr überwältigen kann, die mir ganz sicher nur Leid bringen wird, deren Wunden nichts Glorreiches haben werden. Will darauf verzichten, ihn erneut zu verlieren, und darum darauf verzichten, ihn überhaupt erst zurückzugewinnen, sei es auch nur für einen kurzen Augenblick ... Es erfordert zuviel Mut und Energie, den Ehemann einer Frau und den Geliebten so vieler anderen Frauen zu lieben, ihn in gerade dem richtigen Maße zu lieben, ohne sich Illusionen zu machen oder Verachtung zu empfinden.

Die Zeit unserer traumhaften Nächte in Paris wird nicht wiederkommen. Die schönsten haben wir im dritten Jahr erlebt. Höhepunkt unserer Liebesgeschichte. Er schlief bei mir und hatte fast rund um die Uhr einen Ständer. Im Zimmer brannte eine Duftkerze, deren geschmolzene Wachsreste ich aufbewahrt habe und deren Duft mich heute noch ins Träumen verfallen läßt. Wir liebten uns stundenlang. Manchmal war ich das Meer und er das Schiff, er segelte auf mir, sein Schwanz durchpflügte meine Dünung, brach sich in meinen Wellen, verankerte seine Leidenschaft tief in meinem Bauch. Manchmal trieb ich auf seinen Brechern dahin, zerzauste mich in seinen Stürmen. Das flackernde, rosa Halbdunkel verschleierte meinen Körper; ich wurde Hügel, Abgrund, Schlucht, Berg, Pfad für seine Lippen und Hände, und seine Worte strahlten noch heller als seine Gischt … Ich liebte ihn wahnsinnig, leidenschaftlich, rückhaltlos, gab alles für ihn auf, lieferte mich aus, trat alles an ihn ab. Fast. Oft bedaure ich, nicht noch weiter gegangen zu sein. Wieder die Illusion, daß es möglich wäre. Aber da sind noch so viele andere Erinnerungen, Erinnerungen an Verabredungen, die er nicht eingehalten hat …

Eines Tages sagt er zu mir: »Sieh während deines Vortrages zu dem Fenster dort im ersten Stock.« Sie sitzen mir alle gegenüber, Anzug, Krawatte, gestreiftes Hemd, Goldfüller, den Blick auf mich geheftet. Einige machen sich Notizen. Ich lehne lässig mit einer Schulter an der Scheibe, nenne Zahlen, Daten, Transaktionen. Ich ziehe den Vortrag in die Länge, gönne mir eine kleine Pause, werfe einen scheinbar unschuldigen Blick nach draußen auf das Gebäude im rechten Winkel zu unserem. Zwei Stockwerke tiefer, ganz in der Ecke, sehe ich die Toiletten. Er steht in einer Kabine, die Tür halb offen, und hat seinen Schwanz in der Hand. Er holt sich einen runter. Er weiß, daß ich ihn sehe. Ich fahre mit meinem Bericht fort, meine Stimme unverändert. Ich sehe wieder hin. Seine Hand arbeitet hektischer. Ich kann sein Gesicht nicht sehen, nur die Hand auf seinem Schwanz, die fieberhaft auf und ab fährt. Ich zittere nicht, weder aus Erregung noch aus Beunruhigung. Ich verspüre kaum die Lust zu lächeln, fühle mich völlig unbeteiligt. Irgend etwas an unserer Komplizenschaft geht langsam, aber sicher in die Brüche. Vielleicht liebe ich ihn zu sehr, um seinen Schwanz so zu lieben, wie er es gern hätte. Vielleicht ist es ja sein Ernst gewesen, als er sagte: »Ich bin ein Sexobjekt, mach mit mir, was du willst.« Vielleicht würde es ihm ja wirklich gefallen, wenn er für mich nicht mehr wäre als nur ein Schwanz ...

Eines Tages besichtigen wir gemeinsam ein Haus, das er eventuell kaufen will. Wir sind allein. Das Haus ist möbliert. Im ersten Stock, in einem verstaubten Zimmer, nimmt er mich in die Arme. Ich trage eine rote Korsage und einen engen schwarzen Rock. Er flüstert in mein Ohr: »Heute hast du in der Firma allen den Kopf verdreht ... Sie haben dich alle mit den Blicken verschlungen ... Aber ich bin es, der dich in den Armen hält ... Das macht mich sehr stolz.« Das muß ich ihm zugute halten, das hat er sehr oft gesagt: »Ich bin sehr stolz.« Er öffnet meinen Gürtel, schiebt meinen Rock hoch. Darunter trage ich Strümpfe mit roten Strapsen. Er drückt mich auf den Stuhl. Ich fühle mich schön im Halbdunkel dieses unbewohnten Zimmers. Der Rock ist über meine schwarz-weißen Schenkel geschoben, ich spreize die Beine. Er zerrt an meinem Slip. Sein Blick scheint gebannt, seine Faszination erregt mich. Er kniet vor mir, ich hebe den Po, biete mich ihm dar, spanne den Bauch an, schiebe das Becken vor ... Diesmal erlebe ich einen wahren Trip ... Seine Hände besitzen eine übernatürliche Macht. Er bringt mich sanft zwischen seinen beiden Daumen zum Höhepunkt, dringt mit den Fingern in mich ein, füllt mich aus, zieht sich zurück, knöpft seine Hose auf und geht wieder zum Angriff über, diesmal mit seinem geschwollenen, aufgerichteten und steil nach oben zeigenden Schwanz ... Er streichelt mich wieder und wieder, und der Anblick seines Verlangens raubt mir die Sinne. Ich stelle mir vor, wie er in mich eindringt, bastele an meinem Traum, spanne die Scheidenmuskeln an beim Gedanken an den Knüppel, den er ganz langsam in mich hineinstecken wird, der in mich hineingleiten wird wie in ein Meer von Öl … Ich bekomme wieder einen Orgasmus, und die Lust öffnet mich noch weiter, überwältigt mich. In seine Augen, die meine Lust verfolgen, tritt ein irrer Glanz. Ich schiebe eine Hand vor, um meine Ekstase durch die Berührung seiner Haut, die erregende Härte des fabelhaften Stabes, der vor meinen Augen zuckt, noch höher zu peitschen … Da richtet er sich abrupt auf und befiehlt: »Schnell, schnell, nimm mich in den Mund!« Er unterbricht meinen Orgasmus, um seinen eigenen nicht zu gefährden, um nicht einfach ins Leere zu spritzen … Ihm ist es zuwider (oder fürchtet er sich davor?), Spermaflecken zu hinterlassen.

Ein anderes Mal sind wir im Kino. Er hat eine Hand unter meinen Rock geschoben, und ich habe mit einigen Verrenkungen meinen Slip ausgezogen und in meine Tasche gesteckt. Mein Rock ist sehr weit, sehr praktisch. Ich spreize die Beine, so weit es auf dem Veloursitz geht, erleichtere ihm den Zugriff. Es dauert nicht lange, und seine Finger machen mich ganz naß. Er badet in meinem Strom, wird unruhig, drängt weiter, stößt gegen die elastische Sperre, die meinen Bauch noch leicht verschließt. Plötzlich gibt auch diese letzte Sperre nach, und seine Finger dringen in mich ein, meine Bereitschaft eine Art schwindelerregender Abgrund für ihn. Überwältigt beugt er sich zu mir herüber und flüstert mir ins Ohr: »Du hast dich von einer Sekunde auf die andere geöffnet.« Sein heißer Atem an meinem Hals, seine Worte und seine fiebrige Erregung machen mich an. Seine Aufregung ist ansteckend; ich fühle mich absolut auf einer Wellenlänge mit ihm. Ich lege meinerseits eine Hand auf seinen in der Hose steif gewordenen Schwanz. Er entzieht sich. Ich bleibe hartnäckig, aber er rückt wieder ab und flüstert mir ganz leise zu, leiser als eigentlich notwendig angesichts der Geräuschkulisse am Ende des Films: »Faß mich nicht an. Das ist das reinste Dynamit!« Ich, ich mag Dynamit. Den berauschenden Gedanken, daß es von einer Sekunde auf die andere zur Explosion kommen kann. Die Spannung, ihren Schmerz und ihre Freude, die Dringlichkeit, die verzweifelte Zurückhaltung. Ich liebe es. Ich brenne vor Lust, ihn bittersüßen Qualen auszusetzen. Ich würde ihm keinen runterholen. Nur ein Streicheln hier und da, ganz flüchtig, ein vorwitziger Fingernagel, eine warme Hand auf seinem pulsierenden Schaft, die Kuppe eines Zeigefingers, die sich sacht in die Furche an der Eichelspitze schiebt ... Und genau das verweigert er mir. Er fürchtet, zu explodieren, sich zu beschmutzen, befleckt und beschämt das Kino zu verlassen. Er hat Angst zu kommen. Wie dumm er doch ist!

Und dieses eine Mal, als ich krank war? Er besuchte mich zu Hause. Ich lag im Bett. Nebenan im Wohnzimmer bügelte die Zugehfrau. Wir sprachen wenig und leise. Ich sagte ihm: »Ich schreibe immer noch für dich.« Ich arbeitete gerade an einer Erzählung, zu der er mich angeregt hatte. »Was, wenn wir uns mit zwanzig begegnet wären, als wir beide noch ungebunden waren?« Ich zeigte ihm das Manuskript von weitem, wollte nicht, daß er es las, bevor es fertig war. Ich war etwas traurig, ich weiß nicht mehr, warum. Er, der nichts vom Trösten versteht, es nie wirklich versucht hat, wollte meine Melancholie dadurch vertreiben, daß er mit zwei unschuldigen Fingern über den Ausschnitt meines Nachthemdes strich. Und gerade weil seine

Finger so unschuldig waren, gewannen sie nach und nach eine teuflische Macht über mich, elektrisierten mich durch ihre sanfte Berührung. Noch nie hatte er, der Gourgandin, mich in dieser Art berührt, mit solcher Zärtlichkeit, solchem Taktgefühl und solcher Sensibilität. Das lag wohl daran, daß er desinteressiert war ... Er merkte gar nicht, daß seine zwei Finger an meinem Brustansatz ein Feuer in mir entfachten, fühlte nicht das Zittern meiner Lenden, das Zucken meines Bauches, das Pumpen meiner Muschi ... Trotz der Putzfrau nebenan hätte ich ihm, wäre er geblieben, mein Bett geöffnet, mein Nachthemd hochgezogen und ihn empfangen, ihn schnell in mich gesaugt, ganz stark. Er hätte gar nichts tun brauchen, hätte nur seinen Hosenstall öffnen und seinen Schwanz herausholen müssen, ohne zu begreifen, wie ihm geschah. Den Rest hätte ich schon erledigt. Getrunken, genuckelt, geschluckt, den Gourgandin sich selbst entrissen, und das alles ohne einen Laut, nur begleitet vom Quietschen einer Sprungfeder in der Matratze, die nur drei- oder viermal Laut gegeben hätte ... Aber er stand auf. Ich sagte: »Bleib.« Er ging ...

Heute ist so vieles nicht mehr möglich. Das heißt, vielleicht wäre es das noch, aber ich bin müde. Und er wird nicht mehr so steif wie früher. Also ehrlich gesagt ärgert mich das ... sagen wir dreißig Prozent, und Schwamm drüber.

Kapitel 20

Donnerstag, 6. Februar

Er hat mit begehrlichem Blick meine Beine betrachtet. In der Pause hatte ich absichtlich die Beine zu Benoît hin ausgestreckt und leicht gespreizt. Ganz leicht. Der Gourgandin hatte sich aus Spaß gebückt und so getan, als würde er seinen Schnürsenkel binden. Tatsächlich sah er mir eindringlich unter den Rock. Ich hatte große Lust, ihn richtig auf Touren zu bringen, ihm unwiderstehliche Einzelheiten zu zeigen. Aber wir waren nicht allein.

Seit gestern abend träume ich davon, ihn heute anzurufen. So auch jetzt. Es ist 14 Uhr, und ich habe das Wohnzimmer vorbereitet. Zugezogene Vorhänge, Dunkelheit, Pornokassette. Auch mich selbst habe ich zurechtgemacht. Strümpfe, Korsage, Negligé. Ich konzentriere mich einen Augenblick auf den Bildschirm, wo eine Frau gerade mit der Hand befriedigt wird. Diese Art von Bildern erregen mich am meisten: Männerfinger im Geschlecht einer Frau, die daran zupfen, es öffnen, weiten, ein wenig hart reiben. Manchmal tut es mir richtig weh, wenn eine Geste zu autoritär erscheint. Aber wenn er sanft ist, gefangen von dem, was er tut, vorsichtig und einfallsreich in seiner Choreographie, wenn er nicht den kleinsten Winkel vergißt, wenn er der Kamera verschiedene Blickwinkel und abrupte Einstellungswechsel präsentiert, dann fängt mein Herz an zu hämmern, und wohlige Wärme breitet sich in meinem Bauch aus.

Stellen wir uns also vor, daß die Szene auf dem Bildschirm mich erregt. Ich sitze auf einem Sessel, dessen gepolsterte Armlehnen ich bald unter meinen gespreizten Schenkeln spüren werde … Wenn ich dann richtig in Fahrt bin, greife ich zum Telefon, wähle die Nummer der Firma und lasse mich mit dem Gourgandin verbinden. Ich sage zu ihm: »Kannst du dich eine halbe Stunde frei machen? Du könntest mir einen kleinen Gefallen tun.« Er kommt sofort. Neugierig, hoffnungsvoll. Ich rufe ihn ins Wohnzimmer. Dort sieht er mich in meiner nuttigen Aufmachung vor dem Fernseher, wo sich eine andere Schlampe windet. Ich befehle ihm: »Bums mich hier auf dem Sessel.« Er stellt keine Fragen, widerspricht nicht, läßt die Hose herunter, kniet sich hin. Sein Schwanz ist wunderbar steif, er findet mich und spießt mich auf. Ich rücke bis zum Rand des Sessels vor, bis ganz an den Rand. Er weicht zurück. Ich hocke mich auf ihn, die Knie gespreizt, gleite auf und ab auf seinem Schaft, dessen Auftauchen und Verschwinden er mit einer Art ekstatischer Faszination verfolgt. Ich komme ganz schnell, und er ebenso. Er steht wieder auf, zieht sich an, geht. Adieu, Gourgandin, und vielen Dank, das war klasse …

Es ist 14 Uhr 15. Ich werde nicht anrufen. Aus vielen Gründen. Zum einen wäre es ganz sicher nicht so toll wie in meinem ausgedachten Szenario. Ich hätte Angst, daß Antoine oder eines der Kinder früher als erwartet nach Hause kommt. Ich würde nicht richtig in Fahrt kommen, nicht einmal vor *The Devil in Miss Johns*. Und der Schwanz des Gourgandin würde vielleicht auch nicht so steif werden. Und er würde mich nicht frei agieren lassen. Er würde mich mit zahlreichen »Warte« und »Hör auf« aus dem Konzept bringen. Außerdem wäre es Isabelle gegenüber nicht anständig. Sie hat mich heute mittag wieder einmal nach Hause gefahren. Wir haben Kuchen gegessen und Tee getrunken, und sie hat kein einziges Mal gelächelt. Ihre Mundwinkel zeigten voller Verbitterung nach unten, brachten ihren ganzen Groll zum Ausdruck. Ich habe ihr gesagt, daß ich immer noch auf der Stelle trete, nicht mehr so recht wüßte, in welche Richtung ich mich wenden sollte, was ich überhaupt wollte. Und unter diesen Umständen finde ich den Gedanken, den Gourgandin anzurufen, etwas abstoßend. Seltsam, daß es soweit gekommen ist: Künftig werde ich ihr einiges verheimlichen müssen. Noch vor einer Woche hat dieser Gedanke mich aufgebracht, jetzt akzeptiere ich ihn.

Als wir um 12 Uhr 30 die Firma verließen, ging der Gourgandin auch gerade. Er wollte in seinen Wagen steigen und zum Café fahren. Isabelle bot ihm an, ihn dort abzusetzen, er würde ganz sicher jemanden finden, mit dem er nach der Mittagspause zurückfahren konnte. Erst lehnte er ab, dann nahm er an. Als er zu uns in den Wagen stieg, dachte ich: ›Wie schön es wäre, wenn er mit zu mir käme, jetzt gleich, zusammen mit ihr. Wie einfach es wäre, und vielleicht auch amüsant ...‹ Ich bedauerte die Wende, die die Dinge genommen hatten. Fühlte mich schuldig. Es wäre so leicht gewesen, Isabelles Angebot sofort anzunehmen, ihr die Organisation eines kleinen Rendezvous zu dritt zu überlassen ... Sie wäre darüber heute gar nicht so traurig gewesen. Und ich nicht weiter überrascht ... Aber dieses Projekt, diese Phantasie eines Dreiers, hatte der Gourgandin zuerst mir gestanden. Als Isabelle mir dann einen ganz zärtlichen und lieben Brief übergab, in dem sie mir diese Erfahrung vorschlug, fühlte ich mich wieder einmal beraubt. Der amourösen Initiative beraubt, die dem Gourgandin gefallen hätte, meines aufkeimenden Verlangens nach Isabelle beraubt, das, wenn man zu hastig vorging, vergehen würde, ehe es Gelegenheit gehabt hatte, sich zu entfalten. Und auch der Wiedervereinigung mit dem Gourgandin beraubt. Zuallererst, vor allem anderen, mußte ich sein Begehren, seine Ungeduld für mich allein zurückgewinnen. Und ich mußte Isabelle für mich allein entdecken. Der erste Teil des Programms schien abgeschlossen, obwohl … Der zweite Teil bleibt hypothetisch, Isabelle ist zur Zeit so eiskalt …

Aber noch habe ich nicht die Hoffnung verloren, eines Tages alles unter einen Hut zu kriegen … Das könnte der so sehnsüchtig erhoffte frische Wind sein …

Inzwischen ist es 14 Uhr 50. Ich bin genüßlich in die sinnliche, erregende Falle, die mir die Einsamkeit bot, getappt. Im Badezimmer, wo ich mich für die Fitneßstunde am Abend umzog, perverse Waschungen … Ich muß dazu sagen, daß ich ein Bidet mit einem wirklich überzeugenden, schwenkbaren Strahl besitze. Ich bin, die Füße gegen die Wand gestemmt, gekommen, ganz für mich allein meine Lust hinausschreiend. Eigentlich muß man sich fragen, zu was Gourgandins überhaupt nütze sind?!

Kapitel 21

Freitag, 7. Februar

Ich habe meinen Wagen wieder und habe daher Isabelle heute morgen nicht gesehen. Oder nur flüchtig. Seit ihren letzten Aussprachen mit dem Gourgandin meidet sie die Kaffeepausen, vermeidet es, mit uns auf den Sofas bei den Kaffeemaschinen Platz zu nehmen. Er war da. Ich sagte zu ihm:

»Hast du gestern gegen vierzehn Uhr nicht an mich gedacht?«

»Doch, sehr intensiv sogar, warum?«

»Ich hätte dich beinahe angerufen …«

»Das hättest du mal tun sollen. Ich wäre sofort angelaufen gekommen …«

Er setzte sich vor meine Füße, streichelte meine Beine. Ich ermutigte ihn in seinen Liebkosungen. »Höher, noch höher«, bis er auf den Rand meines Strumpfes traf, auf die nackte Haut meiner Schenkel … Er machte sein gieriges Gesicht, setzte eine interessierte Miene auf, heute eher schmerzlich als frivol … Er hinterließ eine Laufmasche in meinem Strumpf.

Um 11 Uhr brachte Isabelle mir einen Brief in mein Büro. Ich überflog ihn nur hastig, weil ich viel zu tun hatte.

Mittags konnte ich sie nirgends finden. Ich wollte in die Bar, um mich mit einer ehemaligen Kollegin zu treffen, die gerade in der Stadt war. Ich plauderte ein wenig mit ihr. Nach einer Weile stand der Gourgandin auf, um babasse spielen zu gehen. Der Augenblick wurde leer, das Café trist, meine Anwesenheit überflüssig. Ein einziges Wesen fehlt einem. Ich hatte noch Einkäufe zu erledigen. Vorher fuhr ich zu Hause vorbei, um den Strumpf zu wechseln.

Kapitel 22

Samstag, 8. Februar

Meine Liebe,

ich brüte über meinen Gesten und Worten, verbiege und seziere sie, und sobald ich unbeholfen beginne, den Versuch einer Analyse zu Papier zu bringen, glaube ich zu ersticken, klinge hoffnungslos schroff, ungeschickt und steril. In einigen Monaten werde ich fort sein, und Euer Leben wird wieder so sein wie früher. Ihr werdet gemeinsam alt werden, auf Eure Art, und ich werde nur noch eine vage, sehr vage Erinnerung sein …

Und wenn Ihr dann Kriegserinnerungen austauscht, werdet Ihr sagen: »Weißt du noch, 1991, eine Sekretärin, eine kleine Rothaarige, ein wenig naiv und kompliziert …« Komplizen, ein schalkhaftes Blitzen in den Augen, werdet Ihr einen Moment das gleiche denken, und das Leben wird vorbeigegangen sein …

… Ich habe viel an Deine Worte denken müssen … »Er schläft immer noch mit Myriam.« Na und? Er hat Dir an jenem berühmten Dienstag erklärt, daß er unseren Ausschweifungen ein Ende gemacht hätte, obwohl ich »ihn nicht in Ruhe ließe« (Zitat). Hat er Dir auch erzählt, daß ich ihm in einem meiner letzten Briefe ebenso deutlich zu verstehen gegeben habe, daß ich seine perversen Spielchen nicht mehr ertrage? Daß ich meine Briefe symbolisch verbrennen wollte? Daß diese Spiele nichts für mich wären. Daß Ihr beide allein weiterspielen müßtet, oder Ihr drei oder zehn … ohne mich.

Ich werde Dir nicht noch mehr von meiner dürftigen Prosa aufzwingen und auch keine Andeutungen zu unserer zu kurzen Geschichte, aus Zärtlichkeit, aus Schüchternheit und auch aus Scham.

Natürlich habe ich nie an seine Liebe geglaubt, aber ich dachte, mit ihm einige »echte«, intime Moment erlebt zu haben, einige ein wenig zärtliche Zwischenspiele ... Du hast mir wieder einmal den Beweis dafür geliefert, daß alles gelogen war, zynisch, schmutzig!

Wenn wir miteinander sprachen (stell Dir vor, auch das kam vor), warf er mir vor, ihn durch Dein Vergrößerungsglas zu sehen!

Ich brauche Abstand, Distanz, muß ihn aus meinem Gedächtnis herausreißen wie eine widerspenstige, tief verwurzelte Pflanze. Ich will nichts mehr glauben, nichts mehr denken ... Ich war das einzige dargebotene Opfer! »Die andere« wurde nicht geopfert, zumindest nicht offiziell! Ist das eine Ehre oder nur der Beweis dafür, daß ich nicht mehr als eine schlichte Bettgeschichte gewesen bin?

Aber im Grunde spielt das gar keine Rolle! ...

Wenn dieser »Bruch« ein Geschenk ist, nimm es, freu Dich drüber, nutze es. Es ist kostbarer als ein Parfum und auch intimer.

Das Ganze war letztendlich nur eine ganz banale Dreiecksgeschichte ... Die Rollen waren nur nicht gerecht verteilt, das ist alles!

Es war ein Fehler, meinen schweren, schmerzenden Kopf an seine Schulter zu lehnen, mich vertrauensvoll in seine Arme zu schmiegen, Euch beide zärtlich zu lieben ... wenn auch auf unterschiedliche Art.

Von einem schlechten Roman zu einem banalen Filmszenario ... Nimm es als Augenblick völliger Aufrichtigkeit, meine Freundin. Ich bin nicht verbittert, ich bin nicht wütend ... nur verletzt ...

Ich habe gerade Isabelles Brief noch einmal gelesen. Sie schreibt darin von ihrem bevorstehenden Weggang wie von einer unumstößlichen Tatsache. Es stimmt, daß sie seit zwei Jahren nur provisorisch angestellt ist. Als sie '89 herkam, sollte sie eigentlich nur ein Jahr bleiben. Aber es gefiel ihr in der Firma so gut, daß sie alles nur Erdenkliche tat, um bleiben zu können. Damals haben wir uns näher kennengelernt, sie und ich. Sie bat mich, ihre Bittschreiben aufzusetzen. Diesen Gefallen erwies ich ihr gern, obwohl ich damals schon wußte, was mit dem Gourgandin werden würde. Das meint sie wohl auch, wenn sie mir zuweilen sagt: »Meine Güte, du hast mir den Kerl doch auf dem Silbertablett serviert ...« Was bringt es denn, sich gegen das Unabwendbare zu sträuben? Was bringt es zu hoffen, daß man einen Aufschub erwirkt, wenn man den Brief nicht schreibt, daß der Gourgandin sein Lotterleben aufgibt? Ist es nicht im Gegenteil viel besser, die Dinge voranzutreiben, dem Sturm entgegenzueilen, um ihn eher hinter sich zu lassen? ...

Auch spricht sie von unseren »Kriegserinnerungen« und der lässigen Art, in der der Gourgandin und ich über ehemalige Kolleginnen reden. Tatsächlich denkt sie dabei vor allem an unser Gespräch über Anne-Marie Listéra, und es stimmt, daß unser Geplauder für einen Außenstehenden schockierend gewesen sein mag ...

Ich: »Sag mal, in welchem Jahr war das noch gleich, der Lehrgang in Paris mit der Kleinen, du weißt schon, die mit dieser Nase (vage eher negative Geste), Anne-Marie ...«

Er: »Anne-Marie Charoir?«

»Nein, nicht Charoir. Eine andere ... Listéra! Anne-Marie Listéra!«

»Listéra? Aber die hatte doch keine große Nase!«

»Das habe ich ja auch nicht behauptet. So, habe ich gesagt. Eine Stupsnase.«

Seine grünen Augen leuchten auf, und er lächelt hintergründig.

»'87, oder?«

»Eher '86 ...«

Er holte mich auf dem Flur ein, nachdem er in seinem Büro seine Zaubertafeln konsultiert hatte:

»Ja, '86, du hast recht ... Aber warum? ...«

Er kann ja nicht wissen, daß ich in Gedanken die Bilanz unserer Geschichte gezogen habe ... Juni '85 ist es schön und warm in Paris, wo der Lehrgang später als üblich stattfindet. Es ist Sommer, und nach fleißigen Tagen hängen wir auf Caféterrassen herum. Ich trage leichte, ausgeschnittene Kleider und necke den Gourgandin ohne weitere Hintergedanken. Alfred findet mich schön und sagt es mir auch; der Gourgandin findet mich ebenfalls schön, und er beweist es mir. Schlecht. Die Ferien gehen vorüber. Herbst '85. Winter '86. Er versucht immer wieder, bei mir zu landen, ich nehme die Verabredungen an, im voraus desillusioniert. Eines Tages kippt alles um – ich verliebe mich in ihn. Frühling 1986, Anne-Marie Listéra, neue Mitarbeiterin in der Firma, macht ihn ungeniert an. Ich fange an, kindisch unter Eifersucht zu leiden. Ich weiß noch nicht, daß die Krankheit unheilbar ist, die Anfälle liegen weit auseinander, sind eher harmlos. Aber die kleine Schlampe ist nicht zu bremsen. Beim Lehrgang im April dringt sie jeden Abend in sein Zimmer ein (in ein leeres Zimmer, da er bei mir ist), hinterläßt dort Nachrichten für ihn, zeigt ihm dann wieder die kalte Schulter, weicht den Fallen aus, die er ihr stellt. Dann verliert sie die Geduld und sucht ihn eines Morgens bei Tagesanbruch auf, nachdem er gerade erst seit ein oder zwei Stunden wieder in seinem Bett liegt. Der Gourgandin sorgt dafür, daß ich erfahre, was sich zwischen ihnen abspielt. Ich meinerseits, damals noch sehr naiv, tue ihm den Gefallen, auf seinen Wunsch zu beichten einzugehen. Heute weiß ich, daß die Beichte für ihn nur ein weiteres Mittel war, sich in Szene zu setzen …

Angeblich hatte sie sich ohne viel Federlesens neben ihn gekniet, ihn ausgezogen und sein Glied in den Mund genommen. Angeblich war er unabhängig von diesem kleinen Teil seiner selbst, der keinerlei Abscheu bekundete, sehr passiv und gleichgültig geblieben, die Hände im Nacken verschränkt. Angeblich hatte sie sich nach einer Weile daran gestoßen und war gegangen. Am darauffolgenden Tag sollte sie ihm dann ihre Verzweiflung gestanden haben, das Gefühl der Erniedrigung, ihren Wunsch, zu verschwinden, alles ungeschehen zu machen …

Angeblich …

Damals glaubte ich ihm einfach alles. Heute, mit meiner größeren Lebenserfahrung und nach einem kleinen Beweis, den er mir letztens ungewollt geliefert hat, weiß ich, daß die Geschichte damit ganz sicher nicht abgehakt war … Als er mich auf dem Flur einholte und mir sagte: »'86, du hast recht«, fragte ich: »Wie kannst du dir da so sicher sein?« »Das war das Jahr, in dem die Delegation der deutschen Filiale hier war … Ich habe den Saal geschmückt, ich erinnere mich noch ganz genau.« Natürlich erinnerte er sich, er hatte den Saal mit ihr zusammen geschmückt! Man kann wohl davon ausgehen, daß die deutschen Kollegen nicht ahnten, welchen Enthusiasmus ihr Besuch ausgelöst hatte und wie gebührend er tatsächlich gefeiert worden war! …

Aber nach diesem Sommer gehörte Anne-Marie

schon nicht mehr zu uns, und ich beeilte mich, sie zu vergessen ... Und meine arme kleine Isa vergleicht sich jetzt mit dieser unbedeutenden Schwanzlutscherin! ... Ich bin aufgewühlt von ihrem Brief, ihrer Trauer, ihrer Deprimiertheit. Die Art, wie sie Myriam als »die andere« bezeichnet ...

Komisch, aber ich bin nicht mehr eifersüchtig auf Myriam, nachdem ich so schrecklich eifersüchtig auf Isa war. Und plötzlich bin ich auch nicht mehr eifersüchtig auf Isa. Ich glaube fast ...

Ich glaube fast, daß, wenn der Gourgandin direkt vor meinen Augen eine andere vögeln würde, mir das nichts ausmachen würde ... nicht das geringste.

Ich werde Isabelle antworten.

Meine liebe Isa,

Dein Brief, Deine Briefe, Deine Nähe, Deine Wärme, Deine Zärtlichkeit, Dein Mitgefühl, Dein Verzicht, Deine Intelligenz, Deine vibrierende Sensibilität, das alles sind Geschenke. Dein Lachen zu meinen Späßen, Deine blinde Bewunderung für meine »Werke«, Dein Schweigen, wenn ich Dich streichle, Deine Hand, die die meine umfaßt und sie flüchtig, aber kräftig drückt ... Geschenke. Dein spontanes »Ja!«, offenen Blickes, voller Seele, als ich dich am Donnerstag bei der Feier des Chefs bat: »Sag ja zu heute abend.« Ein Geschenk ... Dein Haus, in dem ich so oft war, Deine Schönheit, Deine jugendliche Geschmeidigkeit, wenn Du läufst, Deine Lust, zu leben und Spaß zu haben, Geschenke, Geschenke ...

Aber der »Bruch«, der Dich schmerzt, der Dich erniedrigt, der Dir Tränen und Flüche entlockt, der Erinnerungen in Groll verwandelt, das ist kein Geschenk!

Weder von Dir, die Du wohl nicht vorhattest, mir das eines Tages zum Geschenk zu machen: Deine Distanzierung von ihm, Deine neue Kälte, Deine Wut. Du wußtest, daß ich das nicht brauche. Du glaubtest, weniger richtig, daß ich in meiner Liebe zu ihm, in dem, was wir miteinander erlebt haben und noch erleben, über den Dingen stünde. Aber tatsächlich lief gar nichts mehr. Mein Elan war erstarrt, mein Enthusiasmus beschränkte sich auf einige Blicke und noch spärlichere Worte.

Ich war es, die – und das ganz und gar nicht aus taktischen Erwägungen heraus – glaubte, Dir ein Geschenk zu machen …

Was ihn betrifft, so hat er, wie Du richtig erkannt hast, nur ein einzelnes Opfer gebracht. Ihm lag es noch ferner als Dir, mir etwas zu schenken. Es war nur so, daß die Situation ihm zu unbequem wurde. »Ihr seid zu gut befreundet«, hat er mir erklärt. Das war kein Vorwand, keine Lüge. Der Schwindel liegt in der Interpretation. Er fürchtete nicht etwa, uns – mich – zu verletzen, weil wir befreundet waren. Vielmehr war es so, daß er selbst sich schlecht fühlte, zu oft auf dem Prüfstein, beurteilt, demaskiert, entlarvt … Da ich mit Myriam niemals über gewisse Dinge spreche und schon gar nicht über ihn, ist ihm diese Situation erträglicher. Das ist alles.

Auch hat er Dir vielleicht indirekt eine Ehre erwiesen. Du hast es selbst erahnt: »Ist es eine Ehre?« fragst Du. Ich glaube ja. Das ist eine Art, das Gewicht Deiner Leidenschaft, Deiner Anwesenheit, ja Deiner Existenz zu erkennen und zu fürchten. Die andere ist nur eine Episode, blaß und leicht zufriedenzustellen. Eine feige und laue Geschichte, ein Nachmittag hier und da, so wie es sich gerade einrichten läßt und wie die Fleischeslust ihn treibt. Sie zieht sich sexy an, ihm mangelt es an außerehelicher Befriedigung, und sie haben beide zwei Stunden Zeit. So sehe ich das.

Mit Dir wäre so etwas unmöglich.

Und darum hat es mir auch so weh getan, als ich erfuhr … Du bist anders als sie, nicht so leichtfertig und anpassungsfähig. Ich ahnte ein Drama voraus, mindestens eine schmerzhafte Krise. Ich habe mir gesagt: »Das wird böse enden, so oder so.«

Und jetzt kommt es mir vor, als hätte ich selbst den häßlichen, schmutzigen Verlauf der Geschichte herbeigeführt … Ich schwöre Dir, meine Isa, das war keine Absicht. Niemals hätte ich gedacht, die Ereignisse allein dadurch in irgendeiner Weise beeinflussen zu können, daß ich ihn aufgebe. Wenn ich geglaubt hätte, diese Macht zu besitzen, wäre die Verweigerung an sich überflüssig gewesen. Verstehst Du? In meinem Egoismus glaubte ich, mich zu retten, meine Würde und meinen Seelenfrieden. Ich wollte Deine Freundin bleiben können, immer zärtlich und aufrichtig, ohne Hintergedanken, ohne zu hinterfragen, ohne Eifersüchtelei.

Es war nie meine Absicht, Dir zu beweisen, daß Du nur eine »Bettgeschichte« warst. Dir zuweilen zu demonstrieren, daß er ebenso mit mir zusammen war wie mit Dir, bedeutete nicht, Dich – oder uns – auf eine billige Bumsgeschichte zu reduzieren …

Deine Verletztheit tut mir weh, und ich schäme mich, als hätte ich Dir die Wunde mit meinen eigenen Zähnen zugefügt. Und dabei habe ich an mein Feingefühl geglaubt und auch an meinen Heroismus – ein großes Wort, um auszudrücken, daß ich nie aufgehört habe, Dich zu bewundern, Dich zu lieben und Dir unendlich dankbar zu sein für alles, was Du bist.

Meine Isa, die Dinge werden wieder ins Lot kommen, eines Tages, wenn die Sonne scheint, wir etwas getrunken haben und die Zärtlichkeit alles andere verdrängt.

Aber nie, niemals werde ich in der Art »eine kleine rothaarige Sekretärin, weißt du noch?« von Dir sprechen. Dein

Vorname steckt in mir wie ein langer Dorn, der brennt und gleichzeitig den Schmerz lindert und zum Träumen verführt. Unsere Geschichte ist noch nicht zu Ende.

Deine Freundin

Kapitel 23

Montag, 10. Februar

Der Gourgandin hatte heute seinen roten Pullover an. Mehr habe ich nicht gesehen. Ich habe nicht einmal auf sein Gesicht geachtet ...

In der Pause leistete Isabelle uns beim Kaffee nicht Gesellschaft, und ich suchte sie in ihrem Büro auf. Sie lächelte, so wie ich es liebe, das Lächeln eines dankbaren und überglücklichen jungen Mädchens. Ich küßte sie auf den Hals und sog ihren Duft ein. Sie sagte mir, daß sie um zwölf weg müßte wegen irgendwelcher Besorgungen und einem kranken Kind. Ich dachte, sie wollte sich vielleicht mit dem Gourgandin treffen. Ich versuchte, die Sache völlig nüchtern zu sehen. Und es gelang mir.

In Isas Büro waren große Tafeln aufgestellt, mit interessanten Anregungen für die nächste Besprechung. Ich konzentrierte mich darauf, eine der Tafeln zu entziffern. Gleichzeitig glaubte ich zu fühlen, wie Isa mich streifte, sich an mir vorbeischob und auf den Flur hinausging. Und gleich darauf hörte ich ihn. Er näherte sich pfeifend. Ich starrte weiterhin auf die Tafel, weigerte mich, zu denken, zu leiden, mein Versteck zu verlassen, um nachzusehen. Etwa eine Minute verstrich.

Ich drehte mich um. Isa war da, zwei Schritte hinter mir. Sie las meinen Brief und lächelte immer noch …

Mittags bin ich allein nach Hause gefahren. Ich bedeckte mein wunderbares Baby mit Küssen und trank Wein.

Kapitel 24

Dienstag, 11. Februar

Ich bin traurig, während ich schreibe, aber es ist nicht »ihre« Schuld. Alte Eheprobleme, alter Groll, am Mittag ein heftiger Streit mit Antoine, verletzende, geißelnde Worte, Dinge aus unserer Vergangenheit, die an die Oberfläche stiegen und alles beschmutzten, Tränen in die Augen trieben, einen bitteren Nachgeschmack im Mund hinterließen …

Davor war ich glücklich.

Als ich heute morgen in die Firma kam, begegnete ich dem Gourgandin. Er trug wieder seinen blaßgrünen Pullover. Ich bat ihn, mir bei etwas behilflich zu sein, und er erklärte sich sofort einverstanden. In solchen Sachen ist er immer sehr lieb. Es gefällt ihm, wenn man ihn braucht. Schließlich wagte ich den Sprung ins kalte Wasser: »Ich lade dich zum Essen ein. Donnerstag?« Seine Züge erhellten sich sofort, worauf ich schnell in ernstem Tonfall hinzufügte: »Zum Essen!«

Er schien einverstanden:

»Ich bin ja nicht taub, ich bin ja nicht taub …«

»Wir gehen zu der Alten ins Gasthaus.«

»Oder woandershin …« Er gab sich ausweichend.

»Aber ich will dorthin!« verkündete ich entschieden.

Er gab nach.

Donnerstag bin ich frei wie der Wind. Und ich bin dem Gourgandin noch ein Essen schuldig … Eine alte Geschichte, die noch auf den Juni 1989 zurückgeht … Ich wollte das Erscheinen meines Buches feiern. Davon, wie die Feier endete, habe ich ja bereits berichtet. Er hatte mir versprochen: »Wir beide feiern das ganz allein. Du lädst mich ein.« Ich hatte zugestimmt und gemeint: »Das bin ich dir wohl schuldig …« Sicher war ich es ihm schuldig, aber ich wollte auf eine friedlichere Zeit warten, auf eine Zeit, da er mir gegenüber aufmerksamer wäre. Ich habe sehr lange gewartet, dachte, er und ich würden niemals allein auf *L'Homme aux yeux jaunes* anstoßen können.

Wenn ich an unsere Geschichte seit jenem Sommer '89 zurückdenke, fällt es mir schwer, die einzelnen Puzzleteile zusammenzufügen … Es war eine chaotische Zeit in meinem Leben, in vieler Hinsicht sehr ereignisreich … Im Mai scharwenzelt der Gourgandin immer häufiger um Myriam herum. Ich bin unglücklich. Ich verzichte auf die Teilnahme am Lehrgang in Paris, ziehe es vor, eine Woche in Rom zu verbringen, auf einem lächerlichen Kongreß über Neuentwicklungen auf dem Informatiksektor. Antoine, der seit anderthalb Jahren von meiner Affäre mit dem Gourgandin weiß, nutzt die Gelegenheit, sich mit ihm zu treffen und ihn zu fragen, welche Zukunft er sich mit mir vorstelle. Armer Gourgandin, das ist ein herber Schlag, erst recht für ihn, der Komplikationen und ungewollte Aussprachen verabscheut … In dieser Zeit, nachdem ich traurig und verbittert abgereist bin, tröste ich mich in den Armen des arabischen Chauffeurs, der mir zur Verfügung gestellt worden ist. Ein hübscher Junge, sanft und zärtlich, ein wahrer Künstler in der Liebe und sentimental, wie es der Gourgandin nie gewesen ist ...

Als ich aus Rom zurückkomme, erwähnt Antoine ihr Gespräch mit keinem Wort, aber in der Firma finde ich den Brief des Gourgandin aus Paris vor (der Zufall hat es so gewollt, daß er in jenem Jahr zur Keuschheit verurteilt ist, da Myriam auch nicht an dem Lehrgang teilnimmt).

Freitag, 28. April '89

Das mußte ja eines Tages so kommen! Montag hat Antoine auf dem Firmenparkplatz auf mich gewartet und mich für 12 Uhr 30 auf einen Kaffee bei Euch zu Hause eingeladen, »um mit mir zu sprechen«.

Ich bin hingegangen. Wir haben dagesessen wie zwei Vollidioten, die, da ihnen nichts einfällt, worüber sie reden könnten, nach eventuellen Gemeinsamkeiten forschen: nichts, abgesehen von einer Frau! Dann machen sie weiter, um zu ergründen, was sie gegeneinander aufbringen könnte: wieder nichts, abgesehen von derselben Frau!

Eine völlig vertrackte Situation! Eine Sackgasse! Die Schlange, die sich in den Schwanz beißt! Die banale Feststellung, daß wir zu dritt einen perfekten Kreis bilden, aus dem sich zu lösen verdammt schwierig sein würde.

Darum schreibe ich Dir, bevor wir uns wiedersehen; weil ich denke, daß ich auf Distanz gehen muß. Ich hätte jetzt das Gefühl, überflüssig zu sein in einem Spiel, das mir viel zu kompliziert ist! Und Du kennst ja meinen etwas einfachen (nicht einfältigen) Geist. Außerdem glaube ich, daß es für Antoine nicht wirklich ein Spiel ist. Und es würde mir weitaus leichter fallen, einen Idioten unglücklich zu machen als jemanden wie Deinen Mann. Ich will ja nicht behaupten, daß das eine große Entdeckung wäre, aber Du kennst ja meinen Hang dazu, Vogel Strauß zu spielen und den Kopf in den Sand zu stecken, bis Probleme sich partout nicht mehr ignorieren lassen. (Und in diesem Fall könnte die Sachlage nicht eindeutiger sein!) Versteh mich richtig, er hat nichts gefordert, mich um nichts gebeten. Es war nur das logische Ende einer verfahrenen Situation, die Du ebensogut kennst wie ich, auch wenn wir sie manchmal ins Lächerliche ziehen: »Gourgandin … Wir müssen uns trennen …«

Ich denke also, wir sollten anfangen, uns aus dem Weg zu gehen, wenn jeder von uns sich das Wesentliche bewahren will. Ich hoffe, daß Du mir ein wenig dabei helfen wirst.

Du bist ein wichtiger Teil meines Lebens gewesen, und Du bleibst eine wunderbare Erinnerung, noch viel zu gegenwärtig. Versuch, ein wenig meine Komplizin zu bleiben, auch wenn Du nicht mehr meine Geliebte bist. Glaub nicht, daß dieser Brief ein Versuch ist, mich aus der Affäre zu ziehen, aber da wir uns erst nächste Woche wiedersehen, habe ich versucht, Worte zu finden, Argumente, warum, weil … bevor ich mit Dir spreche. Ich habe schnell zur Feder gegriffen, um sie festzuhalten, da ich, wenn ich mit Dir zusammen bin, meiner Entschlossenheit immer ein wenig mißtraue.

Paris '89 wird traurig. Ich liebe Dich. Bis bald.

Ich hasse Antoine für seine Einmischung. Ich schreie ihn in allen Tonlagen an und mische meine Vorwürfe mit häßlichen Geständnissen in der Art wie: »Das ist mir piepegal, du bist nicht mein Vater, du wirst mich nicht daran hindern, genau das zu tun, was ich will. Ich habe eine Woche mit dem Chauffeur des Firmenwagens gebumst und bin gleich mit ihm verabredet …«

Meine Antwort an den Gourgandin ist der zuvor bereits erwähnte Brief. Ich glaube nicht an die Trennung, aber wegen der Zweifel, die Antoine es gewagt hat, in mir zu säen, schmerzt meine Seele überall. »Er hat mir gesagt, das träfe sich gut, weil er nicht gewußt hätte, wie er eure Affäre beenden sollte. Daß ich ihm Vorwand und Gelegenheit böte.« Ich zögere, das zu schlucken, aber ich gebe trotzdem vor, es für bare Münze zu nehmen und mich tief gedemütigt zu fühlen. Wenigstens kann Antoine seit jenem Tag glauben oder vorgeben zu glauben, daß es zwischen dem Gourgandin und mir aus ist ...

Um den Beginn einer neuen »ehelichen Ära« zu besiegeln, ziehen wir um. Antoine spricht immer häufiger davon, daß er noch ein Kind wolle.

Als der Gourgandin vom Lehrgang zurück ist, begegnen wir uns im Treppenhaus der Firma. Er kommt die Treppe herauf und blickt zu mir auf, während ich hinuntergehe. Ich trage ein tiefes Dekolleté und bin sonnengebräunt. Er entdeckt mich aus dieser Perspektive neu, mit einer Art glücklicher Wehmut. »Du siehst umwerfend aus!« entfährt es ihm, und es klingt wie ein Hilferuf ...

Später, gegen Ende Mai, findet dieses seltsame Rendezvous mit dem Gourgandin statt, in meinem alten, inzwischen vollständig ausgeräumten Haus, zu dem ich noch den Schlüssel habe. Wir verbringen etwa zwei Stunden dort. Der Gourgandin, der sich schon immer von dramatischen Inszenierungen hat verführen lassen, ruft begeistert aus: »Man kommt sich vor wie in *Der letzte Tango von Paris*.« Das ist eine meiner strahlendsten Erinnerungen an ihn, sogar die strahlendste, und sie ist die letzte, die diese Bezeichnung verdient ... Die durch die geschlossenen Fensterläden dringenden Sonnenstrahlen tauchen den Raum in ein goldenes Halbdunkel, in dem mein nackter Körper – ausnahmsweise entspannt – mir anmutiger erscheint als gewöhnlich. Sogar auf dem Speicher, wo das Licht heller und härter ist, gefällt mir der Anblick meiner braunen Haut, meiner sanften Rundungen ... Weil ich im Einklang mit mir selbst bin, fällt es mir leicht, wollüstig zu sein. Der Gourgandin macht sich einen Spaß daraus, mich aus einer künstlerischen Laune heraus in jedem Raum zu nehmen, in allen erdenklichen Stellungen. In seinen grünen Augen tanzen sprühende Funken, die zuweilen von Verzweiflung überschattet werden. Zwischen Spiel und Tragödie sagt er in weiser Voraussicht: »Das müssen wir im Gedächtnis bewahren ...«

Ah! Gourgandin! Ich erinnere mich, ich erinnere mich! ... Ich habe am rechten Knie heute noch einen kleinen hellen Fleck, eine Narbe, die die Verbrennung durch den Teppichboden zurückgelassen hat und die die Sonne jenes Sommers, jedes nachfolgenden Sommers, nicht hat auslöschen können. An jenem Morgen hast du mich an die Wand gedrückt, mich überwältigt, mich genommen wie noch nie. Ich habe mich an dich geknotet, an deinen Hals, deine Taille, deine Arme, deine Beine, habe dich angefeuert und dir noch in derselben Minute gedankt, ich gehörte auf ewig dir, und in dieser leeren Wohnung, die von meinen Schreien widerhallte, hatte unsere Liebe etwas Unwiderrufliches, Endgültiges ...

Irgendwann mittendrin glaubte ich, zorniges Klopfen an der Tür zu hören. Ich erstarrte in deinen Armen, lauschte ... Ein Kind kickte einen Ball gegen das Holz, und daß es nichts von unserer Anwesenheit ahnte, machte unser Rendezvous noch geheimer, unanständiger, diabolischer ... Das Kind war unser unschuldiger, unbewußter Zeuge, und wir würden uns auf ewig so lieben, im geheimnisvollen Halbdunkel eines leerstehenden Hauses, vor Blicken geschützt, ohne von unseren Kindern gestört zu werden. Meine Hüften und mein Becken nahmen den Rhythmus dieses Balles auf, der in immer gleichen Abständen gegen das Holz prallte, wieder und wieder und wieder, und mit dumpfen Schlägen die Lust in mich einhämmerte … Und ich kam bis zur Besinnungslosigkeit, alles vergessend, die Trostlosigkeit der Heimlichtuerei weit hinter mir lassend …

Als ich dir etwas später in der Firma begegnete, trauerte ich meinem Glück bereits nach. Du hast mich in einen kleinen düsteren Raum gezogen, hast dich auf einen Stuhl gesetzt, und ich habe mich auf dich gesetzt und bin wieder gekommen, sehr schnell und sehr heftig.

Normalerweise hätte unsere Geschichte damit enden müssen …

Danach geht alles drunter und drüber. Mein Buch erscheint. Sofort kommt es zum Skandal, wegen (oder dank) Poivre d'Arvor, der mich zu »Ex Libris« einlädt, gefolgt von France Inter, einigen Radiosendern, ebenso vielen Zeitungsinterviews, Mittagessen … Ich hasse es, an diese Zeit zurückzudenken. Es störte mich nicht, daß man sich überall erzählt, ich habe ein sehr gewagtes, ja pornographisches Buch geschrieben; aber ich kann es nicht ausstehen, wenn man mir mein Gesicht und meine Stimme raubt, sie in Kästen einfängt und auf Bildschirmen wiedergibt, wo ich mich nicht wiedererkenne. Ich werde von einem schmerzlichen Schwindel erfaßt, verliere fünf Kilo, und in der Straße, in der mein Haus steht, schläft der Gourgandin mit Myriam, ausgerechnet am Tag meiner Feier …

Der Sommer verstreicht, und nach den Ferien stelle ich sofort fest, daß ich schwanger bin … Was mag er, der Gourgandin, gedacht haben, als ich es ihm sagte? Was hat er geglaubt? Was hat er begriffen? Hat er diese Neuigkeit als Verkündung eines neuen familiären Frühlings verstanden, als den Wunsch, meine Affäre zu beenden? Oder als den Wunsch, mich für einige Zeit, vielleicht auch für immer, von ihm zu distanzieren? Es stimmt, daß ich mir viel Zeit gelassen habe. Für dieses dritte Kind stand mir ein Mutterschaftsurlaub von sechs Monaten zu. Ich blieb fast ein Jahr zu Hause. Und diese Zeit nutzte der Gourgandin, seine Beziehung zu Myriam zu vertiefen. Sagen wir, daß er sich möglicherweise dadurch dazu ermutigt fühlte, daß ich ihn »verließ«. Oder daß er sich die Freiheit zunutze machte, die ich ihm ließ …

Wir hatten Anfang September einige Male miteinander geschlafen (in Abstellräumen, die nicht mehr zuließen als flüchtige, überhastete Quickies). Zu dieser Zeit hatte ich nicht verhütet: Ich bereitete mich damals seit Monaten psychisch auf die Veränderungen in meinem Leben vor, den Umzug …

Trotzdem war ich von der Schwangerschaft überrascht, da ich den Zeitpunkt meiner fruchtbaren Tage nicht exakt abgepaßt hatte. Ich erinnere mich, daß ich den Gourgandin fragte: »Und was, wenn es von dir ist?«, worauf er kategorisch erwiderte: »Unmöglich, völlig unmöglich …« Erst gestern habe ich gelesen, daß in diesem Punkt rein gar nichts unmöglich ist. Aber allein der Gedanke an eine eventuelle Vaterschaft schien den Gourgandin zu entsetzen und zu Eis erstarren zu lassen. Es war offensichtlich, daß seine Beziehung zu mir auf einer künstlich inszenierten Ebene rangierte und rangieren sollte. Lange bevor das literarische Werk von Duras durch Annaud wieder in Mode kam, verstand er sich als absoluten »Geliebten«. Und ich war natürlich nur die Maîtresse. Alles, was über Sex hinausging und den Bauch betraf, war schlicht unvorstellbar. Darum besuchte er mich während der Schwangerschaft auch nur ein einziges Mal ... Ich war im dritten Monat, und es war noch nichts zu sehen. Er liebte mich zärtlicher als sonst, streichelte mit leichter, sanfter Hand meine Hüften und meinte: »Anrührend, diese vollen Rundungen.« Ich hatte schon immer runde Hüften, und an jenem Tag waren sie noch unverändert.

Wenn wir uns in der Firma über den Weg liefen, öffnete er mir die Türen ganz weit, ließ mir den Vortritt, zog den Bauch ein, um mir Raum zu schaffen. Und dabei dauerte es sehr lange, ehe ich anfing, dicker zu werden, und mit bloßem Auge war von meinem Zustand nichts zu erkennen. Aber er fürchtete sich vor der Deformation meines Körpers, ahmte sie nach wie ein »versenktes Relief« in Negativform, machte sich ganz klein vor mir, die er als riesig sah, und nie, niemals wäre ihm in den Sinn gekommen, mir in diesen Monaten ein amouröses Treffen vorzuschlagen. Er hatte verkündet: »Ich lasse dich in Ruhe dein Baby machen. Hinterher, wenn du wieder normalen Aktivitäten nachgehst, sehen wir weiter ...« Normalen Aktivitäten!!!

Ich fragte ihn:

»Und wie war das mit deiner Frau, als sie schwanger war?«

Er schnitt eine Grimasse:

»Wir haben auf sexuelle Kontakte verzichtet ...«

»Aber warum denn?«

»Weil es unästhetisch ist«, antwortete er, ein provokant schelmisches und doch aufrichtiges Blitzen in den Augen, seinen Scheiß-Photographenaugen, die an seiner Stelle entscheiden, ob er einen Ständer bekommt oder nicht ...

Manchmal rief er mich an, wohl um den Kontakt nicht abreißen zu lassen. Er war lieb, locker. Abwesend. Isabelle hatte im September '89 in der Firma angefangen, gerade zu der Zeit, da ich Abstand nahm. In diesem ganzen Jahr sind sie sich kaum über den Weg gelaufen. Kürzlich erst hat sie mir das wieder bestätigt: »Wenn man bedenkt, daß ich ihn so lange Zeit einfach übersehen habe!« Ich wußte, was sie meinte. Mir war es genauso gegangen.

Im Juni '90 brachte ich mein Kind zur Welt. Am Ende dieses Monats brauchte Isa meine Hilfe. Als ich ihre Briefe aufsetzte, ahnte ich bereits, was jetzt eingetroffen ist. Dann vergaß ich es wieder.

Im November sollte ich meine Arbeit wiederaufnehmen. Als mein Baby etwa vier Monate alt war, kam er mich besuchen. Das Baby saß in seinem Kindersitz und sah ihn aus seinen großen blauen Augen an. Aus Spaß drehte er den Sitz um und sagte: »Nicht hinsehen.« Dann wollte er mich ausziehen, mit mir schlafen, doch ich verweigerte mich ihm. Wie kann man nur Angst vor einem dicken Bauch haben und sich dann vor einem Kleinkind so gehenlassen? Außerdem fühlte ich mich nicht mehr so geneigt und nicht mehr so verfügbar. Und auch nicht mehr so schön. Ich hatte mich daran gewöhnt, seine Hände auf meinem vollen Bauch zu sehen, lehnte jedoch den Anblick meines nun leeren Bauches noch ab, noch nicht getröstet; er hatte mich zu früh (oder zu spät) seinen Avancen ausgesetzt ... Sein Drängen war kurz und vergeblich gewesen. Er ging unverrichteter Dinge, ein wenig trunken, und seltsamerweise empfand ich in diesem Augenblick *ihn* als unzugänglich ...

Wieder einmal erinnere ich mich fast genau an das Datum, an dem er mich zu Hause anrief: Es war um den

20. Oktober 1990 herum. An diesem Tag war wunderschönes Wetter, und ich war damit beschäftigt, Haus und Baby mit der Frau bekannt zu machen, die sich um den Kleinen kümmern sollte, wenn ich meine Arbeit in der Firma wiederaufnahm. Er klang am Telefon sehr dringlich:

»Was hältst du davon, ins Café zu kommen? Wir könnten uns unterhalten.«

Ich war perplex:

»Ins Café? Jetzt gleich?«

»Ins Café, jetzt gleich! Ich erwarte dich in einer Viertelstunde.«

Ich ließ den Kleinen bei seinem künftigen Babysitter, stammelte eine Entschuldigung und fuhr zum Treffpunkt. Er saß auf der Terrasse: Mit seiner Sonnenbrille sah er aus wie ein Tourist. Er schien sich zu freuen, mich zu sehen, und sagte: »Was hältst du davon, wenn wir morgen den Tag zusammen verbringen?« Das war typisch für ihn. Unangebrachte Wünsche, egoistische Launen. Und ich hatte ihm bis dahin kaum etwas abschlagen können, hatte mich in meine Melancholie zurückgezogen, wenn er sich verweigert hatte … Ich erklärte ihm – und das stimmte –, daß ich am nächsten Tag vorhätte, allein nach Saint-Étienne zu fahren, um meinen Bruder zu besuchen und mich zwei Tage auszuruhen, dem Baby zu entfliehen, das mich langsam ermüdete. Obwohl ich einen Moment dazu versucht war, schlug ich ihm nicht vor, mich zu begleiten. Ich erinnerte mich noch zu gut an seine Antwort auf die gleiche Einladung vor ein paar Jahren: »Was zum Teufel soll ich denn in Saint-Étienne?« Er war es, der nachhakte: »Aber da mußt du doch nicht hin, oder?« Und als ich zögerte, schwach, wie ich war und wie ich noch bin, schloß er: »Ich rufe dich morgen an.«

Wir haben uns vor kurzem über diese Episode unterhalten. Er erinnerte sich, daß ich ihn verletzt hatte. Angeblich hatte ich sehr schroff geantwortet: »Du kannst es ja versuchen.« Es stimmt, daß ich das gesagt habe, aber nicht schroff, sondern in einem Tonfall, der nötig war, mir etwas Zeit zu verschaffen, nachzudenken, zu entscheiden, ob ich meine Reise streichen sollte oder nicht. Er rief an und erfuhr von der Kinderfrau, daß ich abgereist war. Er zog hieraus völlig falsche Schlüsse.

Hinterher fing ich wieder an zu arbeiten, und die Zeit verging schrecklich zäh. Er kam mich nie wieder in meinem Büro besuchen. Hin und wieder unterhielten wir uns, aber ich weiß ehrlich nicht mehr, ob wir auch miteinander geschlafen haben. Ach ja, doch! Ein- oder zweimal bei mir. Zärtliche, aber routinierte Tête-à-têtes. Damals begann ich auch, mit Isa über ihn zu sprechen …

Unsere Affäre schleppte sich dahin. Eines Tages (vorher oder nachher? Nachher, glaube ich) schlug ich ein Rendezvous vor, das er ausschlug. Im Frühling lud er mich zum Mittagessen ein. Er war so witzig, so charmant und verliebt, daß ich glaubte, es würde alles wieder von vorn anfangen. Ich glaube, zu diesem Zeitpunkt war er bereits auf dem Lehrgang in Paris gewesen. Mit Isabelle. Und ich hatte nichts erfahren, nichts gefragt, nichts gesehen. Und dann hatte sie es mir erzählt, im Rahmen der kleinen Vertraulichkeiten, die wir austauschten. Sie war ebenso überrascht wie betroffen von meinem Schmerz. Es stimmt, daß ich, während sie in Paris waren, nach Rom geflogen war. Mit Alfred. Aber was mich wirklich erschütterte, war das Verhalten, das er an den Tag legte: versprechend, umgarnend, diese Art, mir zu verbieten, ihn zu vergessen, während er eine andere vögelte. Ich fand das unglaublich. Er sagte: »Wir haben immer noch nicht gemeinsam das Erscheinen deines Buches gefeiert.« Wenn das so weiterging, würden wir dieses Ereignis wohl nie feiern ... Seit meiner Rückkehr in die Firma hegte ich die Hoffnung, daß Myriam ihn irgendwann langweilen würde, daß ihre Beziehung auseinandergehen würde, einfach so, sich in Langeweile und Monotonie verlieren würde. Dann würde ich ihn für mich zurückgewinnen, leidenschaftlicher und feuriger als vorher, und unser Roman wäre von neuem, brodelndem Leben erfüllt ... Und dann bumste er Isabelle ... Und das nicht nur nebenbei, nicht nur, weil er sich in Paris einsam fühlte ... Ich fing wieder an, das Kommen und Gehen auf dem Parkplatz zu verfolgen, die Autos zu zählen, traurig vor mich hin zu starren. Eines Tages sagte ich zu ihm: »Wo warst du heute mittag?« Er antwortete hastig: »Zu Hause. Ich habe zu Hause gegessen.« Ich suchte seinen Blick, der mir auswich. »Ohne deinen Wagen?« Er kapitulierte sofort: »Ich habe Isabelle gevögelt.«

Wortwörtlich. Ich habe es ihr an einem Abend, an dem ich boshaft gestimmt war, wiedererzählt. Es hat ihr weh getan. Aber nicht so sehr wie mir, dessen bin ich mir ganz sicher. Kürzlich hat sie ihm davon erzählt, worauf er leugnete, jemals etwas Derartiges gesagt zu haben ...

Ende Juni war diese Feier, von der sie sich beide davongeschlichen haben, nachdem ich sie zuvor über irgendwelche Schlüssel hatte tuscheln hören ... Der Abend, von dem Isabelle letztens geschworen hat, ihn nicht mit ihm verbracht zu haben. Ein neuer Sommer kam und ging. Nach den Ferien war Isabelle, die eigentlich weg hätte sein müssen, immer noch da. Es war ihr gelungen, noch einmal zu verlängern; und das, ohne mich um Hilfe zu bitten, obwohl ich ihr diese ganz sicher nicht verweigert hätte …

Obwohl er noch nicht so weit zurückliegt, habe ich von diesem Herbst '91 nur wenige Daten behalten, drei oder vier. Im September, am Tag nach den Betriebsferien, ließ der Gourgandin vor allen anderen einen Zettel an mich weiterreichen; wir waren mitten in einer Besprechung: »Ich glaube, daß ich dich trotz allem immer noch liebe.« Ich konnte nicht umhin, so etwas wie Glück zu empfinden. Dann, am selben Tag, lud er mich zum Mittagessen ein.

Danach habe ich eine Gedächtnislücke von etwa anderthalb Monaten. Ich erinnere mich nicht einmal mehr, ob wir uns »gesehen« haben, das heißt, ob wir uns ausgezogen, miteinander geschlafen, uns geliebt haben … Vielleicht einmal, daran glaube ich mich ganz vage zu erinnern, aber ich bin mir alles andere als sicher. Jedenfalls ist mein Zweifel an sich schon bedeutsam …

Wie auch immer. Wir unterhalten uns ein wenig, und ich werfe ihm seine Inkonsequenz vor, seine Art, auf mehreren Hochzeiten zu tanzen, seine Eskapaden mit Isa, mit Myriam, seine Art, uns am Morgen abschätzig zu mustern und nach einem einzigen Blick seines Photographenauges zu bestimmen, welcher von uns an diesem Tag die Ehre seiner Aufmerksamkeit gebühren wird, der einen, der anderen oder der dritten …

Mein Schmerz läßt ihn nicht kalt, und er verspricht, mit meinen zwei Hauptrivalinnen Schluß zu machen, versichert mir gleich darauf widersprüchlich, die Affären bereits beendet zu haben, umschmeichelt mich mit seinem Samtblick, schlingt seinen Arm um meine Taille, schnuppert an mir, atmet mich ein, umarmt mich, lähmt mich, trägt mich davon und raunt mir zu, daß es an der Zeit sei, ihn einzuladen, damit wir endlich das Erscheinen meines *Homme aux yeux jaunes* feiern könnten.

Ich schlage Donnerstag, den 17. Oktober vor. Er meint: »Bei der Alten ...« Voilà. Bei der »Alten« handelt es sich tatsächlich um eine ältere Bourgeoise, die in einem Dorf ganz in der Nähe ein Gasthaus führt, mit offenem Kamin, rustikalen Tischen und erlesenen Speisen. Wir waren schon einmal dort, er und ich, vor langer Zeit.

Er ist in der Zwischenzeit noch oft dort gewesen, zweifellos jedesmal in Begleitung einer anderen. Die Alte hat Takt und erwähnt die Damen mit keinem Wort, versteht es, mir Komplimente zu machen, aber sie läßt einen durchblicken, daß sie ihn gut kennt, spricht ihn mit Vornamen an, in vertraulichem Tonfall. Sie ist weder unangenehm noch häßlich, einfach nur alt, schön gealtert. Wäre sie zehn oder fünfzehn Jahre jünger, hätte er sie ganz sicher längst gebumst ... Während des Essens ist der Gourgandin in Bestform. Einfach köstlich. Der Augenblick ist außergewöhnlich harmonisch. Er treibt die Galanterie so weit, mir vorzuschlagen: »Weißt du was, ich bezahle! Dann schuldest du mir immer noch eine Einladung, und wir gehen noch mal zusammen essen.« Die Idee ist lieb, und doch würde ich es vorziehen, wenn diese Gelegenheit die richtige wäre für die Taufe meines Buches ...

Wir verlassen das Gasthaus verliebt, verwirrt, berauscht. Wir beenden den Abend bei mir, eilig und dürftig. Ich muß ihn hinterher praktisch rauswerfen. Die Bemerkung, die er daraufhin macht, verdirbt mir bis heute die Erinnerung an diesen Abend. Da er spürt, daß das Dessert nicht meinen Erwartungen entsprochen hat, macht er mir, bevor er geht, den Vorschlag: »Morgen in der Firma, um halb eins, gönnen wir uns einen Quickie in der Abstellkammer.«

Der Gedanke belustigt mich, mehr nicht. Am darauffolgenden Tag ärgert er mich. Als es halb eins wird und die Flure sich leeren, habe ich keine Lust auf ihn, keine Lust auf die Abstellkammer, keine Lust, eilig aus dem Slip zu schlüpfen und ihn hinterher falsch herum wieder anzuziehen, unbefriedigt und mit ungeschickten Fingern. Um 12 Uhr 40 hat er sich noch nicht blicken lassen. Seine Verspätung macht mich wütend. Um 12 Uhr 45 gehe ich. Letztendlich bin ich absurd traurig, absurd frustriert, weil er mir etwas vorenthalten hat, worauf ich gar nicht scharf gewesen bin. Er ist im Café, und als ich ihm sage: »Ich habe auf dich gewartet!«, zuckt er nur die Achseln und fegt mit einer einzigen Geste sein Versprechen und mein Warten beiseite: »Es war schon zu spät …«

Warum ist halb eins heute zu spät, wenn es gestern noch in Ordnung war? Er sagt: »Warte nur deinen Geburtstag ab.«

Am 25. Oktober feierte ich meinen vierzigsten Geburtstag. Er verkündete großspurig: »Ich werde es vierzigmal tun.« Wir gingen in den Abstellraum, so wie es uns am liebsten war. Er hat es nur einmal getan, und es war gut. Gut genug. Hinterher wollte ich nicht auslaufen und führte einen Tampon ein. Die Einführhülse warf ich in eine Kiste mit Vordrucken und lachte, als ich mir das Gesicht desjenigen vorstellte, der sie dort fand. Kindische Albernheit … Ich verließ die Kammer mit einem Wohlgefühl im Bauch und Sonne im Herzen, voller Freude über einen weiteren heimlichen Quickie, der nur uns beiden gehörte, eine weitere witzige Anekdote für später.

Am Abend kam er nicht zu meiner Geburtstagsfeier daheim. Darum, nur darum, nur seinetwegen, weil ich im voraus wußte, daß er nicht kommen würde, organisierte ich zwei Feiern. Die erste in der Firma, nach Feierabend. Er hatte eine Ansprache für mich aufgesetzt, die Isabelle vorlas …

Erst jetzt beim Schreiben fällt mir auf, daß ich diese Ansprache nicht in meinen Unterlagen habe. Und erst jetzt wird mir die Bedeutung des folgenden Satzes bewußt: »Er hatte eine Ansprache für mich aufgesetzt, die Isabelle vorlas …« Erst jetzt wäge ich die Zeit ab, die sie gemeinsam damit verbracht haben, mein Geschenk und diese Ansprache vorzubereiten. Die Zeit, die sie um meinetwillen zusammen verbracht haben. Ich bin gerührt. Und ich komme mir plötzlich sehr dämlich vor …

Der November ging vorbei. Ich fing ab und an die Blicke des Gourgandin auf, sein Lächeln, seine gedämpften Worte und seinen wiegenden Gang auf einem Kreuzzug namens Begierde, einen Hafen ansteuernd, der nicht der meine war … Ich drohte ihm erneut, sprach – freundlich, wenn ich dazu in der Lage war – von Trennung. Jedesmal behauptete er, daß ich mich geirrt hätte, daß nichts gewesen wäre, daß er mit allen Schluß machen würde …

Anfang Dezember sollten Isabelle, Myriam und einige andere eine ausländische Delegation auf einer Geschäftsreise durch die Region begleiten. An jenem Donnerstag nahm sich – welch ein Zufall – auch der Gourgandin frei, den ganzen Nachmittag. Ich merkte es nur deshalb, weil ich ausnahmsweise bis 14 Uhr im Büro blieb, um eine Akte zu überarbeiten und die abendliche Besprechung vorzubereiten.

Eine Besprechung, zu der er mit rosigem Teint,

stumpfem Blick und Alkoholfahne erschien. Ich wußte sofort, daß er den Nachmittag mit Isabelle verbracht hatte. Ich stellte ihn gleich zur Rede: »Was hast du gemacht? Wo kommst du her? Warst du mit einer Frau zusammen?« Ich wandte mich an Myriam, die über meine Inquisition lachte: »Mit wem könnte er zusammengewesen sein? Mit Isabelle vielleicht? Ach nein, die hat ja die ausländische Delegation begleitet!« Myriam schürzte die Lippen und entgegnete schadenfroh: »Nein, sie ist nicht gekommen. Jean-Jean ist im letzten Moment für sie eingesprungen.«

Darauf schwor der Gourgandin, schwor Stein und Bein, beim Leben seiner Kinder, daß Isa nach Hause gefahren sei, weil ihr Sohn krank wäre (welcher?), und daß er selbst mit einigen Geschäftspartnern etwas getrunken hätte. Er leierte Namen und Adressen besagter Geschäftsleute herunter sowie die Telefonnummern, falls ich anrufen wollte, um mich zu vergewissern ...

Und ob ich mich vergewissern wollte. Ich habe nachgeforscht. Allerdings nicht bei den Geschäftsleuten, sondern bei den Schulen, die Isas Kinder besuchen.

Am darauffolgenden Tag fragte ich den Gourgandin, nur um des Vergnügens willen, ihn beim Lügen zu ertappen und zu sehen, wie er Blut und Wasser schwitzte: »Welcher von Isabelles Söhnen war eigentlich krank?« Er zögerte eine halbe Sekunde, bevor er antwortete: »Der große!« Ich triumphierte boshaft: »Pech gehabt, der ist gestern mit meiner Tochter im Bus gewesen ...« Hastig verbesserte er sich: »Nein, es war der kleine, der kleine!« Er lächelte, gab bereits auf, mich überzeugen zu wollen.

Ich schnitt eine angewiderte Grimasse, woraufhin er grimmig den Rückzug antrat. Sein Lächeln war erloschen, und auf seinem Gesicht lag ein beinahe tragischer Zug. Er sagte: »Mein Gott, bei dir ist es wirklich schwierig, weil ...« »Ja«, fiel ich ihm ins Wort. »Wenn du mir die Wahrheit sagst, tust du mir weh, und wenn du mich anlügst, ist es noch schlimmer ...« Auch in mir war etwas Tragisches. Später, einige Stunden oder auch Tage später, verkündete ich: »Es wird mir nicht mehr weh tun. Nie wieder. Weil es vorbei ist. Ich habe keinerlei Recht, dir vorzuschreiben, was du zu tun und zu lassen hast. Du hattest die Wahl. Du hast deine Wahl getroffen. Es ist aus.«

Mein Tonfall war energisch, kategorisch, knapp, ernst – und ich meinte kein Wort von dem, was ich sagte. Er war so taktvoll, vorzutäuschen, er glaube mir jedes Wort. War so galant, Betroffenheit zu heucheln. So schlau, angemessene Zeit Verzweiflung zu zeigen. Und dann trieb ihn sein guter Wille zu einer gewissen Brutalität Isa gegenüber. Damit wurde die Situation plötzlich unentwirrbar. Wie sollen wir am Donnerstag nur zurechtkommen, er und ich?

Kapitel 25

Freitag, 14. Februar

Mittwoch hatte Isa mir Zeitungsartikel über Colette, die ich sehr verehre, auf den Schreibtisch gelegt. Sie hatte sie extra für mich gesammelt und ein paar liebe Zeilen dazu geschrieben. Mittags gingen wir zusammen etwas trinken.

Gestern trafen wir zeitgleich auf dem Firmenparkplatz ein. Es brannte mir auf der Zunge, ihr zu gestehen: »Hör zu, ich bin heute mittag mit ihm verabredet, und es war meine Idee.« Ich war feige und habe nichts gesagt. Ich habe ihr sogar ein hundertfünfzig Seiten starkes Manuskript übergeben und sie gebeten, es zu fotokopieren ... Als ich die Firma verließ – früher als gewöhnlich –, begegneten wir uns, und sie fragte: »Du gehst schon?« Ich ließ mir irgendeine fadenscheinige Ausrede einfallen ...

Bei der Alten fragte ich den Gourgandin: »Was machen wir mit Isa? Ich werde es ihr sagen müssen.« Er leugnete das Offensichtliche und erklärte: »Wir sagen ihr gar nichts, dann tun wir auch niemandem weh.« Gott, wenn ich ihn nicht so sehr lieben würde, würde ich ihn, glaube ich, hassen ...

Als ich am Abend zum Fitneßtraining in die Firma zurückkehrte, konnte keine Rede mehr davon sein, etwas zu gestehen oder zu verschweigen, und all die schönen Alibis, die ich mir zurechtgelegt hatte, waren hinfällig. Meine Isa weinte bitterlich, dicke heiße Tränen, die auf mein Herz fielen wie Säuretropfen. Ich fühlte, wie das schmerzhafte Brennen mir die Seele an Millionen Stellen durchlöcherte, und ich fand uns beide bemitleidenswert, bemitleidenswert und bewundernswert, erfüllt von Trauer und Gewissensbissen, vereint im selben Groll und in derselben Verzweiflung, unglücklich wegen desselben und unausweichlichen Leids, wegen eines einzelnen Mannes, der, indem er die eine glücklich machte, die andere am Boden zerstörte, der uns gemeinsam und abwechselnd unsere Feigheit aufbürdete, unser Schweigen, die Trauer der anderen oder ihr flüchtiges Glück.

Ich konnte meiner Isa nichts erzählen, hätte es niemals gewagt, ihr von den Sinnenfreuden dieses Tages zu berichten. Und sie konnte mir nicht ihr Leid klagen … Verbotene Vertraulichkeiten, nur geahnt, erraten. Stillschweigende Klagen, angedeutete Trostworte, verbale Behutsamkeit, damit keine von uns sich herausgefordert, angegriffen oder bestraft fühlte … Komplizinnen, die wir sein könnten, sind wir doch dazu verdammt, stumme und konsternierte Klageweiber zu sein, die sich vor jedem Wort fürchten, weil jedes Wort, jeder Traum, jeder Seufzer, jedes Sehnen verletzen kann. Jede Hoffnung … Verdammt auch, sich trotz allem noch zu lieben.

Sie ist keine Bekannte, und sie ist nicht mehr meine Rivalin. Sie ist, quälenderweise, schmerzlicherweise, meine Freundin.

Wie dumm ich gewesen bin. So schrecklich dumm!!!

Kapitel 26

Montag, 17. Februar

Ich habe extra einige Zeit verstreichen lassen, um nicht in Versuchung zu geraten, mich an alles zu erinnern und alles zu erzählen: das geringste Aufblitzen in seinen maliziösen Pupillen, die geringste Mimik, die geringste Teufelei. Das Mittagessen am Donnerstag glich verblüffend jenem vom 17. Oktober. Das gleiche Feuer im Kamin, derselbe charmante Begleiter, ganz entfesselt vor Verlangen. Er saß mir gegenüber, auf der anderen Seite des Tisches. Zehnmal ist er aufgestanden, um herüberzukommen und mich zu streicheln, zu berühren, zu küssen. Als die Alte, mit Schüsseln beladen, zurückkam, tat er, als würde er die Glut lockern, das Feuer schüren. Das war nur halb gespielt. So ähnlich war es tatsächlich zwischen uns. Mit seinen Fingern, seinen Blicken, seinem Lächeln und seinen Worten hat er mein Begehren angefacht, das Feuer der Liebe in mir entzündet. Sein Fuß erging sich unter dem Tisch insgeheim in gewagten Liebkosungen, die uns beide zum Lachen brachten. Ich verbot ihm nichts, im Gegenteil. Indem ich mich geschickt wand, öffnete ich die Druckknöpfe im Schritt meines Bodys, ließ ihn zwischen meine Schenkel und gestattete ihm die gewagte und köstliche Erkundung meiner Weiblichkeit. Es war erregend und sanft. Ich tanzte auf seinem nackten Fuß (den Strumpf hatte er mit großem, aufopferndem Schwung ausgezogen). Ich habe ihn lediglich gefragt: »Hast du so was auch schon mal mit Isa oder Myriam gemacht?« Er schüttelte den Kopf und fragte zurück: »Und was ist mit dir? Hast du dich schon einmal mit einem Herrn im Restaurant so unanständig aufgeführt?« Ich verneinte ernst. Verrücktheiten sind im Grunde ernstere Angelegenheiten, als es den Anschein hat. Ich hoffe, daß er mir geglaubt hat ...

Ich war entzückt, meinen Partner von vor so vielen Jahren, von vor nur vier Monaten, wiederzufinden. Aber ich wollte die Ähnlichkeit zwischen unseren beiden letzten gemeinsamen Essen nicht auf die Spitze treiben. Ich erinnerte mich noch schmerzlich an die unschöne Ernüchterung nach dem letzten Mittagessen, als wir uns auf dem unbezogenen Bett eines meiner Gästezimmer gewälzt hatten und ich alle Kraft hatte aufbieten müssen, ihn hinauszuwerfen ... Und ich erinnerte mich noch gut an das x-te Mal, daß meine Hoffnungen enttäuscht worden waren, als ich schon im November herausgefunden hatte, daß er immer noch, und zwar immer häufiger, mit Isa schlief ... Diesmal warnte ich ihn sehr ernsthaft: »Du weißt ja, daß zwischen uns nichts Sexuelles mehr ist.« Sein Fuß neckte mich auf wunderbare Weise. »Aber ja, natürlich!« Als er sich neben mich stellte und seinen Hosenstall öffnete, nahm ich seinen Schwanz in den Mund. Die Alte war in der Küche beschäftigt, konnte aber jeden Moment zurückkommen, und außerdem konnte jederzeit sonst wer hereinkommen. Wie sollte man irgend jemandem erklären, daß es sich nur um eine groteske Posse ohne jegliche sexuelle Absichten handelte?

Wir verließen das Gasthaus bester Laune. Der Wagen war auf dem Dorfplatz geparkt, und Kinder winkten uns über die Schulhofmauer hinweg zu. Der Gourgandin bat mich, mit ihm hinten einzusteigen und mich auf seinen Schoß zu setzen. Es war lustig, aber sein Schwanz wurde nicht richtig steif. »Wie soll ich mir das denn reinziehen?« fragte ich über die Schulter hinweg. Fünf Minuten später sah es schon viel besser aus, aber da hatte ich keine Lust mehr ... Es erschien mir unschicklich, ausgerechnet vor der Schule. Außerdem wohnte in diesem Dorf eine meiner sittenstrengsten Bekannten. Als dieses mürrische Gespenst auftauchte, zerstückelte es meinen Traum mit dem Hackbeil ... Schließlich landeten wir in einem Gebüsch. Ich fühlte mich gut, so gut wie selten. Er streichelte mich zärtlich, ließ mir Zeit, mich zu öffnen, ohne mich zu drängen. Er kniete sich erst zwischen meine Schenkel, als ich wirklich bereit war, liebte mich lange und rhythmisch, während ich mich mit der rechten Hand streichelte, die linke Hand in sein Haar krallte, meine Pfennigabsätze gegen das Armaturenbrett gestemmt. Ich kam schnell. Er gleich nach mir. »Natürlich war das nichts Sexuelles«, erklärte ich ihm. »Natürlich nicht«, pflichtete er mir bei.

Auf der Heimfahrt wollte er wissen, ob ich etwas dagegen hätte, irgendwann in den nächsten Tagen einen Nachmittag mit ihm zu verbringen. »Überhaupt nicht«, entgegnete ich.

Als ich im Fitneßraum eintraf, war Isa in Tränen aufgelöst.

Heute morgen habe ich dem Gourgandin mitgeteilt, daß ich diese Woche Zeit hätte, morgen oder Donnerstag. Er hörte mir zu, die Hände um meine Taille, sein Atem auf meinem Gesicht, während sein Geruch mir in warmen Wellen in die Nase stieg.

Irgendwo in einiger Entfernung wandte Isa den Kopf ab, um mich nicht zu sehen. Was immer geschieht, was immer jetzt geschieht, ich will nicht mehr seinetwegen leiden.

Kapitel 27

Mittwoch, 19. Februar

Gestern wieder ein Brief von Isa. Ich habe ihn erst Dienstag nach dem Markt gelesen. Kein Lebenszeichen vom Gourgandin; er hat mich nicht wissen lassen, ob er nun den Nachmittag mit mir verbringen wollte oder nicht. Um 11 Uhr 30 haben Isa und ich uns aus der Firma verzogen. Isa hatte ihren Wagen nicht dabei und bat mich, sie in die Stadt und hinterher wieder in die Firma zu fahren. Sie hatte ihr Lächeln wiedergefunden. Einen Moment fragte ich mich, ob die Besprechung am Vortag, an der sie gemeinsam mit dem Gourgandin teilgenommen hatte, etwas damit zu tun haben mochte …

In dem Café, in dem wir zu Mittag aßen, ließ der Gourgandin sich nicht blicken. Als wir auseinandergingen, überreichte Isa mir ihren Brief – nach kurzem, schamhaftem Zögern, weil, wie sie mir erklärte, einige Tage verstrichen wären, seit sie ihn geschrieben habe. Ich war überrascht und gerührt von der Zeit und Aufmerksamkeit, die sie aufgewandt hatte. Ich umarmte sie und sagte ihr, daß ich sie liebe …

Donnerstag, 13. Februar

An einem traurigen und regnerischen Abend.

Diese Augenblicke, Eure Wiedervereinigung, ich habe damit gerechnet, darauf gewartet. Und ich habe mich davor gefürchtet, glaubte aber, stark und stolz genug zu sein, es zu ertragen. Der 13. oder 14. Februar – ein symbolträchtiges Datum. Das war völlig klar!

Und als Ihr an diesem Nachmittag gegangen seid – Du so elegant, so schön, so fraulich, und er ganz ergrauter Playboy – und tapfer das Sekretariat gemieden habt, wo der teuflische Drucker Hunderte von verknitterten und fleckigen Seiten ausspuckte, fühlte ich mich schrecklich zerrissen, fühlte das ganze Ausmaß meiner Unzulänglichkeit – in jeder Beziehung.

Vorhin bei Dir war ich noch tief unglücklich, die Kehle wie zugeschnürt, unfähig, einen klaren Gedanken zu fassen. Hier, jetzt, ganz allein, ist es leichter …

Es stimmt, daß ich, müde nach dreißig oder vierzig Stunden Arbeit, genervt von unliebsamen technischen Überraschungen und nachdem ich die Tintenpatrone der Walze einer rektalen Operation, die Graviermaschine einem Kaiserschnitt unterzogen hatte, die Ärmel hochgekrempelt, mit hochroten Wangen, Gesicht und Hände geschwärzt, größere

Ähnlichkeit mit Frau Gutenberg hatte als mit einem Sexsymbol. Wie die böse Königin, die sich um ihr Bildnis sorgt, habe ich meinen Spiegel befragt: eine Fratze à la Duras, nicht mit Falten, sondern mit tiefen Furchen, von Tränen in den Schmutz gewaschen, keine Ringe, sondern verquollene bläuliche Lider, eine erschreckende Fratze mit geweiteten Poren ... Gott, was war ich häßlich! Zum Sterben häßlich! Häßlich, blöd, klein, mißgünstig, eifersüchtig! Und auf wen? Auf was?

Nicht auf ihn, dem ich nie irgendwelche Fragen gestellt habe, von dem ich nie verlangt habe, sich zu rechtfertigen. »Das stand in unserem Vertrag«, sagte er. Diesem »Profi« der Verführung, des Sex, dessen Ruf die Wirklichkeit (bei weitem) übertrifft!

Und auch nicht auf Dich, so nah und doch so fern, so außergewöhnlich, der ich nur tiefe Bewunderung und Zärtlichkeit entgegenbringe.

Ich wußte nicht mehr, was ich sagen, was ich tun sollte. Ich war wütend und geschafft, ich bewegte mich über einen schwankenden Boden, der unter mir einstürzte.

Ja! Ich habe für einen Moment Zorn empfunden, das unwiderstehliche Verlangen, alles hinzuschmeißen, alles zum Teufel zu jagen, Dich und Deine Fotokopien. Sollte doch er das machen, dessen Hauptbeschäftigung in der Firma darin besteht, L'Equipe *zu lesen oder die Chronik von Claude Sarraute in* Le Monde*!*

Und dann fand ich mich selbst widerlich!

Nachdem die Rundschreiben fertig kopiert waren, habe ich mich um Dein Manuskript gekümmert, und das gleichmäßige Summen des Kopierers untermalte mein Schluchzen und Schniefen ...

Abends im Fitneßraum, als ich »ihn« von weitem gesehen habe, fand ich ihn völlig reizlos, lächerlich, grotesk, abstoßend! Ich fühlte plötzlich diese seltsame Empfindung zu has-

sen. Ich wünschte mir, daß alles um ihn herum einstürzte, er auf die Fresse fiel, seinen Glanz verlor, seine arrogante Gigolo-Lässigkeit. Ich wollte ihm Schimpfwörter an den Kopf werfen, ihn mit einem Fluch belegen, ihn tödlich verwunden! Du siehst, all das ist nicht sehr gesund, nicht sehr schön! Vor ein paar Tagen hat Sandrine zu mir gesagt: »Ich habe immer geglaubt, du wärst besser gewappnet für das Leben.« Gewappnet! Ich betrachte das Leben nicht als einen Krieg und habe somit auch keine Lust, mich zu »wappnen«. Ihre Werturteile gehen mir auf den Geist. Ich ertrage sie nicht mehr.

Ja, ich fühle einen großen Lebenshunger, und manchmal, wenn ich ein gewisses »Gleichgewicht« wiedererlangt habe, wehre ich mich mit Worten, sehr pompösen Worten, um auszudrücken, daß ich nicht mehr wütend bin oder nicht mehr so sehr leide. Scheinbar harmlose Worte haben zuweilen eine seltsame Resonanz. Zum Beispiel hast du mich letztens im Cafe Alfred gegenüber mehrfach als »meine Kollegin« bezeichnet. An jenem berühmten Donnerstagabend klangen diese »meine Kollegin, meine Kollegin« wie die metallischen Schläge einer Uhr in einem leeren Haus.

Diese ganzen Überlegungen sind verworren, und ihr einziger Zusammenhalt liegt in dem Bedürfnis, Dir von all diesen Wunden und all diesem Groll zu erzählen, sie Dir zuzuflüstern und sie damit herauszulassen und zu bannen.

Am vergangenen Wochenende, nachdem ich Dir geschrieben hatte, habe ich meine Feder vergiftet, um ihm verletzende Wahrheiten ins Gesicht zu spucken, schreckliche Dinge – natürlich habe ich den Brief nicht abgeschickt, aber ihn aufzusetzen hat mir gutgetan. Deine mitfühlende und aufrichtige Antwort hat mich ebenfalls zum Weinen gebracht, aber es waren Tränen anderer Art. Ich schien auf dem Wege der Besserung. Der Aufschub sollte jedoch nur wenige Tage anhalten.

An diesem berühmten schwarzen Donnerstag hast Du abends zu mir gesagt: »Bei dir weiß ich nicht, ob ich reden oder den Mund halten soll.« Es war unnötig, bei dem besagten Tag auf Einzelheiten einzugehen: Ich wußte Bescheid. Ich malte mir sogar mühelos alle Einzelheiten des Szenarios aus, mit einer solchen Präzision, als läge ein Drehbuch vor. Ich sah ihn vor mir. Ich hörte ihn sagen: »Ich wollte dich an unserem Tag zum Essen einladen, aber erzähl ihr nichts davon«, mit einem Nicken in Richtung meines Verschlags (wie Du mein Büro nennst), wodurch er es vermied, einen Vornamen auszusprechen, der vielleicht den Zauber der Inszenierung getrübt hätte, und ihn durch ein Pronomen ersetzte, das mich völlig unpersönlich erscheinen ließ.

Was Ihr gesagt und getan hattet, war schon an jenem Abend bedeutungslos und ist es jetzt erst recht. Aber im ersten Moment hatte ich das Gefühl, etwas von mir und meinem Elan an ein mieses Arschloch verschwendet zu haben, einen Schwindler, einen Mistkerl. Durch ihn, durch Dich, durch Eure Liebe fühlte ich mich wie mit siedendem Pech übergossen, und doch nahm ich auch auf jämmerliche, erbärmliche Art ein wenig daran teil! Weißt Du, mein Schatz, auch ich bin mir in bezug auf ihn manchmal nicht sicher, ob ich reden oder schweigen soll.

Ich bin beruflich gezwungen, mit ihm zu verkehren, und es ist sehr schwierig für mich, ihm aus dem Weg zu gehen, ihn zu meiden. Vor ein paar Tagen suchte Perrin verzweifelt die Schlüssel zum Vorführraum. Was sollte ich sagen? Was sollte ich tun?

Ist Dir schon aufgefallen, wie er, bevor er sein Büro verläßt, seinen Technokratenstuhl ordentlich unter den Schreibtisch schiebt und die Vorhänge zuzieht? Als wollte er sagen: »Aber natürlich bin ich heute nachmittag unterwegs … Ist doch klar, das gehört zu meiner Arbeit.« Und als wäre das nicht genug, ist da noch die Angewohnheit, seinen Schlüssel-

bund wegzuräumen, diese merkwürdige Art à la heiliger Petrus des Vorführraums, damit ihn jeder sucht und Bescheid weiß. Bescheid weiß, vermutet, glaubt, träumt oder wütet …

Er hat etwas von einem Machiavelli an sich. An einem Tag vergangenen und längst entschwundenen Glücks, an dem ich kein Auto hatte, fuhr er mich nach Hause. Ich wartete etwa eine Stunde auf ihn, und dann kam er ganz aufgekratzt daher und verkündete, daß Du Akten aufarbeiten und ausnahmsweise den Nachmittag in der Firma bleiben würdest. Darüber hinaus habe er Odile (Großinquisitor und Verteidiger von Moral und Religion) gebeten, Überstunden zu machen, um ihn zu vertreten! … Es fehlte nur noch der Lautsprecher!

In diesem Moment war mir speiübel, in diesem Moment fand ich ihn abgrundtief abstoßend – aber dann haben seine geschickten Hände und sein drängender Körper meine Überzeugungen ins Wanken gebracht, und wieder einmal gab ich nach. Seltsam, dieser Magnetismus. Ich hasse ihn für alles, was er darstellt, aber ich schmelze dahin, wenn er mich ansieht, mich berührt oder mich anrempelt.

Stoße Dich nicht an meinen Worten. Und sieh in ihnen auch keine kranke oder egozentrische Neigung, mich zu sezieren, zu analysieren … Die Wortwahl wirkt natürlich ein bißchen elitär, aber ich weiß, daß Deine Freundschaft und Deine zärtlichen Gefühle für mich mir diese intellektuellen Abschweifungen verzeihen werden.

Ich bin im Augenblick nicht gerade stolz auf mich; ich schäme mich sehr für diese Gedanken, diese Besessenheit, die mich dazu treibt, mit meinem Mann zu schlafen, um zu vergessen, und mich doch dabei hindert, zum Höhepunkt zu kommen, weil ich im Grunde ganz woanders bin.
Isa.

PS: Sonntag. Ich habe diesen Brief noch einmal durchgelesen und weiß nicht, ob ich ihn Dir überhaupt noch geben soll. Eigentlich ist er überflüssig geworden. Trotzdem, betrachte ihn als Pfand meiner Freundschaft.

Dieser Brief vom »schwarzen Donnerstag« hat mich erschüttert. Ich erkannte in ihm mein eigenes Leid wieder, nur noch verzweifelter ... Es ist noch gar nicht lange her, einige Wochen, einige Tage, da hätten Isas Tränen und ihre Niedergeschlagenheit mir vielleicht noch Genugtuung bereitet. Ich hatte sie mir vorgestellt, sie ersehnt, erhofft. Und dann ... Ich liebe auch sie, mit einer gleichbleibenden Zärtlichkeit.

Ich antwortete ihr, daß sie schön und begehrenswert wäre und ich sie anbetete. Was strenggenommen keine wirkliche Antwort war. Ich wies noch einmal darauf hin, daß das Essen am »schwarzen Donnerstag« meine Idee gewesen war. Was den Rest anbelangt, werde ich einen geeigneten Augenblick mit ihr abwarten, um dann Punkt für Punkt jede einzelne ihrer Klagen, jedes ihrer Geständnisse anzusprechen. Und ich werde ihr sagen: »Ich auch, genau wie ich, ich genauso, ich verstehe dich sehr gut, so gut ...«

Heute, Mittwoch, ist Isa nicht in der Firma. Nur der Gourgandin ist da, trödelt mittags herum, verläßt das Büro nicht mit mir, wartet sichtlich auf Myriam. Als hätte ich ihn danach gefragt, sagt er: »Ja, ich werde mich morgen freimachen können, aber ich habe noch nichts gefunden, wo wir hingehen könnten.« Mit Myriam, Isa und den anderen war er im Hotel, das weiß ich. Soll ich mich geehrt oder beleidigt fühlen, daß er sich weigert, mit mir auf ihren Spuren zu wandeln ...

Bei mir zu Hause geht es jedenfalls nicht mehr. Jahrelang habe ich mich kompromittiert, hat er mich kompromittiert, völlig sorglos seinen Wagen direkt vor meinem Haus geparkt. So prahlerisch, daß die Nachbarn sich deswegen die Mäuler zerrissen, wie ich später erfuhr. Das war unter anderem einer der Gründe, weshalb ich Antoine von meiner »Affäre« erzählt hatte. Weil sie wenigstens eine feierlich inszenierte Enthüllung verdiente anstatt einer feigen Denunzierung durch Gerüchte oder den kleinen Versprecher eines wohlmeinenden Freundes ...

Heute ist der Gourgandin nicht mehr mein Herzensgeliebter, denn ich will nicht mehr leiden. Er ist der Gourgandin, Punktum. Er wird nicht mehr zu mir nach Hause kommen. Ich werde mich mit Abstellkammern und dem Wagen begnügen, sogar mit noch weniger. Und auch er wird sich damit begnügen müssen. Ich hatte sowieso genug davon, nach jedem seiner Besuche das Bett frisch zu beziehen ...

Kapitel 28

Samstag, 29. Februar

Ich schreibe im Urlaub, irgendwo auf einer Terrasse am Rand des Schneefeldes. Fast zehn Tage sind vergangen. Das ist besser so, dadurch habe ich den nötigen Abstand. Ein Abstand, der sich vor allem aus meinen Gedächtnislücken erklärt. Geblieben ist mir folgendes:

Am Donnerstag, dem 20. Februar, fing der Gourgandin mich ab, als ich in die Firma kam, und so wie ich es mir in etwa vorgestellt hatte, fragte er mich in verschwörerischem Tonfall: »Bist du heute nachmittag immer noch frei?« Ganz nach meinem vorher zurechtgelegten Plan verzog ich den Mund nach allen Seiten und setzte eine ärgerliche Miene auf: »Also, um ehrlich zu sein …« Wie jemand, der seine Zeit bereits verplant hatte (tatsächlich war das beinahe der Fall, da ich mich um Probleme in der Familie kümmern mußte). Der Gourgandin antwortete mit einer Grimasse, die ich nicht recht zu deuten vermochte: Enttäuschung, vielleicht auch der zögerliche Wunsch, hartnäckig zu bleiben … Schließlich einigten wir uns auf eine vernünftige Lösung: Ich würde mittags kurz daheim vorbeischauen, um einige kritische Punkte zu regeln, und er würde mich dann zu Hause abholen und um 17 Uhr zum Fitneßtraining fahren …

Bevor ich das Büro verlasse, kritzele ich diesmal eine kurze liebe Nachricht für Isa. Ich will nicht, daß sie hinterher behauptet, ich hätte mich heimlich und feige mit ihm davongestohlen. Ich bringe ihr die Nachricht, und sie empfängt mich mit einem strahlenden Lächeln. Ich habe die widersprüchlichsten Eindrücke: daß ich ihr weh tue, und gleichzeitig, daß ich blöd bin und nicht einmal ansatzweise verstehe, welches Spiel sie spielt.

Auf der Fahrt, im Wagen, ist die Unterhaltung mit dem Gourgandin ziemlich gezwungen und hat nichts mit jener vom vergangenen Donnerstag gemein, als er mir gesagt hat: »Siehst du, ist doch besser, daß ich dich fahre, sonst bliebe mir dieser Augenblick der gemeinsamen Fahrt mit dir verwehrt.« Es stimmt, daß wir am vorausgegangenen Donnerstag lockerer waren, verliebter. Aber da ging es ja auch nur um ein Essen. Jetzt aber werden wir den Nachmittag damit verbringen, uns zu lieben, und das stimmt uns ernst, feierlich, scheinbar distanziert und beinahe traurig.

Wir landen in einem Hotel, zu dem man sich über das Kreditkartenspiel Zutritt verschafft und in dem man niemandem begegnet. Ein völlig wirklichkeitsfremder Ort, geradezu surrealistisch mit seiner absoluten Anonymität ... Das winzige Zimmer erinnert an einen Wohnwagen. Gemeinsam stellen wir fest, daß es ganz schön lange her ist, seit wir uns das letztemal einen ganzen Nachmittag miteinander gegönnt haben, seit wir füreinander Zeit gehabt haben, viel Zeit ... Vielleicht sogar zuviel. Nicht, daß wir uns langweilen. Aber wir sind inzwischen älter geworden. Wenn man älter wird, läuft die Zeit irgendwie zügiger, und es kommt einem vor, als verginge sie viel schneller. Außer der, die man sich für die Liebe nimmt ... Der Gourgandin faßt die Situation sehr treffend zusammen: »Inzwischen kennen wir uns vielleicht ein wenig zu gut ...«

Es stimmte. Sobald ich mich nackt an ihn schmiegte, erkannte ich seinen Geruch und führte genau die Gesten aus, die ich Hunderte Male vorher schon ausgeführt hatte. Ohne die Lust, die wir einander bereitet haben, herabwürdigen zu wollen, muß ich ehrlich gestehen, daß sie ein wenig blaß und träge war ... Meine schöne verwelkte Liebe ... Das war mir mit ihm nun schon mehrfach passiert. Ich wartete lange auf ihn, liebte ihn mit kalkulierter Keuschheit, erregte mich an meinem Verlangen, an der hoffnungsvollen Erwartung, um mir dann, wenn wir kamen, zu sagen: »Ach! Mein Gott, ich hatte ja ganz vergessen, daß das alles nicht mehr dieselbe Würze hat ...«

Vielleicht war das, was sich in diesem kleinen Wohnwagen-Zimmer abspielte, der letzte Seufzer einer Partitur, die nach dem Jubilieren von vor sechs oder sieben Jahren von immer mehr Pausen unterbrochen worden war ... Zu Beginn dieses Tagebuches glaubte ich noch an die Möglichkeit eines Wiederfindens, an einen neuen Höhepunkt in unserer Liebesgeschichte. Wiedergefunden haben wir uns, aber der Höhepunkt ist ausgeblieben.

Wir haben geredet. Dasselbe und immer wieder dasselbe durchgekaut. Vorher hatte er mich geknebelt, indem er erklärt hatte: »Seien wir still; wenn ich rede, kriege ich keinen Ständer.« Inzwischen ist es ihm ganz recht, einen Vorwand zu haben. Er kam dann auch ziemlich schnell. Und damit brachte er mir einen Augenblick der Freundschaft dar, eine erzwungene Keuschheit, die folgen und den Nachmittag verkürzen würde. Das hat mich seltsam berührt, beinahe wie ein Abschiedsgeschenk. Auch ließ er das erstemal zu, daß ich ein klein wenig in ihn eindrang. Leider kam es zu spät, anachronistisch, und konnte mich ohne das Dunkel unserer vergangenen Inbrunst nicht berauschen. Ich habe meine Leidenschaft darauf vergeudet, nach Juwelen zu trachten, die heute stumpf und glanzlos sind … Für seine erschreckte Kapitulation hätte ich ihn noch vor drei Jahren leidenschaftlich geliebt.

Er hat nicht versucht, den Nachmittag zu verlängern, mich zurückzuhalten. Er war meiner – unserer – überdrüssig und fuhr mich zum Fitneßtraining. Auf der Fahrt waren wir sanft, müde, ein bißchen wehmütig. Ich spürte, daß ich ihn fortan viel weniger lieben würde …

Die Leidenschaft kam später. Ohne ihn. Im Fitneßraum traf ich Isa, die wieder einmal in Tränen aufgelöst war. Sie kämpfte dagegen an, schluchzte jedoch manchmal zwischen zwei Bewegungen, und der Anblick ihrer armen kleinen, von Trauer gepeinigten Gestalt tat mir weh. Ich wagte nicht, mich ihr zu nähern, sie in die Arme zu nehmen. Und dabei verging ich vor Sehnsucht, genau das zu tun. Und ich verging vor Scham, vor Schuldgefühlen … Ich hatte keine Lust mehr, Arme und Beine zu bewegen, auf die eine oder andere Weise auf der Stelle zu hüpfen, mal auf einem Bein, mal auf beiden. Sie hingegen schnellte förmlich in die Luft. Man hätte meinen können, sie würde ihren Schmerz zertreten, mit dem Absatz in die Erde rammen.

Sie fährt mich nach Hause, und auf der Fahrt habe ich das Gefühl, ganz dicht an einer Tragödie vorbeizuschrammen. Sie brüllt am Steuer, daß sie den feigen, widerlichen, niederträchtigen, verlogenen Gourgandin hasse, daß sie ihn am liebsten auseinandernehmen, krepieren sehen würde, daß sie sich voller Genugtuung vorstelle, wie seine Frau alles erfährt und es zum Skandal kommt … Sie stampft mit den Füßen auf, hämmert auf das Lenkrad, erstickt ihre Schluchzer … Bei mir zu Hause läßt sie sich noch lange über ihn aus, klagt mir ihr Leid, tobt, schwankt zwischen schwärzester Verzweiflung und rasendem Zorn. Wie sehr sie ihn doch liebt, diesen Unglücks-Gourgandin, wie sehr sie ihn liebt! … Und dabei hätte sie nicht viel von ihm verlangt, nur eine letzte kleine Erklärung. Mehr nicht. Aber er flüchtete vor ihr, wich ihr aus, mit hängenden Schultern und gesenktem Blick, der Mistkerl, der Schweinehund, der Idiot, der Geliebte! … Und er hat ihr erzählt, er habe an diesem Nachmittag eine Besprechung! Ah! Wenn sie wollte, wenn sie es wollte, würde sie ihn gleich auf der Stelle konfrontieren, es würde genügen, daß sie ihm Ort und Zeit nennt, und er würde noch in derselben Sekunde nachgeben. Nur ein Blick in seine verwirrten Pupillen würde genügen, und sie könnte ihn bumsen, wie es ihr beliebt … »Aber lieber krepiere ich, hörst du«, schreit sie, »als jemals wieder mit ihm ins Bett zu gehen. Nie, niemals wieder werde ich mit ihm schlafen, schon allein bei dem Gedanken wird mir speiübel ...!« Sie würgt tatsächlich ein wenig, und ihre Wangen sind flammendrot. Meine Kinder, denen ich zu verstehen gegeben habe, daß sie Probleme hat, blicken ihr mitfühlend nach, als sie geht. Niemals, niemals! Die Leidenschaft des unwiderruflichen Entschlusses läßt noch auf meiner Türschwelle ihre Schultern beben.

Am nächsten Morgen sehe ich sie hübsch und ernst in der Firma wieder. Mittags lächelt sie sogar. Wir essen eine Kleinigkeit bei mir zu Hause, und da mein Sohn daheim ist und wir nicht vertraulich reden können, da wir beide vom nächsten Tag an Urlaub haben, mit unseren lieben Kleinen in den Schnee fahren, da ich nicht will, daß wir so bald auseinandergehen, schlage ich ihr vor, am Abend mit mir Tee zu trinken.

Sie kommt um 18 Uhr. Strahlend. Ich weiß, noch bevor sie ein Wort gesagt hat, daß sie ihre Aussprache bekommen hat. Ihr Groll hat sich in eine Art belustigter Nachsicht verwandelt. Er ist gar nicht so unausstehlich, der Gourgandin, nur dumm, und auch das nicht allzu sehr. Er hat sie an sich gedrückt, sie liebkost und getröstet ... Sie erzählte voller Zärtlichkeit in der Stimme, im Blick, in den angedeuteten Bewegungen, so zärtlich, als spräche sie von einem Baby ... Ich freute mich für sie, ohne jeden Hintergedanken, war erleichtert. Und dann nahm plötzlich die Idee, die mir seit Wochen im Kopf herumspukte, konkrete Formen an. »Was hältst du davon, wenn wir ihm einen Streich spielen? Na? Wenn wir ihn in die Falle seiner eigenen Lügen tappen lassen?« Sie klatschte in die Hände wie ein kleines Mädchen, meine kleine Isa, lachte, frohlockte, überlegte, wo und wie sich der Plan in die Tat umsetzen ließe ... Wir einigten uns darauf, gleich nach dem Urlaub zu handeln, das heißt, ein paar Tage später, da der Gourgandin vom 9. bis 13. März in Saint-Étienne sein würde … Sie wollte ihn eines Tages zu sich nach Hause einladen und in ihr Zimmer locken, wo ich mich versteckt hielt, um mich erst in letzter Sekunde zu zeigen, so daß er nichts mehr abstreiten konnte … Zur Feier des Komplotts gingen wir vom Arbeitszimmer runter ins Wohnzimmer und tranken statt des Tees einen Aperitif, den Antoine, der gerade nach Hause gekommen war, uns einschenkte …

Nach zwei Gläsern waren wir alle drei ein wenig beschwipst. Die Kinder waren unterwegs, und wir brachten das Baby zu Bett. Antoine sagte: »Bleib doch, Isa. Du ißt mit uns, und hinterher machen wir dir Platz in unserem Bett, zwischen uns.« Der ungewollte Charakter dieses Angebots als eine Art Generalprobe brachte Isa zum Lachen. Sie schwänzte ihre Chorprobe und verbrachte den Abend mit uns.

Wir deckten den Tisch besonders hübsch vor dem Kamin und aßen dann zu Abend. Antoine servierte uns eine gepflegte Mahlzeit, zeigte sich jedoch allem Weiteren nicht gewachsen. Ich streichelte Isabelle bis Mitternacht, ohne jede Hast oder Gezwungenheit. Ich öffnete zwei Knöpfe ihres Kleides und fuhr mit der Hand über ihre wohlgeformten Schenkel. Wäre ich mit ihr allein gewesen, hätte ich sie vollständig ausgezogen. Und sie hätte es geschehen lassen, so sanft und passiv, wie sie ist. Sie sagte mehrmals: »Ich fühle mich so wohl bei euch«, dann »Ich muß gehen.« Es kam nicht zu der Generalprobe, die wir uns erhofft hatten, dafür waren Antoine und auch sie zu schüchtern.

Wie würden die Dinge sich mit dem Gourgandin entwickeln? Würde sich überhaupt etwas entwickeln?

Kapitel 29

Montag, 9. März

Am Ende der Ferien kam mir die Idee, dem Gourgandin zu schreiben, der ganz allein in Saint-Étienne war. Um ihm zu sagen, daß ich ihn liebte, sanfter, nachsichtiger als früher, und daß er mir nicht böse sein sollte, daß ich dort nicht zu ihm stieß, trotz meines Quasi-Versprechens ...

Aber wäre es unmittelbar vor dem Streich, den wir ihm spielen wollten, taktisch falsch gewesen, von Nachsicht zu sprechen. Er mußte weiter an meine Eifersucht glauben, an mein Vertrauen in seinen Entschluß, sich »zu benehmen«. Dadurch würde die Situation, ihn in flagranti zu erwischen, um so komischer werden.

Auch zwangen mich böse Rückenschmerzen, mich nicht zu sehr anzustrengen und nur wenige Minuten auf das Schreiben zu verwenden. Ich sagte es ja bereits: Ich liebe ihn nicht mehr genug, um seinetwillen zu leiden ...

Vielleicht morgen ...

Kapitel 30

Dienstag, 10. März

Isa ist so schön und gutgelaunt wie früher – bis auf die zehn letzten Minuten unseres Zusammenseins nach dem Markt am Dienstag. Als wir auseinandergingen, legte sie mir endlos dar, wie unlogisch meine Wünsche und Gegenwünsche seien. Sie fand es dumm, daß ich nicht nach Saint-Étienne fuhr. Ganz besonders nachhaltig ließ sie sich jedoch über die in ihren Augen absurde Tatsache aus, daß Myriam, die »bequeme Geliebte«, wie der Gourgandin sie am Tag des Wohnwagenzimmers genannt hatte, mich nicht mehr störte. Nicht im geringsten. Sie war ganz außer sich vor Empörung, meine Isa. Zornig und wohl auch ein wenig eifersüchtig ließ sie sich zu dem Vorschlag hinreißen: »Verlang doch von ihm, um deiner schönen Augen willen auch ihr den Laufpaß zu geben!« Ich entgegnete darauf: »Myriam ist mir scheißegal, seit du so wichtig für mich geworden bist. Sie ist eine ganz gewöhnliche Durchschnittsfrau. Du nicht.« Hierauf reagierte sie in der ihr eigenen süßen Art, mit zitterndem Kinn und gesenkter Stirn, gerührt, geschmeichelt, ungläubig, geschlagen. Als sie ging, lachte sie wieder. Sie vergaß ihre Jacke in meinem Wagen.

Kapitel 31

Freitag, 13. März

Ich habe dem Gourgandin schließlich doch noch geschrieben. Ein paar wenige nette Zeilen, mit nur einem Hauch von Verbitterung. Das war Mittwoch. Dann nahmen mir die Rückenschmerzen, die durch eine Ohrenentzündung verschlimmert wurden, den Mut. Ich gönnte mir zwei freie Tage, um mich einmal richtig auszuruhen, ohne Baby, ohne Kinder, ohne

Mann, ohne Papier und Bleistift. Gestern morgen habe ich in der Firma angerufen, um mich krank zu melden. Dann rief ich noch mal an und ließ mich mit Isa verbinden. Ich wollte sie nicht glauben lassen, daß ich mir heimlich ein Schäferstündchen mit dem Gourgandin leistete. Wie groß meine Skrupel inzwischen geworden sind. Als ich sie in der Leitung hatte, konnte sie einen verräterischen Ausruf nicht unterdrücken: »Dann stimmt es also! Du bist tatsächlich krank!«

Mittags kam sie zu mir. Bis halb drei redeten wir – vor allem sie – und natürlich vor allem von ihm. Ich betrachtete sie, und es rührte mich wieder einmal, wie ähnlich sie ihrem Sohn war, dem kleinen, dem jüngsten. Ein Knabengesicht, gleichzeitig gewitzt und arglos. Zuweilen ein naiver Blick, große runde Augen, wenn sie sagte: »Er nervt mich, Gott, wie er mich nervt! Tut so, als wäre ich ein unschuldiges kleines Ding. Er hat dir also nicht geglaubt, als du ihm gesagt hast, ich wäre zu einem Dreier bereit? Erbarmen! (Sie ruft oft »Erbarmen!«, ein Ausruf, der gut zu ihr paßt.) Wir haben etliche Male darüber gesprochen, er und ich. Ich kann dir Briefe zeigen, zum Beispiel den letzten. Nichts leichter als das!« Manchmal senkten sich ihre Lider langsam herab, um ihre Empfindungen zu verhüllen, sie zu verheimlichen, in ebendem Moment, da sie sie eingesteht. »Ich habe nachgedacht ... Ich möchte ihn nicht mehr hereinlegen. Ich möchte ihm nicht mehr die Falle stellen, die wir uns ausgedacht haben. Zum einen ist es eine Frage des Stolzes, weil ich mich soweit erniedrigen müßte, ihn zu provozieren ... Und dann auch deinetwegen. (In diesem Moment senken sich ihre Lider langsam, und sie schiebt das hübsche Kinn vor, neigt den Kopf.) Ich möchte nicht, daß er wortbrüchig wird. Und genau darauf würde es doch hinauslaufen, oder? Er würde sein Wort brechen, und das will ich nicht ...« Ich bin gerührt von dem Geschenk, das sie mir macht: Sie schenkt ihn mir, den Mann, der so schwach und so leicht zu überreden ist und den sie für mich rein halten will.

Allerdings fügt sie rasch hinzu, sehr aufrichtig, und damit ich mir keine allzu großen Illusionen bezüglich ihrer Motive mache: »Ich habe ihn ein wenig geliebt, ich liebte das, was er war, ich meine, viele seiner Seiten, aber wortbrüchig, nein, so mag ich ihn nicht. So hasse ich ihn!« Es ist soweit, das Feuer der Rache färbt ihre Wangen rosig, läßt ihre Augen aufleuchten. Auch wenn die trügerische Reinheit des Gourgandin eine Art posthumes Geschenk an sich selbst ist, ich liebe dieses Gefühl an ihr, verzweifelt und wild. Es hindert sie daran, seine Schwächen herauszufordern, um nicht mit ansehen zu müssen, wie er ihnen schmählich erliegt. Sie braucht den Glauben daran, in die Arme eines Helden gesunken zu sein (eines Romanhelden, vergessen wir das nicht) ... Und das bringt sie zum Weinen (gestern hat sie wieder geweint, diese Tränen vergossen, die ihr die Sprache rauben, ganz plötzlich ihr Kinn zittern lassen, ihre Züge verzerren und die sie in einer Minute bebenden und qualvollen Schweigens niederkämpft, als würde sie sich bis aufs Blut auf die Zunge beißen, die sie niederkämpft, um einen Satz, eine Erzählung fortzusetzen ...) Was sie diesmal zum Weinen bringt, ist, daß er – in ihren Augen – alles Menschliche, die Dichte, die Wärme, die zwischen ihnen gewesen ist, leugnete. Sie beruft sich auf Einzelheiten, Gesprächsfetzen, Bemerkungen des Gourgandin, die ich ihr unvorsichtigerweise wiederholt habe. Sicher, das war noch zu einer Zeit, da wir Vergleiche anstellten. Als unter dem Deckmantel empörter

Gehässigkeit jede Vertraulichkeit gestattet war. Aber ich mache mir trotzdem Vorwürfe. Schlimme Vorwürfe. Weil ich in jenen Augenblicken außer acht gelassen habe, daß sie verwundbarer ist als ich, und stolzer. Ich hasse mich.

Was mich tröstet, ist, daß sie sprunghaft ist, meine Isa ... Ihre Laune schlägt von einem Tag auf den anderen um, von einer Minute auf die andere. Das Herz so schwer und den Körper so leicht, hat sie weiß Gott wie viele Kilos abgenommen bei diesem Abenteuer, und meine Schreiberei war daran nicht ganz unschuldig ... Ich kenne ihre verblüffenden Stimmungsschwankungen. Bei einem Wort, einer Geste, einer Aufmerksamkeit strahlt sie wie eine Sonne, um dann bei einem anderen Wort, einer anderen Geste aufzubrausen, zu wüten, zu stürmen ... ein schweres Unwetter vor dem nächsten Regenbogen ...

Am Freitag vor den Ferien ist sie sanft und heiter. Er hat mir ihr gesprochen. Ich erinnere sie daran. Sie seufzt nur verächtlich: »Pah! Gesprochen, gesprochen! Er vergeht vor Angst!« Der Urlaub und die Trennung haben sie verbittert, sie mit trostloser Einöde erfüllt. Sie betrachtet ihr »Abenteuer« mit ihm voller Reue, karikierend, zeichnet ein Porträt von sich, so wie sie glaubt, vom Gourgandin gesehen zu werden, übertreibt maßlos, verfällt ins Absurde. »Nicht mal ein Stück Fleisch bin ich für ihn – das hätte noch einen gewissen Nährwert. Nicht mal ein Gebrauchsgegenstand. Ich bin zu gar nichts mehr nütze. Nicht einmal mehr als schmückendes Beiwerk. Ein schmückendes Beiwerk ist doch etwas Bequemes. Aber ich bin nun mal nicht bequem. Nicht so wie die andere.«

Ah! Da ist sie wieder, die »andere«! Vergeblich versucht Isa bei mir alle möglichen Varianten von Eifersucht anzustacheln. Ihr wäre es das liebste, wenn ich eine starke Allergie gegen Myriam entwickeln würde. Das würde sie wohl irgendwie trösten. »Die andere putzt ihm die Nase, kontrolliert seine Fingernägel, achtet darauf, daß er sein Bäuerchen macht, läßt ihn furzen ...« Das alles berührt mich nicht. Sie versucht es auf andere Weise: »Sie sind die reinsten Verschwörer, weißt du. Das spürt man. Als ich in der Firma angefangen habe, habe ich erst Gerüchte gehört und dann tatsächlich gleich festgestellt ...« Ich reagiere immer noch nicht. Sie legt noch einen Gang zu: »Ich glaube, er liebt sie sehr. Überhaupt hast du mir ja selbst gesagt, wie bewegt er klang, als er eines Tages erklärte: ›Myriam ist sehr verliebt in mich.‹« Ich denke zurück an diesen Augenblick, an diese mehrstufigen Geständnisse – er erzählte mir von Myriam, ich erzählte Isa, was er mir von Myriam erzählt hatte ... Ich sage: »Eigentlich benehmen wir uns wie Jugendliche, findest du nicht?« Sie stimmt mir zu. Die Unterhaltung schwenkt in eine andere Richtung. Zu Dir, Christine. Jetzt sind wir uns einig, stellen übereinstimmend fest, daß es schlichtweg unmöglich ist, meine arme Christine, daß Du ahnungslos sein sollst. Wir nehmen Deine Blindheit unter die Lupe, analysieren sie. »Vielleicht ist sie hinterhältig? Im Grunde ganz zufrieden darüber und selbst im verborgenen Gleiches mit Gleichem vergeltend? ... Oder einfach dumm ... Auf jeden Fall übermäßig verhätschelt. Eine sehr einfache, überlegte Bourgeoise ...« Isa hat ganz spezielle Gründe, an Dich zu denken. Als Grund für die Trennung von ihr hat der Gourgandin zuerst (und das war vor dem »berühmten Dienstag«, dem 28., wie sie präzise bemerkt. Ich verzichte darauf, zu fragen, was das für ein »berühmter Dienstag« gewesen sein soll – ich bin entschieden weniger zum Leiden geschaffen als sie) die Absicht angeführt, die eheliche Ordnung wiederherzustellen! ... Und sie hat es geglaubt!!! Damit hat sie sich in ihrer Arglosigkeit selbst übertroffen! ... Sie hat ihm tatsächlich geglaubt!!!

Vielleicht bin ich ja im Grunde Teil seiner ehelichen Ordnung ... Isas düsterer Blick erkennt, was in mir vorgeht – sie erkennt meinen Traum, stellt ihn bloß, macht ihn zunichte: »Und Myriam? Was ist mit der? Und Myriam?«

Kapitel 32

Montag, 16. März

Myriam trug heute morgen einen irrsinnig engen Body, bedruckt mit Donald, Micky Maus und den Köpfen anderer großer Denker unserer Zeit. Sie rollte ihre treuherzigen Augen, lächelte gewitzt, hielt sich sehr gerade auf ihren muskulösen Beinen, die Fußspitzen nach außen zeigend, präsentierte stolz ihre Wespentaille. In der Pause setzte sie sich sehr gerade an einen Tisch, die kleinen Brüste vorgereckt. Der Gourgandin setzte sich ihr gegenüber. Er ließ seinen ganzen Charme spielen, beugte sich weit zu ihr vor, halb verschwörerisch, halb lauernd, mit blitzenden Augen, wie ich vermute, und schönen Worten. Isa und ich vermieden es, zu ihnen hinüberzusehen. Isa war nach außen hin ganz sanfter, hübscher Rotschopf – innerlich verzehrte sie sich vor Bitterkeit. Doch ich war die einzige, die es spürte. Abgesehen vielleicht vom Rücken des Gourgandin. Desselben Gourgandin, der zwei Stunden zuvor sichtlich erfreut gewesen war, mich wiederzusehen, bewundernd mit einer Hand über mein noch kürzer geschnittenes Haar strich, mich in seinem Büro auf den Hals küßte und sagte, ja, er habe meinen Brief erhalten, und ja, er habe sich darüber gefreut; desselben Gourgandin, der es kurz vor der Pause viel zu rasch aufgegeben hatte, mich zu suchen, nachdem er vor meiner Tür gestanden hatte, die er abgeschlossen glaubte, obwohl sie nur zugezogen war ...

Gourgandin mit rotem Pullover, rundem Rücken, lachenden Augen, Unglücks-Gourgandin, Glücks-Gourgandin, Gourgandin meines Herzens, ich liebe Dich. Deine Manöver haben ihre erschreckende Macht über mich verloren. Ich habe Dich heute morgen einer anderen gegenübersitzen sehen, routiniert ...

Und ich liebe Dich mit neuer Leichtigkeit, mit einem inneren Frieden, den ich mir schwer erkämpft habe und den ich nie wieder in Frage stellen werde. Ich liebe Dich weniger. Ich liebe Dich besser.

Ich liebe Dich immer noch.

Kapitel 33

Dienstag, 17. März

Markttag. Isabelle ist übelgelaunt. Sie grübelt, den Blick auf eine Auslage T-Shirts geheftet, die sie gar nicht wahrnimmt. Ich sage zu ihr: »Du bist heute bitter wie eine Pampelmuse.« Ich mache mir Sorgen um sie, weil sie in ihrem schwarzen Kostüm so geschrumpft und schmal aussieht, erschreckend dürr. Sie zieht eine pampelmusenbittere Grimasse: »Ich esse nicht mehr, trinken nicht mehr, bumse nicht mehr ... oder nur noch schlecht ...« Sie fühlt sich nicht wohl bei ihrem Mann. Fühlt sich schlecht beim Gourgandin, den sie ohne Vergnügen wiedergesehen hat, aber statt dessen mit schrecklicher Scham. Er hatte ein »neues Gesicht«. Ich für meinen Teil streichle sie nur zu gern, bis sie sich entspannt und wohl fühlt, sogar mehr als wohl. Aber es ist schwer, das vorzuschlagen, es tatsächlich umzusetzen ... Sie redet viel mit mir, erzählt aber immer wieder dasselbe und denkt dabei an ihn. Bestimmt möchte sie wissen, wo ich mit ihm stehe. Ob mein Wiedersehen mit ihm glücklich verlaufen ist. Ob ich daran denke, wieder mit ihm zu schlafen. Aber sie fragt nicht, und ich möchte sie nicht mit spontanen Vertraulichkeiten vor den Kopf stoßen.

Gestern abend bin ich zu einer wichtigen Besprechung in die Firma zurückgefahren. Ich verließ die Konferenz, als der Gourgandin gerade ging. Er blieb noch, begleitete mich durch die Flure. Eine Geste ohne Folgen, ohne Sinn und Verstand, abgesehen von dem vergänglichen Glück, sich flüchtig zu berühren, sich ein wenig auf den anderen zu stützen, sich anzusehen, sich zu begehren, ohne es auszusprechen noch zu verhehlen. Ich hatte Lust, ihn auf den Mund zu küssen und leidenschaftlich zu umarmen. Die anderen waren da. Die Lust war um so reizvoller, als ich ihr widerstehen mußte.

Heute morgen – nachdem er mich erst kaum berührt und gleich darauf angerempelt hatte – hat er mir lachend gesagt: »Wir haben schon lange nicht mehr miteinander telefoniert.« Das war eine Anspielung auf den Brief, den ich ihm nach Saint-Étienne geschickt hatte. Ich hatte mich darin beklagt: »Das letzte Mal, als wir miteinander geschlafen haben, war es wie Telefonsex ...« Ich nickte, nicht im mindesten empört. Ja, es war lange her. Schon ...

Heute abend hat Isa angerufen, um zu fragen, wie es mir ginge – am Nachmittag ist meine Wirbelsäule geröntgt worden. Meine Tochter nahm den Anruf entgegen. Isa wollte nicht, daß sie mich stört, und hat sie nur gebeten, mir folgende geheimnisvolle Nachricht zu bestellen: »Sag deiner Mutter, daß ich meine Pampelmusitis mit Honig gelindert habe!«

Ich dachte gleich daran, sie zurückzurufen, damit sie mir diese Bemerkung genauer erklärte. Was für Honig? Eine Liebkosung des Gourgandin? Ich hatte im ersten Moment ganz vergessen, daß es vorbei ist. Daß ich nicht mehr von Eifersucht geplagt werde.

Kapitel 34

Mittwoch, 18. März

Ein Mittwoch ohne Isa. Zärtlichkeit einiger gestohlener Augenblicke, als der Gourgandin mich küßt und sich einen Spaß daraus macht, meine Brillengläser anzuhauchen, so daß sie beschlagen. Als er mir von seinem letzten Lehrgang erzählt, einem Lehrgang in Einsamkeit und Keuschheit. Von seinem nächsten Lehrgang. Als er mich ansieht, den Flur hinunterbegleitet, mich anlächelt, mich flüchtig berührt, mich umarmt ...

Und dann, am Mittag, geht er. Exakt zur selben Zeit wie Myriam.

Kapitel 35

Freitag, 20. März

Gestern morgen um 10 Uhr 45 begann ich zu ahnen, was geschehen würde. In der Pause kam er in mein Büro. Wir schlossen ab. Er drückte mich an die Wand und streichelte mich. Mein schwarzes Wollkleid hatte ein tiefes Dekolleté. Ich war nackt bis zum Gürtel und er vom Gürtel abwärts. Sein Schwanz preßte sich glatt und zuckend an mich. Wir tanzten einen kleinen Tanz, er hinter mir, mit kreisendem Becken und gebeugten Knien. Ich folgte ihm, ging soweit, mich auf ihn zu setzen, ihn zu entflammen, in Angst und Schrecken zu versetzen. Als ich schließlich große Lust hatte, ihn in mich aufzunehmen, als ich wirklich überzeugt war, war es zu spät, die Pause war bald zu Ende.

Ich behielt meine Lust schön warm und fest in meinem Bauch verankert.

Mittags war ich zum Essen mit Aline verabredet. Sie ist sehr verliebt in Benoît, der sie mit egoistischer Unbekümmertheit mal nimmt, mal zurückstößt. Aline wollte sich über Benoît unterhalten. Das störte mich ein wenig, aber wenn ich nicht mit ihr zu Mittag gegessen hätte, wäre ich mit Isa zusammengewesen, und der Nachmittag wäre nicht mehr derselbe gewesen. Ich habe Alines Hoffnungen brutal zunichte gemacht, eigentlich ohne es wirklich zu wollen, einfach indem ich die Situation ehrlich analysierte und ihr einen knappen Vortrag hielt, der alles umfaßte, was ich über Benoît weiß (der sich im übrigen Aline gegenüber exakt so gibt, wie ich ihn ihr beschrieben habe; erst mein Vortrag schien jedoch etwas von einer Offenbarung für sie zu haben …)

Aline verließ mich sehr steif in ihrer verletzten Würde, und ich ging wegen meines Rückens zur Krankengymnastik.

Als ich wieder nach Hause kam, zögerte ich nur einige Sekunden. Ich fühlte mich immer noch – sogar mehr als am Morgen – bereit oder besser geneigt. Ich rief den Gourgandin in der Firma an und sagte: »Kannst du dich eine halbe Stunde freimachen?«, worauf er antwortete: »Ich komme.«

Ich machte mich an die entsprechende Inszenierung im Fernsehzimmer, zog die Vorhänge zu, damit der Raum im vorteilhaften Dunkel lag. Ich ging nicht soweit, eine Pornokassette einzulegen – das war überflüssig. Außerdem war er schon da. Ich erwartete ihn in Unterwäsche, einem enganliegenden Slip, dazu ein schwarzer BH und schwarze Strümpfe. Die hochhackigen Schuhe hatte ich angelassen. Ich wollte fast genauso angezogen sein wie am Morgen. Nur mein Kleid hatte ich abgelegt.

Ihn wieder zu fühlen war überwältigend. Er zog mich an sich, kämpfte einen Moment mit den Häkchen meines Büstenhalters ... Den Slip verlor ich sehr bald, ohne recht zu wissen, wie. Ich war zerzaust und bereit, so wie er es liebte. Mit einer an Zauberei grenzenden Geschwindigkeit ließ er ebenfalls die Kleider fallen. Ich saß auf dem Sofa. Er kniete sich vor mich, streichelte mich exakt dort, wo meine Lust zusammenströmte, mit den Fingerspitzen und dann mit der Spitze seines Schwanzes. Ich nahm ihn schnell, sehr schnell, und er richtete sich im selben Moment auf und drang in mich ein, packte meine Beine, besorgte es mir mit kraftvollen tiefen Stößen und wimmerte schließlich, daß er bald käme ... Ich war bereits sehr weit, und er holte mich mit einer Art panischen Entsetzens ein, begleitet von einem komischen Aufschrei, als der Teppich in letzter Sekunde unter seinen Füßen wegrutschte. Unser Liebesspiel endete in schallendem Gelächter. Ich fragte ihn: »Bist du gekommen?«, und er antwortete: »Ja, im Fallen.« Und da, in exakt diesem Augenblick, kehrte meine ganze Zärtlichkeit zurück, brach über mich herein wie eine Springflut, überflutete mein Herz und meine Seele, hob mich hoch, ließ mich kentern, trieb mich auf ihn zu ... Seine Züge waren mir plötzlich wieder schrecklich vertraut, sein Körper in allen Einzelheiten bewußt ... Seine Arme, sein Bauch, sein Hals, seine Hände, ich habe alles gestreichelt, alles wiedererkannt, alles geküßt, erschnuppert, hineingebissen ... Seine Trägheit, seine Art, sich nach dem Geschlechtsakt fallen zu lassen, seine kleinen bedeutungslosen Vertraulichkeiten, seine Begeisterung und seine Scham, mein ganzes verlorenes, vergessenes Reich, mein so lange zurückgewiesenes Königreich – das alles kehrte zurück und machte mich sprachlos vor Glück. So wie er in diesem Augenblick war, hätte ich ihn bis in alle Ewigkeit halten mögen, zärtlich und lieb, harmlos. Er sagte: »Ich mag es, mich nackt an dich zu schmiegen.« Es war nicht das erstemal, daß er diesen harmlosen Satz sagte, aber es war das erste Mal, daß ich ihn wirklich hörte, seinen kindlichen Tonfall, seine ehrliche Inbrunst, sein ungeheucheltes Glück ...

Als er vor mir stand, vollständig angezogen, sagte er: »Ich mag dich sehr.« Eine Feststellung, die mich von seiner Seite noch nie verletzt hatte, die mich gestern erneut bezauberte, und das noch mehr als früher. Er legte die ganze Betonung auf das »sehr«, sprach es vollmundig aus, wie man einen Kuß formt, wie man ihn aufdrückt, mit wilder Überzeugung ... Und er sagte auch: »Weißt du, deine Komplizenschaft darfst du mir nie entziehen. Niemals. Auch nicht, wenn wir Streit haben. Sie bedeutet mir zuviel ...« Und natürlich schwor ich, so gerührt wie ich war, dahinschmelzend vor Zärtlichkeit, vor Liebe: »Niemals. Ich werde sie dir niemals wieder entziehen.«

Eine Stunde später bei der Versammlung der Handelsabteilung war er bester Laune. Er flirtete unglaublich charmant mit einer verblüfften Vertreterin, mit lebhaft blitzenden Augen, betörendem Lächeln, vorwitzigen Krähenfüßen. Sie schmolz sichtlich dahin, kicherte immer öfter ungläubig, errötete vor Freude.

Heute vormittag um 11 Uhr 15 hat er Isa zum Essen eingeladen. Sie hat es mir erzählt. Sie hat abgelehnt, weil wir, sie und ich, uns bereits verabredet hatten. Und sie hat mir mitgeteilt, daß sie es sich anders überlegt hätte. Daß wir ihm doch eins auswischen sollten. Sie setzte zu einem Geständnis an, das sie rasch abwürgte: Dienstag hatten sie miteinander geredet, angefangen zu reden ...

Dann war also tatsächlich er der Honig gewesen, der ihre Pampelmusitis gelindert hatte.

Ich erwähnte unser leidenschaftliches Schäferstündchen mit keinem Wort. Ich habe schon viel zu lange nichts mehr vom Gourgandin gehabt, was wirklich nur mir allein gehört hätte ...

Kapitel 36

Dienstag, 24. März

Und doch, wenn sie da ist, ganz nah, der Wärme des Augenblicks hingegeben, lächelnd und komplizenhaft, nachsichtig und zärtlich, würde ich ihr so schrecklich gern alles erzählen ... Ich lege den Kopf auf ihre Schulter, streiche sacht mit einer Fingerspitze über ihre Hände mit den kostbaren Ringen und den kleinen ruhmlosen Verletzungen – sie hat sich an der Mülltonne geschnitten –, ihre Hände, zart und doch auch ein wenig rauh, weniger gepflegt als der Rest von ihr, weniger damenhaft, die sich manchmal den meinen überlassen und sich manchmal an meinen Arm klammern, um gleich darauf zu erstarren, erschrocken von ihrer eigenen Kühnheit.

Ich berühre ihren Hals, ihren kurzen Nacken, an dem die untersten roten Härchen sprießen, streichele unter ihrem Pullover ihre unglaublich samtige nackte Haut, berausche mich daran, sie so verletzlich und gleichzeitig so anschmiegsam zu fühlen, trotz ihrer Schlankheit wohlgerundet, eingezwängt in den engen Büstenhalter, der an ihrem Rücken einen verführerischen kleinen Wulst entstehen läßt. Ich ertaste die von ihrem Rock eingeengte Taille, die Unterseite ihres Armes, ihren Brustansatz, klein und zart unter der seidigen Wäsche, erkunde sacht mit einem Fingerknöchel ihre ausrasierte Achsel, träume von anderen Kuhlen, anderen Windungen. Ich frage: »Möchtest du, daß ich dich streichle?« Sie zögert in ihrer Aufrichtigkeit, geplagt von ihren Ängsten und Zweifeln. »Ich weiß nicht, ich sage es dir noch ...«, entgegnet sie schließlich. Ich bleibe an sie geschmiegt, nehme ihre Sanftheit in mich auf, ihre Leichtigkeit, ziehe meine Hand nicht zurück, sondern setze die Wanderung auf ihrem Körper fort, der sich nicht sträubt, weiterzugehen in seiner Hingabe. Ich frage wieder: »Gefällt dir das?« Und sie antwortet: »Ja.« Sie lächelt dabei und nickt ein wenig verlegen, so anmutig. Nie seufzt sie, stöhnt oder wölbt die Brust. Ihre Gesten sind zurückhaltend und beinahe zittrig, ihre Worte sind ein Murmeln, ihr Schweigen bedeutet Eingeständnis, Erwartung, Erregung ... In diesem Moment würde ich gern die Lippen auf ihren Hals pressen, meine Hände auf ihre geschmeidige Taille legen und ihr mein brennendes Geständnis zuflüstern: »O Isa! Ich habe es erst Donnerstag wieder getan! Ich habe ihn angerufen, ganz gezielt. Ich hatte schreckliche Lust auf ihn. Wir haben uns nicht einmal hingelegt, nur hingesetzt. Es war stürmisch und präzise wie selten. Ich wollte nur eins – seinen verfügbaren Körper, warm und hart, und seinen Schwanz in meinem Bauch, ganz schnell. Das ist alles ...« Scham hält mich zurück, Skrupel, die Furcht, sie zu verletzen, die Furcht, sie könnte mein Geständnis für boshafte Prahlerei halten ... Vor allem aber die Furcht, sie könnte mich hinterher weniger lieben.

Denn sie liebt mich und sagt es mir auch oft, und inzwischen bedeutet ihre Zärtlichkeit mir mehr als alles andere. Ich genieße unsere Geheimnisse, diese köstlichen kurzen Augenblicke, in denen wir vertrauliche Gedanken austauschen, und manchmal bringe ich sie mit meiner Trivialität zum Lachen – ein bewunderndes und nur ein ganz klein wenig schockiertes Lachen –, während sie, immer so reserviert, nur flüsternd ausspricht, was ich aus voller Kehle herausschmettere ... Ich verbringe mit ihr viel, viel mehr Zeit als mit dem

Gourgandin, der vor nicht allzulanger Zeit noch unser Stein des Anstoßes war und unser Bindestrich, der aber inzwischen, wie ich glaube, nur noch ein Vorwand für uns ist, miteinander zu reden, uns gemeinsam zu empören, uns zu bemitleiden, uns bewußt zu werden, daß wir einander ähnlich sind und doch wieder nicht …

Freitag abend war ich mit Isa im Kino. Ihr Atem an meiner Wange, im Dunkeln, ihr frisches, etwas maskulines Parfum, das in kleinen Schwaden zu mir herüberwehte, ihre Hand, die ich rasch fand, ihre Seite, die sich willig meiner Berührung darbot … Wir haben nicht von ihm gesprochen. Oder nur sehr wenig. Ich klagte: »Es gibt Dinge, die ich dir verschweige.« Sie ermutigte mich mit »Warum« und »Weshalb«, liebevollen Vorhaltungen einer vernünftigen großen Schwester. Mein Geheimnis vom Donnerstag bedrückte mich. Außerdem hatte ich wahnsinnige Lust, sie auf den Mund zu küssen und etwas völlig Verrücktes anzufangen. Oder vielleicht auch zu beenden …

Gestern habe ich mit ihr zu Mittag gegessen. Hinterher haben wir es uns auf dem Sofa gemütlich gemacht. Ich erzählte ihr von meiner Krankengymnastik am Samstag. Sie lachte über meine lüsterne Miene, meine Gier, und war gleichzeitig auf der Lauer. Ich sagte: »Ich würde unheimlich gern jemanden kennenlernen und mich schrecklich verlieben.« Sie verstand … Es machte mich glücklich, sie so zugänglich zu wissen, so offen und gleichzeitig so verschreckt. Ich rief aus, daß ich mich fühlte, als hätte ich Champagnerbläschen im ganzen Körper, die überall, wirklich überall prickelten. Als sie ging, lachte sie ihr schönes Lachen …

Es stimmt, daß ich mit ungeduldiger und nie gekannter Erwartung erfüllt war … Samstag hat der

Krankengymnast mich für irgendeine Übung ganz in die Arme genommen. Seine kräftige Umarmung hat mich weniger erregt als sein Kommentar, als wir uns langsam dem Tisch zuneigten. »Lassen Sie sich gehen, jetzt geht es abwärts ...« Mich gehenlassen? Der arme Mann ahnt wohl nicht, daß ich deshalb so verkrampft bin, wenn er mir den Rücken massiert, weil ich Angst davor habe, mich zu sehr gehenzulassen. Ich bin nicht die zurückhaltende und wohlerzogene Isa. Wenn seine Massage sich zu gut anfühlt, fange ich auf dem Massagetisch an zu stöhnen vor Wonne. Und dann stehen wir beide ziemlich dumm da ...

Meine Freundin Marie hat mir letztens erzählt, daß der junge arabische Chauffeur versuche, mich zu erreichen, daß er sie angerufen und sich nach mir erkundigt habe ... Ich richtete alle meine verschwommenen Phantasien des Augenblicks auf seine exotischen und friedlichen Züge. Reizendes Kamel. Er ahnt nicht, daß ich gestern abend auf dem Höhepunkt meiner Schlaflosigkeit, als meine Rückenschmerzen am schlimmsten waren, ihn in Gedanken angerufen und versucht habe, die alten Wonnen wiederaufleben zu lassen. Antoine saß noch im Wohnzimmer vor dem Fernseher. Ich habe ihn gleich nebenan in unserem Ehebett betrogen, mit dem Geist eines hübschen Arabers, dem ich in meinen Träumen grenzenlose Verwegenheit verlieh.

Heute hat der Schmerz seinen Höhepunkt erreicht. Beim Schreiben muß ich immer wieder verschiedenste Verrenkungen machen, die ihn zwar nicht lindern, aber alle dreißig Sekunden zumindest verlagern. Heute abend habe ich einen Termin bei einem Spezialisten für störrische Wirbel. Wenn es ihm gelingt, mir Erleichterung zu verschaffen, bin ich bereit, seinen Sieg auf tausendundeine überschwengliche und charmante Art zu feiern. Ich fühle unter anderem, daß der hübsche kleine Gabriel aus der Buchhaltung – der sanfte Guerillero mit dem Bürstenhaarschnitt, der dunklen Haut und den kohlschwarzen Augen – mich sehr bald schon wahnsinnig reizen wird …

Heute morgen habe ich ihn zwischen zwei Schmerzgrimassen um heilende Streicheleinheiten gebeten. »Ich hätte nichts dagegen«, antwortete er lieb. Ich nutzte dieses umwerfende Geständnis, um zu unterstreichen: »Du machst immer Versprechungen, die du dann doch nicht hältst.« Er setzte eine unwiderstehlich betrübte Miene auf und meinte: »Weißt du, ich bin so schrecklich schüchtern.« O ja, und ob ich das weiß!

Ah! Gabriel, ich verspreche hoch und heilig, daß, wenn es gelingt, meinen Rücken wieder ins Lot zu bringen, ich über dich herfalle, ehe du dazu kommst, Mama zu rufen!

Hinterher rufe ich dann Kamel an und verabrede mich für nächste Woche mit ihm – ich habe jede Nacht frei, da mein Göttergatte auf einem Lehrgang ist.

Abschließend frage ich dann noch den Gourgandin, ob er mir eine Stunde von seinem Donnerstagnachmittag reservieren kann.

Und dann endlich lese ich Isa mein Tagebuch vor.

Kapitel 37

Mittwoch, 25. März

Der Wirbeleinrenker war witzig: ein junger Kerl, als alter weiser Mann verkleidet, mit Bürstenhaarschnitt, Brille und Bärtchen ... Sinn für Humor, ein wohlklingendes Lachen und wahnsinnig sanfte Hände. Ich kam gerade vom Krankengymnasten. In weniger als einer Stunde war ich nackt – oder beinahe – den Händen zweier verschiedener Männer ausgeliefert. Sicher habe ich es zuweilen noch schlimmer getrieben, und das ohne die Ausrede eines hartnäckigen Nackenwirbelsyndroms ... Trotzdem war ich etwas durcheinander. Er legte wissende Finger auf meine Wirbel und beendete die Untersuchung durch eine Art ausholenden Streichelns mit der flachen Hand über meinen andächtigen Rücken. Unmöglich, darin eine rein medizinische Geste zu sehen – es erinnerte vielmehr an die Art von Zärtlichkeit, die die Hand des Veterinärs auf der Flanke eines kranken Tieres verharren läßt ... Nur daß ein Tier in dieser Situation das Recht auf einen wohligen Schauer hat. Ihm schreibt kein absurder Verhaltenskodex vor, seine Gefühle zu verbergen ...

Als ich seine Praxis verließ, ging es mir schon viel besser, aber er hatte mich gewarnt, daß die Schmerzen bald wiederkehren würden. Heute morgen fühlte ich dann eine merkwürdige, aber erträgliche Steifheit im Nackenbereich. Ich fand immerhin die Kraft, Gabriels braune Haarwirbel glattzustreichen, während er brav seinen Kaffee trank – wie immer kalt. Im Laufe der Stunden wurden die Schmerzen allerdings konkreter, nahmen zu, gingen von einem Kribbeln in ein Brennen über, von der Hand über das Handgelenk und den Unterarm bis rauf in den Ellbogen. Mittags hat mich Isa, die in die Firma gekommen war, um einen dringenden Bericht zu schreiben, mit dem Regenschirm zu meinem Wagen begleitet. Das Wetter war einfach ekelhaft. Ich hatte mein Tagebuch bei mir, auf das sie sehr neugierig war. Beinahe hätte ich ihr vorgeschlagen: »Laß uns etwas trinken gehen.« Ich hätte ihr zumindest die Eintragung von gestern vorgelesen, und sie hätte sanft und zärtlich gelächelt. Aber ich hatte bereits zu starke Schmerzen, der eisige feuchte Wind rammte mir Stahlspitzen in die linke Körperhälfte. Ich fuhr nach Hause.

Der Gourgandin war, wie immer am Mittwoch, in der Mittagspause mit Myriam in der Firma geblieben. Es war mir gleichgültig. Er wirkte glanzlos an diesem Vormittag, in einem zu blassen beigefarbenen Pullover, neben Aline sitzend, um deren Eroberung er sich offensichtlich bemühte. Und sie, gutgelaunt und bezaubert, hörte ihm aufmerksam zu ... Von den Armen Benoîts in die des Gourgandin zu wechseln ! ... Dazu hätte Isa ihr einiges erzählen können. Aber ich selbst war heute ebenso glanzlos. Ich hatte mich warm angezogen, um mich vor Zugluft zu schützen, und konzentrierte mich mehr auf die Symptome meines Rückfalls als auf die Ausschweifungen des Gourgandin ...

Also, heute abend werde ich Kamel ganz sicher nicht anrufen ...

Und was morgen betrifft und das Schäferstündchen mit dem Gourgandin, das ich mir erhofft hatte ... Ich glaube fast, ich habe gar keine Lust mehr darauf ...

Welche Macht doch unseren Wirbeln innewohnt! ... Der Krankengymnast und der Orthopäde werden künftig womöglich die wichtigsten Männer in meinem Leben sein! ... Die Schmerzen in den Knochen verdrängen die Fleischeslust ...

Kapitel 38

Freitag, 26. März

Ich bin ans Bett genagelt. Und genagelt ist nicht nur eine Redewendung. Genagelt, gekreuzigt, sofern man nur mit dem halben Körper gekreuzigt werden kann. Die linke Schulter im Spanischen Stiefel*, der Arm im Höllenfeuer schmorend. Die Folter wird nur durch das Wundermittel Myolastan gelindert, das mich, indem es die Muskeln »entkrampft«, sofort in andere Dimensionen versetzt, zwischen Wachen und Schlafen, Dimensionen, in denen ich mich völlig schwerelos bewege. Keine Schulter mehr, kein Rücken, kein gar nichts. Mein Kopf ist ein Luftballon am Ende einer langen Schnur, die sich in Schlangenlinien bis in schwindelerregende Höhen zieht.

Es ist 10 Uhr 30, und um noch ein wenig schreiben zu können, widerstehe ich der Versuchung, zum Myolastan zu greifen. Aber die Krämpfe sind so stark, daß es nicht mehr lange dauern wird, bis ich die erlösende Pille schlucke. Ich hätte einen jämmerlichen Jean Moulin abgegeben ...

Mittwoch nachmittag habe ich mit Hilfe einer Rotlichtlampe, die in einem Schrank verstaubte und deren

*altertümliches Folterwerkzeug, Anm. d. Übers.

wohltuende Wirkung ich neu entdeckt habe, meine Schmerzen ein wenig lindern können. Danach massiert Antoine mich mit einem Wärmegel. Die vorübergehende Besserung ist so wunderbar, daß wir, da das Baby für zwei Tage bei Marie ist, beschließen, mit unserer großen Tochter ins Kino zu gehen. Als wir losfahren, läßt Antoine wegen irgendeiner unwichtigen Kleinigkeit seinen Zorn an der Mechanik aus, tritt mehrmals in Folge das Gaspedal durch, dann die Bremse, läßt die Kupplung zu schnell kommen, so daß der Wagen einen ruckartigen Satz nach vorn macht, setzt zurück und rast mit wütendem Schwung über die drei Bodenschwellen in unserer Straße hinweg ... Beim ersten Ruck protestiert meine Schulter sofort, bei den nächsten beiden streikt gleich der ganze Körper. Mein Nacken erliegt der Neuralgie, mein Rücken schreit vor Muskelkater, mein Arm ist verkrampft von der Entzündung, meine Hand, meine Finger, alles wird durchzuckt von schmerzhaften Stichen ...

Ein grauenhafter Abend, an dem ich gequält auf meinem Kinositz herumrutschte, an den Fingerknöcheln zog, um das Brennen zu lindern, meinen Ellbogen umklammerte, meine Schulter massierte, meine Nackenwirbel knacken ließ ... Ich sagte nichts, um meiner Großen, mit der wir ohnehin viel zu wenig unternehmen, nicht den Spaß zu verderben. Und weil ich mich nicht dazu hinreißen lassen wollte, Antoine wüste Beschimpfungen wegen seiner Fahrweise an den Kopf zu werfen. Antoine hätte mit der gewohnten Aggressivität darauf reagiert, und das Ganze wäre zu einem Ehekrach eskaliert. Tatsächlich gab es auch gar nichts zu sagen; ich verspürte nur eine unbändige Lust, ihm die gesunde Faust in die Fresse zu schlagen. Aber, was soll's, mit diesem Argument habe ich es schon einmal vor langer Zeit probiert, und es wäre zu umfangreich, die Konsequenzen hier aufzuzählen ...

Sobald wir wieder zu Hause waren, stürze ich mich auf das wunderbare Myolastan und sinke in betäubten Schlaf, aus dem ich erst gestern, Donnerstag, um 7 Uhr 30 wieder erwache. Ich setze einen ersten Fuß auf den Boden. Mir wird etwas schwindlig, aber die Schulter verhält sich ruhig. Drei Schritte in Richtung Badezimmer. Nichts geht mehr. Der Schmerz kehrt zurück, unvermindert, spöttisch, breitet sich heiß im Nacken aus, versengt mir den Arm, brennt im Ellbogen wie Feuer. Die Vorstellung, mich zu waschen, anzuziehen und in den Eisregen hinauszugehen, der zu dieser frühen Stunde meine Windschutzscheibe mit einer kompakten Eisschicht überzogen hat, der Gedanke, meine Aktentasche zu nehmen, das Eis von der Scheibe zu kratzen, meine Unterlagen zu schleppen, die Stockwerke bis zu meinem Büro hinaufzusteigen ... Brrrr! Die Schachtel Myolastan streckt mir ihre wunderbaren Arme entgegen. Ich schluckt die Pille der Glückseligkeit, und peng! Zurück an den Start, in meine noch warmen Laken, wo die Euphorie der Entspannung mich sogleich erlöst. Bevor ich vollständig der wohltuenden Mattigkeit erliege, rufe ich Isa an, damit sie in der Firma Bescheid gibt, daß ich zu Hause bleiben werde (es ist noch zu früh, um selbst in der Firma anzurufen; es wäre noch niemand da), und danach den Arzt. Dann trete ich die Reise ins Land der Träume an; am Ende eines geschwungenen Fadens bewege ich mich, wohin ich will, denke mir Landschaften und Gesichter aus ... Vor allem eins, mit gelben Augen, teuflischen Brauen, Kämpferprofil, dem ergrauten Haar des reifen Verführers ... Nachdem ich einige Zeit an ihn gedacht habe, ruft er an. In sachlich-geschäftsmäßigem Tonfall und mit spöttischer, liebevoller Betonung frage ich ihn: »Kommst du mich heute nachmittag besuchen?« Er zögert, fürchtet, ich könne wirklich sehr krank und somit nicht bereit sein, Besuch zu empfangen. Ich beruhige ihn: »Ich bin völlig high. Komm gegen drei …«

Der Nachmittag läßt sich gut an. Ich wache aus der Myolastan-Lethargie auf, aber der Schmerz vergißt, mich gleich wieder anzuspringen. Um halb eins kommt Isa mit frischem Brot und Kuchen. Sie sieht umwerfend aus, strahlend in einer leuchtendgelben Bluse mit einem schwarzen Samtjäckchen darüber. Mit zärtlichem Lächeln bemuttert sie mich. Wir sprechen über ihn, mal in Andeutungen, mal ganz offen. Und auch wenn wir schweigen, sprechen wir von ihm. Ich erwähne meine letzten Begegnungen mit ihm mit keinem Wort. Und ich erwähne auch das Rendezvous an diesem Nachmittag nicht.

Wir unterhalten uns auch über Aline. Aline, die sich jetzt – vielleicht nur oberflächlich – mit den Spinnereien des Gourgandin über ihre Enttäuschung hinwegtröstet. Isa hat so ihre Zweifel: »Sie ist sehr verliebt in Benoît, weißt du. Immer noch.« Das beruhigt mich nicht. Aber das Gegenteil, der Gedanke, sie könnte ihren Liebeskummer durch einen anderen Mann, ein anderes Abenteuer, zu überwinden versuchen, beunruhigt mich auch nicht. Nachdem ich beschlossen habe, mich nicht darüber aufzuregen, scheint es, als würde mir das auch gelingen. Ich hege sogar die geheime Hoffnung, daß Aline mit dem Gourgandin bis zum Ende geht, daß auch sie sich die Finger verbrennt. Das ist vielleicht sadistisch. Oder sehr berechnend. Der Gourgandin wird sich über eine neue Trophäe freuen. Schließlich belustigt es mich, rührt mich sogar. Vermutlich unterschätze ich Aline, aber ich vermute in ihr eine Romantikerin, die den Gourgandin rasch langweilen wird. Einige Zeit wird er den Meister spielen, den Herrn der Streicheleinheiten (»Das hast du mir beigebracht«, hat er hundertmal zu mir gesagt. Es ärgert mich, daß andere davon profitieren sollen. Ich erreiche eine Art Losgelöstheit, deren Gründe zu analysieren mir schwerfällt: Alter, späte Einsicht, daß mir nichts mehr etwas anhaben kann, brüderlichere, komplizenhafte und weniger leidenschaftliche Liebe? Nachlassen meiner Bereitschaft, zu schnell und zu stark zu leiden? Interessant – seit ich einen eingeklemmten Nerv habe, erscheint mir Herzschmerz plötzlich vergleichsweise unbedeutend. Ich nähere mich meiner Tante Raymonde und ihren Nachbarinnen an, die alle um die 70 sind; »Hauptsache gesund!« Ja, genau das habe ich bei mir gedacht: Alter ... Weisheit durch Rheumatismus ...) Es gab eine Zeit, da der Gourgandin jungen Mädchen und Frauen, die jünger waren als er selbst, gleichgültig begegnete. Aline aber ist immerhin vierzehn Jahre jünger. Könnte das vielleicht ein Zeichen für eine sich anbahnende Midlife-crisis sein? Sagen wir einfach, daß auch er nicht jünger wird ...

Als Isa ging, ließ ich meine Lippen einen Augenblick an ihrer unendlich zarten und duftenden Wange ruhen. Dann hastete sie mit eingezogenem Kopf durch den Regen. Ich blieb dankbar im Warmen, dankbar, daß sie gekommen war, einfach so, ganz natürlich und ohne große Umstände, daß sie mit mir gelitten hatte und beim Bäcker gewesen war ... Das sind nur Kleinigkeiten, aber Antoine hat mich gelehrt, sie meist voller Widerwillen zu tun ...

Um 14 Uhr kam der Arzt. Kortisonspritze und elf Tage Ruhe für den Anfang. Hinterher bin ich wieder in einen Halbschlaf voller schamloser und ausgelassener

Gespenster gesunken. Um 15 Uhr rief der Gourgandin an. Er sagte, er könne nicht vorbeikommen, hätte zuviel zu tun. Personalmangel … Ich sagte: »Schade, ich habe gerade von dir geträumt«, worauf er antwortete: »Träum weiter, ich bin in einer halben Stunde da.«

Ich schwamm in meinem verwunschenen Bett ein magisches Wasserballett. Der Arzt hatte meine Schmerzen gelindert, und mein Körper schwoll an, wiegte sich sanft und geschmeidig, von der Steifheit befreit. Perfekte Harmonie herrschte zwischen meinen Phantasien hinter geschlossenen Augen und meinem Bauch, der sich öffnete. Er traf an der richtigen Stelle meines Szenarios ein, kurz vor dem Höhepunkt. Er trug denselben Pullover wie am Mittwoch, der jedoch bei weitem nicht mehr so fade wirkte, dazu seine Lederjacke, die nach Regen roch, ein blaues Hemd, das er sich in Rekordzeit vom Leib riß, und Jeans, die mit Lichtgeschwindigkeit aufgeknöpft wurden. Ich klammerte mich an seinen Gürtel, um mich noch ein wenig über Wasser zu halten, ehe ich endgültig unterging. Er hatte einen Ständer, noch bevor er nackt war. Ich rief ihn zu mir, drückte ihn auf die Matratze, völlig waagerecht bis auf seinen hoch aufgerichteten Schwanz. Ich schob mein Nachthemd hoch und sagte: »Bleib ja so liegen; beweg dich nicht.« Ich umschloß die runde, feste Spitze seines Schwanzes, weitete um sie herum meine wilde, empfangsbereite Muschi, und ganz plötzlich drang er in mich ein, ganz tief. Ich bewegte mich auf und ab, lutschte ihn gleichmäßig, ließ die Hüften kreisen, um seinen harten und sanften Penis überall zu spüren, rechts, links, vorn und hinten. »Ich mag es, wenn du dich meiner bedienst, als wäre ich nur ein Objekt«, sagte er. Aber er kann nicht lange das Objekt spielen. Als ich meine Beine an seinen entlang ausstreckte, rechts und links von ihm, ganz lang, um nur die Spitze in mir zu behalten, und als ich dann die Knie anzog, um den Rest zu verschlingen, als ich diese wollüstige Froschumarmung wiederholte, mich an der seidigen Wolle seiner Schenkel erregte, die sacht zwischen meinen vor und zurück glitten, als ich mich schließlich aufrichtete, um mich über ihn zu hocken, und wie eine Tänzerin mal das eine, mal das andere Knie beugte, setzte er sich ebenfalls auf und drängte mir entgegen. Ich war immer noch an ihn genagelt, von Angesicht zu Angesicht, als er mit harten, rauhen Fingern in meinen Po eindrang und keuchte, daß er seinen Schwanz durch mich hindurch streicheln werde, durch die Darmwand hindurch, und da kam ich sofort, gewaltig, unbeschreiblich, und er gleich nach mir. Er schrie, und es tat so unendlich gut, ihn schreien zu hören. Ich hätte bis in alle Ewigkeit weiterbumsen, hüpfen, springen und tanzen mögen …

Aber gleich nach dem Samenerguß fühlte ich, wie er in mir zusammenschrumpfte, sich verflüssigte, verschwand … Blieben die Weichheit seiner Flanke, die Zuflucht seiner Brust, die runde und harte Sanftheit seines Armes, die nur ganz leicht stachelige Wange, die ich streicheln konnte, sein dicker Hals, seine kleinen Ohren, seine ergrauten Locken, die ich mit den Fingern entwirrte, seine Brauen, die ich glattstrich, seine Lippen, in die ich sanft hineinbiß, und all die Worte, all die Worte meiner Liebe, meiner Zärtlichkeit, meiner jahrelangen Leidenschaft, Eifersucht und Trauer, meines Glücks, meiner Hoffnung, meines Wahnsinns, meiner Geduld und Ungeduld, all diese Worte, die ich ihm sagen mußte und auch sagte. Ich sagte ihm: »Ich liebe dich …«, und in diesen Augenblicken überschäumender Gefühle bumse ich am leidenschaftlichsten, erlebe die schönsten Höhenflüge …

Hinterher zappelte er herum, sprang im Bett auf und ab, verbreitete das organisierte Chaos, das er so liebt, drehte mich von einer Seite auf die andere, biß mich, spielte mit seinem Kaugummi auf meinen Brüsten, wollte mich massieren. Sein Ringerkörper auf meinem zerbrechlichen Rücken. Und ich fühlte keinen Schmerz. Seine groben Hände auf meinen schlaffen Pobacken, meinen gealterten Hüften, meiner durch die erzwungene Ruhe etwas rundlicheren Taille … Er sah all das, was ich mich immer gescheut hatte, ihm zu zeigen. Die Fensterläden waren nicht geschlossen, das erbarmungslose Licht enthüllte jeden Makel, und er sah die Cellulite an meinen Schenkeln, die Schwangerschaftsstreifen auf meinem Bauch … Aber es war mir gleich, es war mir völlig egal, als ich ihm sagte, daß ich ihn weniger liebe … Ich lächelte sogar und zeigte mit einem anklagenden Finger auf die leichte Wölbung seines Bauches, die mir bislang entgangen war. Ich sagte scherzhaft: »Na, hör mal! Du wirst aber auch langsam fülliger!« Und er, der immer noch auf mir lag, lachte verlegen und erwiderte: »Das kommt weg, ich werde es runterhungern!«

Ah! Gourgandin! Wie schön es ist, Dich weniger zu lieben! Dein Schwanz ist schlaff geblieben. Ich liebe Dich. Oder fast schlaff. Aber jede Mühe war vergebens. »Ich bin zu angespannt«, hast Du gesagt, weil ich Dir gerade die Möglichkeit eröffnet hatte, daß jeden Moment eine meiner Töchter nach Hause kommen konnte oder auch ihr Vater, der das Baby zurückbringen sollte …

Früher hat Nervosität nie Deine Potenz beeinträchtigt, Gourgandin. Im Gegenteil. Ich habe erlebt, wie Dein Schwanz aufrecht allen potentiellen Gefahren trotzte, angespornt vom Risiko, erregt von der Kühnheit kompromittierender Situationen.

Nein, Du wirst einfach nicht mehr so leicht wieder steif, nachdem Du das erstemal gekommen bist, das ist alles. Und ich liebe Dich. Und ich denke an Dich, Christine, deren alternden Mann ich liebe. Ich denke mit idiotischer Freude, daß auch Du ganz sicher nicht ganz verschont geblieben bist von Schwangerschaftsstreifen, Falten, schlaffer Haut und Cellulite. Daß Du seine Frau bist. Daß er Dich liebt. Also, dieses Myolastan (das ich doch noch genommen hatte) taucht die Welt wirklich in Pastellfarben. Antoine hat mich gewarnt: »Du wirst rosa Elefanten sehen.« Weder Du noch ich sind Elefanten, Christine, nur Frauen, menschlich und verwundbar, und wir lieben denselben Mann ... Am Anfang dieses Heftes (das ich damals noch als Buch bezeichnet habe) sprach ich von den Dingen, die uns unterscheiden, beklagte sie. Heute entdecke ich mit Hilfe des Myolastan manche Gemeinsamkeit zwischen uns. Vor sehr langer Zeit hat der Gourgandin mir einmal (ohne es zu merken) eine große Freude bereitet, indem er sagte: »Meine Frau hat auch Schwangerschaftsstreifen auf dem Bauch.« Ich, die ich geneigt war, nur den meinen zu betrachten (und das mit oft konsterniertem Blick), wurde nach dieser Enthüllung von einem absurden Glücksgefühl durchströmt. Ich habe zu oft dazu geneigt, den Gourgandin auf das Podest der Ästhetik zu stellen. Er hatte mir von seinem Photographenauge erzählt ... Und genau das war ein Fehler gewesen. Ich hätte oft entspannter, ausgelassener und leidenschaftlicher in seinen Armen gelegen, wenn er nicht dieses lähmende Photographenauge ins Spiel gebracht hätte, dieses unbarmherzige Objektiv, vor dem ich nicht mehr ich selbst sein kann. Die tragischsten Episoden meines literarischen Abenteuers verdanke ich Photos und Fernsehaufnahmen ...

Ein anderes Mal, und das liegt bei weitem nicht so lange zurück, hat der Gourgandin etwas Beunruhigendes gesagt, mit dem er Dich und mich gewissermaßen in eine Schublade steckte, Christine, die elegante und weichgepolsterte Schublade der Achtung und Zärtlichkeit. Das war an dem Tag der Sofa-Wohnzimmer-Fernseh-Episode. Ich sprach ihn auf sein unvergleichliches Talent zum Lügen an, erinnerte ihn an den berühmten Donnerstag (Isa hätte das exakte Datum nennen können), an dem er mir geschworen hatte – geschworen –, daß er nicht mit ihr zusammengewesen war, sondern mit irgendwelchen Geschäftsleuten. Und er antwortete darauf: »Aber versteh doch, das ist dasselbe wie damals, als ich dir sagte, ich würde meiner Frau nie, niemals irgend etwas gestehen. Das tue ich doch nur, weil ich dich so sehr liebe.« Ich hakte nach (man kann sich seines Glückes nie sicher genug sein): »Willst du mir damit etwa die Ehre erweisen, mich als deine Frau zu betrachten?« Und er entgegnete schlicht: »Ja.«

Vor zwei Wochen hätte ich den Strategen und gewandten Redner in ihm geehrt. Isa hätte den Betrüger angeprangert.

Heute tut mir die Schulter nicht mehr weh, die Wunderpillen schläfern mein Mißtrauen ein, meine Zweifel, meine Ängste, meine Unsicherheiten, meinen Pessimismus, bewahren, indem sie meine Schmerzen lindern, nur meine Inbrunst und Zärtlichkeit.

Meine kleine Christine, Du solltest mein Buch nicht lesen. Ich möchte Dir keinen Kummer bereiten.

Kapitel 39

Montag, 30. März

Ich liege immer noch im Bett. Die Tabletten wirken nicht mehr, und heute abend gehe ich wieder zum Knocheneinrenker. Antoine ist heute morgen um fünf zu einem einwöchigen Lehrgang aufgebrochen. Er hat die Zeit seiner Abwesenheit völlig durchorganisiert: Kühlschrank und Vorratsschrank sind voll, er hat aufgeschrieben, welche Pflanzen wann gegossen werden müssen, und seine Alte zweimal wunderbar gebumst. Ich übertreibe, wenn ich »seine Alte« sage. Aber der Rest ist nicht übertrieben. Es stimmt, daß Sex mit ihm am schönsten ist. Warum sich dann anderswo umsehen? würde meine liebe große Tochter fragen, die mir mitten in einer Pubertätskrise heute morgen ihr Tagebuch geschenkt hat. Ich habe es neben dem Waschbecken gefunden, zusammen mit einem kurzen Brief, der mich so erschütterte, daß ich zwei Stunden lang geheult habe. Gerührt habe ich von ihren Unsicherheiten, ihren Zweifeln, ihren Träumen, ihrem Schmerz und ihrer Verwirrung gelesen, und ich kann wirklich ungelogen behaupten, daß ihr Tagebuch dem meinen zum Verwechseln ähnlich ist. Geschichten von Jungen, die man begehrt und dann nicht mehr begehrt, die einen anmachen oder links liegenlassen … Seelenqualen, Herzschmerz, Schauer, die den Körper durchlaufen … Erst vor ein paar Tagen habe ich zu Isa gesagt, daß wir kindische Launen durchmachen …

Übrigens … ich habe nichts mehr von Isa gehört. Sie muß meine Abwesenheit ausgenutzt haben, um sich vom Gourgandin, der sich ebenfalls nicht mehr gemeldet hat, zum Mittagessen einladen zu lassen. Statt dessen hat Benoît mich für eine Stunde besucht. Ich lag im Bett, und er saß auf der Bettkante. Er hielt meine Hand, und wir tauschten liebe und zärtliche Worte aus. Als er gegangen ist, bin ich aufgestanden, um ihn zur Tür zu begleiten. Er ist mit einer Hand über meinen Körper gefahren und hat mit einem komischen kleinen Seufzer des Bedauerns ausgerufen: »Und dabei hattest du nicht einmal einen Slip an!«

Mein großer Sohn ist für zwei Tage bei Freunden. Heute abend, wenn meine Tochter aus der Schule kommt, werden wir unsere männerfreie Woche planen. Erst muß ich das Baby bei Marie unterbringen, und dann sehen wir weiter.

Ich wollte Kamel anrufen und mich eine ganze Nacht verdrücken. Aber nach der Lektüre der Seelenqualen meiner Tochter überlege ich, ob ich nicht lieber ihr meine ganze Zeit widmen soll.

Ich glaube, ich höre das Baby brabbeln. Es muß von seinem Mittagsschlaf aufgewacht sein. Ich werde es aus dem Bettchen nehmen und versuchen, mich anzuziehen – es muß doch sehr entmutigend sein, eine Mama zu haben, die immer nur im Nachthemd herumläuft …

Kapitel 40

Donnerstag, 2. April

Ich bin immer noch im Nachthemd. Aber diesmal trage ich das schwarze mit dem tiefen Ausschnitt. Ich erwarte den Gourgandin – und rechne damit, daß er vielleicht gar nicht kommt. Ich zähle nicht zu sehr auf ihn. Im Grunde ist es auch gar nicht so wichtig.

Die Woche ohne Antoine, ohne Arbeit und seit Dienstag auch ohne Baby kommt mir vor wie eine sehr sonderbare Urlaubswoche. Ich bin häufig benebelt wegen der verschiedenen Tabletten und der anhaltenden Schmerzen ... Ich gewöhne mich langsam an den Schmerz, fange an, mit ihm zu leben. Ich winde mich, lege mich hin, stehe wieder auf, massiere mir die Schulter, strecke die Finger, reibe meinen Arm, bis er warm ist, und vergesse den Schmerz einen Augenblick, um ihn dann nur fünf Minuten später wieder unerträglich zu finden. Ich schlucke die Tabletten gleich doppelt, schlafe morgens lange, nachdem ich aus Gewohnheit um acht aufgewacht bin ...

Montag abend habe ich mir zusammen mit meiner Großen einen etwas verrückten Videofilm angesehen: »Harry und Sally«. Ganz nett, diese romantischen amerikanischen Komödien, aber doch recht unglaubwürdig ... Und ich habe Kamel angerufen. Er hat überaus erfreut versprochen, mich wieder anzurufen, damit wir einen Abend ausgehen können.

Dienstag habe ich meine Große in die Schule gefahren – sie hatte erst um zwölf Uhr Unterricht – und das Baby zu Marie gebracht. Es war der 31. März, und es tobte ein eisiger, nasser Schneesturm. Ich habe den Nachmittag bei Marie verbracht und bin dann nach Hause zurückgefahren. Kamel hat nicht zurückgerufen. Meine Große konnte ihre Freunde nicht für eine kleine spontane Fete begeistern, da es, wie sie mit schrecklich vernünftiger Empörung meinten, mitten in der Woche wäre.

Also haben wir Isabelle zum Abendessen eingeladen. Sie zögerte nicht, ihre Familie sitzenzulassen, um gleich rüberzukommen. Wir dachten uns einen Aprilscherz aus und bespielten das Band meines Anrufbeantworters mit einer völlig verrückten Ansage, die untermalt war mir unglaublichen Liebesschreien.

Spät am Abend gingen die Kinder zu Bett. Ich fing an, Isa mein Tagebuch vorzulesen. Sie konnte sich nicht vom Sofa losreißen und meinte immer wieder: »Nur noch ein Viertelstündchen«, in einem gierigen Tonfall, der mir sehr schmeichelte. Dann, um zwei Uhr nachts (wir waren bei Seite 78 angelangt), ging sie nach Hause, bedrückt von einer Trauer, die wir wieder einmal durchgekaut hatten. Die Wimperntusche verlief auf ihren samtweichen Wangen. Ich hatte Lust, ihre Tränen zu trinken, aber die Angst, ihr Mann könne sie bei der Heimkehr zu eindringlich mustern, war zu groß.

Ich versuchte, ihr zu sagen, daß ich ein Stück weitergekommen wäre. Sie jedoch blieb skeptisch. Ich bin weitergekommen. Ich weiß es, weil der Gourgandin mir heute morgen am Telefon erzählt hat, daß sie heute mittag zusammen essen gehen. Das ist auch der Grund, weshalb er vielleicht nicht kommen wird, auch wenn er mir das Gegenteil versichert hat ... Und weil ich ein Stück weitergekommen bin, läßt mich der Gedanke, daß er vielleicht nicht kommen wird, völlig kalt ...

Ich höre seinen Wagen ...

Er hat mir befohlen: »Absolutes Stillschweigen. Versprich mir, daß du ihr nichts sagst! Versprich es!« Wieder einmal hat er argumentiert, daß er es haßt, anderen weh zu tun. Ich werde sie heute abend sehen, da meine Große und ich zum Geburtstag ihres ältesten Sohnes eingeladen sind. Ich werde ihr nichts sagen. Heute abend. Aber wenn ich beim Vorlesen auf den heutigen

Eintrag stoßen werde, wird sie es wohl erfahren müssen … Der Gourgandin hat mir mehr oder minder anvertraut, oder besser, mir zu verstehen gegeben, oder noch besser, ich habe seiner Erzählung entnommen, was er ihr in etwa gesagt hat: »Es ist vorbei, Schluß mit meinen Seitensprüngen … Ich werde meiner Frau von jetzt an wieder absolut treu sein.«

Isa wird ihm niemals glauben; er scheint sie für blöd zu halten. Oder aber es stimmt tatsächlich, daß er das Bedürfnis nach Ordnung in seinem Leben hat. Aber was hatte er dann bei mir zu suchen, nachdem er gerade erst mit ihr zu Mittag gegessen hatte? In einem Augenblick fieberhafter Leidenschaft drückte er mich nackt und schweißnaß an sich und murmelte im Tonfall unvernünftiger Geständnisse, mit blicklosen Zügen, sein Gesicht blind vor Begierde: »Ich bin zu gern mit dir zusammen. Ich will, daß wir damit aufhören. Du bist zu gefährlich. Ich werde damit nicht fertig.«

Ich bedeckte sein gequältes Gesicht mit Küssen und sagte: »Kommt nicht in Frage.« Unvorstellbar, daß ich ausgerechnet jetzt, da ich in unserer Beziehung den langersehnten Frieden gefunden habe, auf das nun völlig schmerzfreie Vergnügen verzichten soll, ihn ab und an zu sehen, zu streicheln und mit ihm zu schlafen. »Wir sind seit fast sieben Jahren Geliebte, und nicht ein einziges Mal habe ich deinen ehelichen Frieden gestört«, erinnerte ich ihn. »Sagst du!« widersprach er und zeigte in einer naiv-komischen Geste auf seine Schläfe, hinter der sich angeblich so erbitterte Kämpfe abspielten. Ich mußte lachen …

Am Ende eines ergötzlichen Rittes – er lag quer auf dem Bett, und ich stand, oder besser, saß auf seinem Schwanz, die Füße auf dem Boden – richtete ich mich nach einem wunderbaren Orgasmus auf und bekam prompt einen Krampf in den Beinen. Unerwartetes Detail: Aus meinem Bauch ergoß sich ganz plötzlich mindestens ein Liter Wasser des Bades, das ich mir am Morgen gegönnt hatte, auf das Parkett ... Man hätte es für das abgehende Fruchtwasser einer Hochschwangeren vor der Geburt halten können. Gequälte Miene des Gourgandin, der immer vorgibt, unerträglich unter meinen Trivialitäten zu leiden, nachdem ich erklärt hatte: »Sieh dir das an, mein Bad läuft aus ...« Und ich bog mich vor Lachen ...

Voilà. Ich habe mich köstlich amüsiert in den zwei Stunden mit ihm. Und er auch. Er hat Tränen gelacht über eine Geschichte aus der Firma, die ich ihm erzählt habe und die er zu unglaublich fand.

Wenn ich das alles brühwarm Isa erzählen würde, dann würde die Unterhaltung mit Tränen enden.

Wird irgendwann die Zeit kommen, da auch sie lachen wird?

... Derweil werde ich mich heute abend schuldig fühlen ...

Kapitel 41

Freitag, 3. April

Nein, letztendlich habe ich mich gestern abend bei Isa keine einzige Sekunde schuldig oder verlegen gefühlt. Sie war gut gelaunt und sehr hübsch, beim Essen herrschte ausgelassene Stimmung, und ihr Mann hatte allerlei Köstlichkeiten aufgetischt. Benoît war auch da und brachte mit seinem üblichen Witz meine Große ebenso zum Lachen wie Isas vier Söhne, deren süße Gesichter ihrem jeweiligen Alter entsprechend auf unterschiedliche Art anziehend sind. Die jüngsten, die Zwillinge, haben ein ansteckendes, argloses Lachen und eine bezaubernde Art, einfach nicht stillhalten zu können. Der älteste, sanft und ernst, neigte den Kopf oft leicht der Schulter zu, als könnte er so besser zuhören oder nachdenken. Und der mittlere – in meinen Augen der schwierigste – wagt zuweilen mit für sein Alter erstaunlich tiefer Stimme, pikante Witze vorzubringen, als wäre das die natürlichste Sache der Welt.

Ich fühlte mich wohl im Kreise dieser Familie, Isas Familie, als wäre es meine eigene, als wäre Isa meine Schwester geworden, ihre Söhne ein bißchen die meinen, von meinem Fleisch und Blut. Ich fühlte Isas Liebe für ihre Familie, und die Atmosphäre war voller Wärme, entspannend. Es gefiel mir, daß sie eine witzige Ehefrau und liebevolle Mutter war, ihr eigenes Leben hatte, ihren festen Platz, und daß sie mir in diesem Augenblick der Vertraulichkeit ein Plätzchen an ihrer Seit einräumte.

Der Gourgandin existierte nicht.

Heute mittag ist er wiederauferstanden. Isa ging mit mir essen. Sie kam lächelnd herein und überreichte mir einen »Doppelbrief«, den sie mir am Vorabend versprochen hatte. Und dann brach sie an mich geschmiegt in Tränen aus, nachdem ich ihn gelesen hatte.

Es fällt mir schwer, Isas Schmerz zu analysieren, an ihre Version zu glauben. Ihr zufolge hatte sie natürlich erraten, daß der Gourgandin nach dem Mittagessen bei mir gewesen war. Heute morgen konnte sie es sich dann doch nicht verkneifen, ihn zur Rede zu stellen. Natürlich hat er geleugnet. Oder sich herausgeredet, jedenfalls hat er nicht »gestanden«. Dieses mangelnde Vertrauen und diese weitere Lüge sind es, die sie so verabscheut, die sie als eine Art von Verachtung ansieht und als Ausdruck der Künstlichkeit, von der ihre Beziehung bestimmt wird. Indem sie mit ihm essen ging, glaubte sie, mit ihm »Frieden zu schließen«, glaubte sie, er würde ihr Bedürfnis nach Aufrichtigkeit verstehen und daß sie nichts weiter von ihm verlangte als die Ehre, wie ein vernünftiger, erwachsener Mensch behandelt zu werden, wie eine klar sehende Komplizin. Er hätte also in ihren Augen sofort erklären müssen: »Ja, ich war bei ihr, ich habe sie gebumst, gevögelt, gefickt, wie auch immer, so, jetzt weißt du alles.«

Er hingegen, der von völlig anderen Voraussetzungen ausgeht, hat lediglich geleugnet, mir von ihrem gemeinsamen Mittagessen erzählt zu haben. Und es stimmt: Er hat mir nicht davon berichtet. Als er gestern kam, sagte er als erstes: »Reden wir nicht darüber!« Jedenfalls stellt Leugnen für ihn eine Art von Achtung dar, von Rücksicht und Respekt. Die Wahrheit, bestimmte Wahrheiten sind es, die ihm besonders häßlich und obszön erscheinen. Er denkt: ›Wenn ich zugebe, sofort nach dem Mittagessen mit Isa mit der anderen geschlafen zu haben, ist das geschmacklos und wird sie zum Weinen bringen.‹ Sie hingegen weint wegen seines Schweigens, weil es für sie viel schlimmer ist, ständig zu lügen, sie zu unterschätzen, das uneigennützige Geschenk ihrer Freundschaft und Kameradschaft auszuschlagen – einer Freundin, einer Kameradin sagt man alles ... Nicht der Gourgandin, Isa, er nicht. Er lebt nach sehr konventionellen Regeln und hört letztendlich auch auf sein Gewissen, das ihm vielleicht doch etwas mehr zu schaffen macht, als man meinen könnte. Er fühlt sich im Unrecht, schuldig, und darum leugnet er. Das ist es, was ich irgendwann einmal als Katzendreck bezeichnet habe, den er schnell verbuddelt. Dreck, weil verbuddelt. Nimmt man dieselbe Episode, genau dieselbe, und präsentiert sie auf dem Tablett der Aufrichtigkeit, umgeben vom leuchtenden Schein der Spontaneität und Arglosigkeit, wird aus dem Dreck ein Juwel. Der Gourgandin weiß dies nicht; er hat tausend Asse im Ärmel, beherrscht jedoch noch nicht die Kunst der Ehrlichkeit.

Indem sie es mir immer wieder erklärt hat, in dringlichem Tonfall gefleht hat: »Verstehst du? Sag mir, daß du mich verstehst«, hat Isa letztendlich von mir die Antwort bekommen, die sie hören wollte. »Natürlich verstehe ich dich, oder hältst du mich für blöd?« Aber tief im Innersten, ganz im geheimen, glaube ich, daß sie, ohne es sich eingestehen zu wollen oder zu können, an banalem Liebeskummer leidet, verschärft durch die brennende Eifersucht, die zu empfinden sie sich nicht gestattet. Meine Isa ist ein stolzer, aufrechter und liebevoller Mensch. Sie liebt mich. Sie sagt es mir oft und hat es in ihrem letzten Brief noch einmal wiederholt. Sie ist also auf bewußter Ebene nicht in der Lage, auf mich eifersüchtig zu sein. Aber das Leid ist da, verwischt ihre Schminke und zeichnet ihre Züge.

Ich hasse diese Augenblicke, Augenblicke, die sie im übrigen mir allein vorbehält. Ich sehe darin eine sehr schmerzliche Ehre. Wie sie selbst betont, gelingt es ihr bei anderen, den Schein zu wahren. Bei mir jedoch jammert und weint sie, weil sie ehrliche Worte erwartet, weil sie weiß, daß sie mir alles – oder doch fast alles – sagen kann. Ich schaffe es nicht, sie zu trösten, fühle mich linkisch. Überhaupt frage ich mich, ob es richtig ist, sie trösten zu wollen, ob es nicht besser wäre, den Strom ihrer Enttäuschung, ihrer Trauer ungehemmt fließen zu lassen. Ich weiß nicht, was ich tun soll.

Nachdem ich ihren Brief noch einmal (zum fünften Mal) gelesen habe, weiß ich immer noch nicht, was ich tun soll. Er enthält Formulierungen, die ebenso doppeldeutig wie unmißverständlich sind:

Chérie, ich bin keine Anbeterin des Gottes Eros; mein Verlangen existiert, verwirrt mich, überwältigt mich zuweilen. Aber ich besitze weder Deine Erfahrung noch Deine kühle Distanziertheit …

… Und unser Projekt, uns zu dritt zu lieben? … Ich habe einerseits große Lust darauf, aber andererseits auch große Angst. Angst, mich zu demütigen, indem ich ihn anmache, indem ich ihn »auf die Reise einlade«, Angst, daß er ablehnt … Angst, daß er mich verurteilt, daß die Begegnung nicht so wunderbar wird wie in meinen Phantasien, Angst, mich zwischen Euch zu stellen … Du siehst, wie feige ich bin! …

Donnerstag nachmittag. Wir waren gerade essen, ein angenehmes Mittagessen. Er hat gespürt, daß noch viel Gefühl in meiner Stimme, in meinen Worten lag. Nicht eine zärtliche Geste. Ich habe lediglich mehrmals meine Hand auf die seine gelegt, als Zeichen des Friedens. Nach dem Essen wollte ich ihm sagen: »Komm, wir gehen zu ihr«, aber ich habe es nicht getan. Ich gehe davon aus, daß er Dir hinterher alles erzählt hat. Ich hoffe nur, daß er nichts kaputtgemacht hat, nichts in den Dreck gezogen hat, und daß Du das Ganze richtig verstanden hast.

Wenn Du wüßtest, wie sehr ich Dich liebe.

Letztens hast Du von Grauzonen zwischen uns gesprochen, in denen wir zwischen Schweigen und Lüge pendeln … Künftig wird mit ihm nichts mehr möglich sein ohne Dich …

Ich hoffe, daß meine Antwort an Isa deutlich genug sein wird:

Isa, Freitag nachmittag, und Du bist gerade gegangen. Ich habe Deinen Brief immer wieder gelesen.

Auch ich habe Angst. Und nicht so viel Erfahrung, wie Du glaubst. Das heißt, erst müßten wir uns auf die exakte Bedeutung des Begriffs »Erfahrung« einigen.

Zuallererst werde ich Dir meine Ängste aufzählen, so nüchtern und mathematisch wie möglich, mit der »kühlen Distanziertheit«, die Du erwähnt hast, und mit Worten, die in ihrer Einfachheit geradezu von chirurgischer Präzision sind.

– Ich habe Angst vor Deinem Verlangen, sofern es existiert. Denn Verlangen macht einem angst. Man fürchtet immer, es zu enttäuschen. Zumal ich nicht genau weiß, was Du von mir erwarten würdest. Wäre es, daß ich Dich liebe und es Dir mit Leidenschaft oder (und) gutem Willen zeige, wirst Du nicht enttäuscht werden. Erwartest Du aber, daß ich Dir eine unbekannte Welt zeige, flammende Horizonte, daß ich mit Dir total verrückte, nie dagewesene, überwältigende Dinge tue, dann macht mir das angst.

– Ich habe, wie gesagt, Angst davor, Dich zu enttäuschen. Aber auch Angst davor – man weiß ja nie –, daß Du von mir begeistert bist und ich von Dir, denn das könnte schwierig werden. Wir wissen beide, daß es nicht leicht ist, verliebt zu sein. Und in diesem konkreten Fall wäre es vielleicht sogar katastrophal.

– Ich habe Angst davor, daß Dein Verlangen gar nicht existiert. Du glaubst, es wäre Verlangen, Zärtlichkeit, Freundschaft, Vertrauen und ein wenig Neugier. Und schon stürzen wir uns in etwas, das uns in Panik versetzen wird. Du wie erstarrt vor Überraschung (was mache ich bloß hier, ganz nackt, mit ihr, die ebenfalls nackt ist?) und ich wie gelähmt durch Deine Kälte.

– Ich habe Angst, daß das infernalische Trio – sofern es zum Trio kommen sollte – sich in einer ungewohnten Schüchternheit verliert, die keinen der Beteiligten zufriedenstellt … Ich habe Angst, daß der Gourgandin sich allzu wohl fühlt in dieser Situation und die Kontrolle verliert, und was wird dann aus Dir, meine Kleine, meine Zerbrechliche?

– Ich habe Angst vor meinen unvorhersehbaren Reaktionen, wenn er Dich vor meinen Augen zu leidenschaftlich liebt.

– Ich habe Angst, daß unser Trio funktioniert, daß er auf den Geschmack kommt, und was wird dann aus unserer Intimität? Aus seiner und meiner? Ich … ich habe Angst, Du könntest diesen »Dreier« nur ins Auge fassen, um noch irgend etwas Körperliches zwischen dem Gourgandin und Dir zu »retten« (entschuldige diese Wortwahl, sie ist nicht verletzend gemeint).

Siehst Du, das sind ganz schön viele Ängste für eine so Eingeweihte wie mich. Ganz zu schweigen von der Angst, Du könntest mich häßlich finden, abstoßend, Angst, daß ich einen (oder mehrere) geschmacklichen, Fauxpas begehen könnte. Denn ich liebe Dich auch.

Ich habe Angst vor Deinem traumhaft schlanken und jugendlichen Körper. Angst vor seinen Ängsten. Wenn ich Dich streichle, Deine Hand halte, Dich unterhake, Dir einen Arm um die Taille lege und Dich küsse, läßt Du es immer geschehen. Aber nie fühle ich in Dir den Schauer der Hingabe, die Nervosität der Erwartung. Meine Süße, bist Du gelähmt von erlernter Schamhaftigkeit und Zurückhaltung, oder ist es Dein Körper, der stumm ist? Ich fürchte mich vor der Antwort …

Wenn ich es wagte, würde ich Dir einen pornographischen, berauschten Brief schreiben, wie Du vielleicht noch nie einen bekommen hast. Um Dir mein Verlangen, meine Träume, meine Zärtlichkeit, meine Wünsche und meine Phantasien zu beschreiben. Aber ich habe Angst davor.

Und ich habe Angst, es nicht zu tun, den Status quo auf ewig zu wahren, zu respektvoll und geduldig auf Deiner Schwelle des braven und wohlerzogenen Mädchens zu verweilen. Immerhin bin ich ja die Gourgandine, die Schamlose … Es liegt bei mir, Dich ein wenig zu vergewaltigen, nein, Dich zu fragen, ganz egal, ob Du dann ablehnst, ganz egal, ob Du zögerst.

Mein Rotschopf, meine Hübsche, stört Dich meine Reserviertheit? Findest Du, daß ich mir zuviel Zeit lasse, mich Dir anzunähern?

Schon tausendmal hätte ich, wenn ich meiner inneren Stimme gefolgt wäre, die Lippen auf die Deinen gelegt und … was sage ich da? »Auf«? In! Leidenschaftlich und gefühlvoll, wie meine große Tochter sagen würde. Ich habe manche Frauenlippen in wunderbarer Erinnerung behalten, schmelzend und fruchtig … Völlig anders als die manchmal groben und kratzenden Küsse unserer hodenbewehrten Gefährten (was rede ich denn da?). Ich hätte Dich also ganz sanft, ganz lange und gefühlvoll geküßt, und wenn ich mich ermutigt gefühlt hätte, hätte ich meine Hände und Lippen über Deinen ganzen Körper wandern lassen und …

Aber ich habe Angst. So ist das.

Kapitel 42

Dienstag, 7. April

Ich habe ihr am Freitag meinen Brief gegeben, am selben Tag, an dem ich ihn geschrieben habe. Sie war am Abend vorbeigekommen, alle Tränen versiegt, mit einem rachsüchtigen Lächeln und verträumtem Blick.

Als gäbe es diesmal kein Zurück mehr, verkündete sie: »Wir müssen ihm eins auswischen!« und untermauerte den Satz mit einem knappen Nicken, schelmisch zusammengekniffenen Augen und einem provokanten Zug um den Mund. Es war halb zwölf. Ich verstand sofort. »Warst du bis gerade eben mit ihm zusammen?« »Ja, seit halb fünf. Im Bistro. Wir haben geredet ...«

Ich fühlte mich schlecht. Der Gourgandin dachte, ich hätte ihn betrogen, hätte mit boshafter Genugtuung, mit gemeiner Schadenfreude Isa verkündet: »Weißt du, gestern, nachdem ihr essen wart, ist er zu mir gekommen.« Sie versicherte mir, das abgestritten zu haben. Ihm glaubhaft erklärt zu haben, daß sie mit eigenen Augen gesehen habe, wie er am späten Nachmittag in seinem Wagen aus meiner Straße kam, in Höhe der Bäckerei, in der sie den Kuchen gekauft hatte ...

Samstag morgen ist Antoine von seinem Lehrgang zurückgekehrt. Meine Woche als Strohwitwe ist vorbei. Mit einem Schlag war alles wieder beim alten: ein verliebter, launischer und unordentlicher Mann, ein süßes, aber anstrengendes Baby, der Rhythmus der Mahlzeiten im Kreis der Familie, Vorbereitungen, Wiedergutmachungen und der wiederkehrende Schmerz in der Schulter, der nach längerem Schonen endlich abgeklungen war.

Am Montag war ich das erstemal wieder in der Firma. Der Gourgandin wirkte verstohlen, ironisch, aber aus der Ferne. Nicht greifbar ...

Heute war er nicht da. Wohl aber Myriam. Und auch Isa. Wir sind wie immer am Dienstag auf dem Wochenmarkt gewesen. Isa hat versprochen, auf meinen Brief zu antworten, sie habe sich »umfassende Schreibarbeiten« vorgenommen. Mir ist es recht, wenn sie sich Zeit läßt. Das ist so feminin ... Vorhin im Café, beim Aperitif im Anschluß an den Wochenmarkt, saß sie ganz warm, sanft und aufmerksam neben mir. Noch näher als sonst, wie mir scheint. Ein ganz klein wenig …

Wohin mag das noch führen?

Kapitel 43

Donnerstag, 9. April

Vorerst zu gar nichts. Die Schmerzen sind auf wunderbare Weise verschwunden. Jetzt bin ich nur noch sehr müde, in jeder Beziehung. Auch Isa bin ich ein wenig leid. Sie wechselt von Drama zu Phantasie und von Tragödie zu Komödie, mit einer Leichtigkeit und Geschwindigkeit, die mich selbst ein wenig schwindlig machen.

Und den Gourgandin. Ich verdanke seiner Zügellosigkeit – seiner Forschheit – vom vergangenen Donnerstag einen akuten hämorrhoidalen Schub. Das ist alles, was mir von unserer Begegnung geblieben ist. Das Andenken ist schmerzhaft und völlig unromantisch. Ich werde ihm gegenüber nichts davon erwähnen, nicht einmal in dem scherzhaften und provokanten Ton, den wir beide so lieben. Er würde sagen: »Aber nein, dafür kann ich doch nichts, du übertreibst!« Er leugnet immer jede Verantwortung. Lange Zeit hat mich das gerührt wie ein Übermaß an Bescheidenheit. Heute ärgere ich mich, wenn ich mir den kleinen Jungen vorstelle, der er gewesen sein muß, vorlaut, hinterlistig und ausweichend … Ein widerliches Gör, das Dummheiten ausheckt und sich dann vor der Strafe drückt, mit völlig überraschter Unschuldsmiene.

Ich träume immer noch davon, einem wunderbaren Unbekannten zu begegnen und eine phantastische Liebesnacht mit ihm zu verbringen … Der Honeymoon nach der Rückkehr von Antoine ist schnell wieder dahingeschmolzen, ist dem trostlosen Alltagstrott zum Opfer gefallen. Um meine Geschichte mit ihm niederzuschreiben, bedürfte es nicht eines, sondern gleich mehrerer Bände. Vielleicht fange ich ja tatsächlich eines Tages noch damit an.

Kamel, der nette, wunderbar zärtliche Araber, hat auch nichts mehr von sich hören lassen. Der Traum von einem leidenschaftlichen Wiedersehen mit seinem schlanken und straffen Körper, seiner staunenden Begierde ist wohl ausgeträumt. »Vor dir«, hatte er mir im Laufe unseres Abenteuers versichert, »bin ich noch nie von einer Frau genommen worden …« Was soll's.

Auch der Knocheneinrenker ist aus meinem Leben getreten. Unsere letzte Begegnung hat Montag abend stattgefunden und ist mit einer zweiten Spritze zu Ende gegangen, die mir bis zum nächsten Morgen höllisch weh getan hat. Auch waren seine Hände nicht mehr so sanft wie zu Anfang …

Wie beim Krankengymnasten, der mich Dienstag mit Gummihandschuhen massiert hat! Ein komischer Einfall und eine herbe Enttäuschung für mich, die ich mich auf die Berührung seiner warmen Handflächen und geschickten Fingerknöchel gefreut hatte … Ich fing an, am ganzen Körper unkontrolliert zu zittern und sogar mit den Zähnen zu klappern, ein wenig wegen des Ziepens meiner Haare, die an den Handschuhen haften blieben, ein wenig vor Kälte (ich war im Slip), ein wenig wegen der Bewegungen, die er mich tief durchatmend ausführen ließ und von denen ich fürchtete, sie würden die gerade erst kurierten Schmerzen wieder heraufbeschwören, und wohl auch aus Müdigkeit nach einer durchwachten Nacht, aus Verärgerung, am Morgen ein bißchen Mitleid von meinem Mann erfahren zu haben. Ich verwandelte mich in eine regelrechte Kastagnette vom Kopf bis zu den Füßen, und sie spielte einen rasanten Rhythmus. Der Zitteranfall tat mir leid. Er seinerseits war eher beunruhigt, geriet sogar fast in Panik ... Auf seinen Rat hin verließ ich ihn früher als gewöhnlich, aber am Abend sah ich ihn dann im Fernsehen wieder: Patrick Swayze, das ist er, ich bin mir ganz sicher! Ich habe mir bis zum Ende die albernen Mißgeschicke des Rausschmeißers angesehen, der sich in eine Ärztin verliebt hat, und seine zunehmende Ähnlichkeit mit meinem Masseur brachte mich auf ganz spezielle Gedanken. Die Szene, in der er seine Partnerin im Stehen bumst (eine oft in Filmen verwandte, moderne Pose, die der Gourgandin aufgrund dessen bereits mehrmals angewandt hatte), gefiel mir ausnehmend gut. Heute abend habe ich wieder einen Termin für die Rotlicht-Mikrowellen-Massage. Es wird mir schwerfallen, dabei nicht an den Film zu denken ...

Ein weiteres hübsches Gesicht, das mir derzeit nicht aus dem Sinn geht, ist das von Gabriel. Und es ist soweit, ich hätte schon gestern zum Bleistift greifen und in Druckschrift in mein Heft eintragen müssen: Gabriel HAT JA GESAGT. Ganz schlicht und ergreifend: »Ja«, mit einem tiefen Nicken seines schamhaften Kinns, mit rührend gesenkten Lidern und leiser, aber fester Stimme. Wenn auch schüchtern. Ich habe gefragt, nachgehakt: »Und es ist dir ernst, wenn ich mich mit dir verabrede, wirst du kommen?« Die Antwort kam weder zu laut noch zu leise, mit sanftem und vielversprechendem Ernst. Wir haben uns auf irgendeinen Freitag geeinigt. Aber »irgendein« Freitag, das ist recht vage. Heute morgen plagten mich Zweifel, ja, ich muß zugeben, sogar Angst. Ich habe einen Moment abgepaßt, in dem er allein war: »Morgen?« Er geriet ins Stottern, der Arme, entschuldigte sich, daß es morgen leider unmöglich wäre, weil er seinem Nachbarn versprochen hätte, ihm bei irgend etwas zu helfen ... Ich war froh. Wir haben das Ganze um drei Wochen verschoben, auf den Freitag nach dem Aprillehrgang. Er geht hin. Isa auch. Ich nicht. Der Gourgandin auch nicht. Der Gourgandin fährt wieder nach Saint-Étienne. Ich bleibe ohne sie hier, und sie alle werden mir fehlen. Oder vielleicht auch nicht. Überhaupt nicht.

Darum würde ich ja auch gern jemanden kennenlernen, träume von einer flüchtigen, leidenschaftlichen Begegnung, die uns beide überwältigt, wünsche mir für uns mindestens eine Nacht, um uns zu entdecken und einander hinzugeben, Erinnerungen zu schaffen ...

Heute morgen trug der Gourgandin das blaue Hemd, das ihm so gut steht. Ich hatte ihn gebeten, mir eine Kartei anzulegen, die er mir – im übrigen sehr lieb – erst gegen Ende des Vormittags brachte. Vorher hatte er »keine Zeit«. Und das mit gutem Grund, da er in Isas Büro war, die ihm gerade einen Brief überreicht hatte. Mit leuchtenden Augen und »prahlerischer« Miene (Originalton Isa) bekundete er seine Überraschung und vor allem seine Neugier, wollte voller Ungeduld wissen: »Wann? Wann denn?« ... Sie hat mir eine Kopie ihrer Nachricht gegeben, die wirklich gut geeignet ist, Gefühle durcheinanderzubringen. Ich muß sagen, daß diese Nachricht den dramatischen Helden in ihm einfach ansprechen mußte ... Isa fing damit an, ihm seine Feigheit, seine Lügen und seine Ausflüchte vorzuwerfen, endete jedoch mit einem reizvollen Angebot: »Bevor ich endgültig in die Liste der Trophäen des Meisters der Liebe eingehe, bevor ich wieder eine ›anständige‹ Frau werde, wie Du sagst, möchte ich Dir noch einmal meine Einladung zu einer Reise zu dritt aussprechen.«

Von allem, was Isa je gesagt hat, von ihren zärtlichen Vorwürfen, ihren Bemerkungen, ihren Fragen und Kühnheiten wird der Gourgandin wohl nur diese letzten Worte behalten haben ... Was meinen Brief betrifft, hat Isa angefangen, darauf zu antworten, wohlgemerkt nur angefangen, da sie bislang noch keine Zeit hatte, ihre Analyse meiner diversen Ängste zu vertiefen. Aber ich glaube, das ist besser so. Auch wenn sie reichlich Zeit hat, ist sie Meisterin darin, etwas als Antwort zu verkleiden, was gar keine ist, was in ihren Formulierungen wie auch in ihrer persönlichen Sicht der Dinge vage und verschwommen bleibt. Dem wichtigsten, dem brennendsten meiner Zweifel weicht sie sorgfältig aus, weigert sich, schlicht auszurufen: »Ja, ich begehre dich ebensosehr wie ihn«, und: »Nein, das Treffen, das ich vorschlage, dient nicht allein dazu, ihm zu gefallen, ihn zu verblüffen, ihn zurückzugewinnen.« Auch will sie nicht zu konkret von meinem Begehren sprechen hören. »Nein«, schreibt sie, »meine Zauberin, schreib mir diesen ›berauschenden Brief‹ nicht, den Du angesprochen hast; ich fürchte, ich würde erschrecken.« Und bei all den Vorbehalten und all der Zurückhaltung, Furcht und Scham, all ihren Ängsten und meinen eigenen Bedenken fürchte ich, daß dieses Abenteuer in einer traurigen und verpfuschten Erfahrung endet ... Heute mittag, als wir von alledem sprachen, lachte Isa ... Sie dachte, der

Gourgandin hätte mich aufgesucht, um mir von ihrem Vorschlag zu erzählen. Ich klärte sie auf: »Nein, er hat mir nichts gesagt, mich nichts gefragt, deinen Brief mit keinem Wort erwähnt, nichts ...« Ich gab mich verdrossen und fügte hinzu: »Von den dreien fühlt sich immer einer etwas ausgeschlossen, etwas fremd, etwas betrogen.« Das brachte sie zum Lachen.

Gut. Ich sagte ja bereits, daß ich ihre Tränen nicht ertrage.

Kapitel 44

Freitag, 10. April

Meine Geschichte mit dem Gourgandin ist gekippt. Meine Geschichte mit dem Gourgandin ist zu unserer Geschichte mit ihm geworden. Und doch fühle ich mich allein, gegen die beiden. Morgen werde ich ihnen schreiben.

Kapitel 45

Samstag, 11. April

Meine Liebsten,

Ihr werdet beide denselben Brief bekommen. Das wird meine Art sein, mit Euch beiden gemeinsam zu schlafen, etwas, was ich gestern nicht konnte. Ich hoffe, Euch, wenn auch nicht zu überwältigen, so doch auf diese Art ein wenig zu rühren.

Ich habe so vieles zu sagen, daß dieser Brief ganz sicher ziemlichen verworren wird. Ihr werdet mir verzeihen; ich werde viel Zeit darauf verwenden, vielleicht das ganze Wochenende, versuchen, möglichst leserlich für Euch beide zu schreiben, die ich auf so unterschiedliche Art liebe, werde versuchen, Worte zu finden, die wie Liebkosungen sind, und Sätze wie Schreie. Ihr werdet beide meine Worte der Liebe für den anderen lesen, meine Klagen, meine Geständnisse, mein Bedauern. Ich kenne keine Scham, wenn es darum geht, auf dem Papier mit einem Bleistift zu vögeln. Keine Scham, aber manchmal einen wohltuenden Schmerz, der mir die Tränen in die Augen treibt, doch mich nicht davon abhält weiterzukritzeln. Anders als die üblen körperlichen Schmerzen (und wenn ich sage »übel«, meine ich damit böse, unerträglich, oder auch gering, kleinlich, beschämend, völlig unromantisch, wie beispielsweise die Schmerzen, die einem hartnäckige Hämorrhoiden bereiten).

Gut. Keine Frage, ich war nicht in Form. Warum habe ich dann als erste unser gemeinsames Abenteuer angeregt? Eine bestimmte Art von Frohsinn, von Erregung, eine Lust auf Exzentrik, der Wunsch, Euch auf unkonventionelle Art auf Wiedersehen zu sagen, haben mich dazu verleitet, das Schicksal herauszufordern. Leichtsinnig, wie ich zugeben muß, und zu früh (viel zu früh für meinen Geschmack).

Tatsächlich habe ich überhaupt nichts im Griff. Vielmehr habe ich die erstaunliche Wahrheit entdeckt, daß das, was schon zu zweit schwierig ist, zu dritt beinahe unmöglich sein muß … Ich spreche von Harmonie, von Gleichklang … Gestern war beispielsweise ich die falsche Note. Aber ich bitte Euch deswegen nicht um Verzeihung, im Gegenteil. Meine »Distanziertheit« war in mehrfacher Hinsicht ein Liebesbe-

weis, wie ich Euch im folgenden zeigen werde (das wird auch mir helfen, klarer zu sehen).

Fangen wir am Anfang an. Ganz am Anfang. Mit dem Augenblick, da ich Donnerstag morgen der Zugeh- und Kinderfrau sagte: »Gilberte, wären Sie so lieb, den Kleinen morgen den Tag über zu sich zu nehmen?« Ich hatte nichts Konkretes im Sinn. Nur den Wunsch, mir einen vagen, nebulösen Ort zu sichern, den der Verfügbarkeit, der informellen Freiheit ...

Mein Freitag begann also wie ein Feiertag: blauer Himmel, Sonne, keine Sorgen und keine Pflichten bis zum Abend. Und die Aussicht auf Kino (auch ich liebe das Kino, aber wenn ich mir eine Rolle zuweise, stehe ich nicht wie Du, Gourgandin, vor der Kamera, sondern dahinter; ich erfinde, inszeniere. Ich spiele niemals). Und meine Schlingel vom Lycée mit ihren strahlenden Gesichtern: »Stellen Sie sich zu uns, Madame! Wir haben Ihnen einen Platz freigehalten, neben Grégory! ... Nein, besser Alexandre ... Nein, zwischen Ludo und Daniel ...« Ich möchte liebendgern den einen auf den Mund küssen, den anderen an mich drücken, den dritten herausfordern. Mich nehmen und ausziehen lassen, ihnen das gewähren, wovon sie träumen, und mit ihnen zusammen träumen. Sie durcheinanderbringen, erschüttern, mit Worten, Gesten und Kühnheiten die Sprache verschlagen. Es ist wunderbar, weil es unmöglich ist. Ich sage: »Nein, nein, ich gehe lieber zu meinen Freundinnen«, mit einer entschuldigenden Mimik, die um Verständnis fleht. Tatsächlich verstehen sie ganz und gar nicht, glauben, daß ihre Gesellschaft mir lästig ist, mich in Verlegenheit bringt, ahnen nichts von der Versuchung. Ich setze mich also zu den anderen Organisatorinnen dieses »Firmenlehrgangs – Fachrichtung Übersetzen/Dolmetschen«. Mir tut der Arm weh. Ich versuche trotzdem, mich in den Film von Almodovar zu vertiefen – den ich bereits gesehen habe –, ihn aus einer anderen

Perspektive zu sehen, von jeder Seite des Saales aus die drei simultanübersetzenden Maschinen zu überwachen, die den Originalfilm in die englische, französische und deutsche Sprache übertragen. Es kommt die Sequenz, in der ein verführerischer falscher Transvestit Victoria Abril die Muschi leckt. Sie hängt an einer Stange, und er befindet sich gerade in richtiger Höhe zwischen ihren Schenkeln. Ich lächle bei dem Gedanken, daß meine Schlingel bei dieser Szene an mich denken: Ich habe ihnen, als wir im Vorfeld über den Film gesprochen haben, erzählt, ich hätte mir auf diese Art die Schulter verletzt!

Als Victoria schließlich kraft- und atemlos losläßt und sich auf dem Schwanz des Typen aufspießt, sieht man nichts, nicht das kleinste bißchen Arsch oder Schwanz, nur seinen gleichzeitig erschrockenen und glühenden Blick. Dieser Ausdruck in seinen Augen geht mir durch und durch, durchdringt erst meine Seele und dann meinen Bauch, so daß ich den Knüppel des Kerls tatsächlich ganz tief in meiner Möse fühle. Ich verspüre die verräterische, elektrisierende Muskelkontraktion aufrichtiger Erregtheit, und in diesem Moment ist alles in mir (alles, eben das Wichtigste) berauscht von einer Art Erwartung, einem Fieber, einem Delirium. Ich befinde mich wahrhaftig im Liebesrausch. Nein. Im Bumsrausch. Das ist etwas anderes. Weil der, der mich träumen und ganz feucht werden läßt, der zwitterhafte Athlet ist, halb Mann (phantastische Beine, makellose Arschbacken, glänzende tabakbraune Haut) und halb Frau (feine Züge, geschminkte Augen, Präzision der Gesten, Ungestüm der Verführung …) Ich denke noch nicht an Euch beide, meine Liebsten, an Euch als androgynes Paar, das sich über mich beugen und Leidenschaft im Plural konjugieren könnte. Mein Kopf denkt nicht daran, während mein Körper die Tat schon lange plant …

Als ich jedoch in die Firma zurückkomme, tut mein Arm

immer noch weh. Auf einem der Flure sehe ich den Gourgandin, leuchtend in seinem grünen Pullover, nonchalant (das ist seine Art, sich in Fahrt zu bringen), körperlich und geistig verfügbar. Erwartungsvoll, so wie ich. Lauernd. Rastlos umherstreifend mit seinem geschmeidigen Gang einer schleichenden Katze. Immer noch seine anziehenden, nicht makellosen Züge, das lilablaue Hemd. Lilablauer Kragen unter grünem Pullover, um genau zu sein. Ganz vollkommener Gourgandin.

Als ich ihn später aufsuche, hat er seinen Pullover ausgezogen, der doch eher blau ist als grün. Ich registriere die Metamorphose staunend. Er wirkt jetzt eher sanft als strahlend, eher menschlich als attraktiv. In der Zwischenzeit, der Zeit der Verwandlung, habe ich Isa in ihrem Abstellraum gesehen. Das war um 11 Uhr 35. Sie hat zu mir gesagt: »Ich komme, meine Schöne.« Ich wand ein, daß mein Besuch nur ein klitzekleiner Freundschaftsbesuch wäre, daß ich leider noch eine Stunde zu arbeiten hätte. Schlaues Lächeln des Rotschopfes, blitzende Augen (sie macht ihr sanftes, schalkhaft-jungenhaftes Gesicht, und beinahe scheint mir, als würden ihre Sommersprossen ein magisches schäumendes Geräusch machen wie prickelnder Champagner). »Du stehst dich doch so gut mit dem Personalchef, du könntest doch leicht …«

Es kommt mir vor, als würde ich sie denken hören. Vielleicht. Weil es sehr schön ist draußen, weil der Transvestit so verführerisch war, weil wir uns bald für längere Zeit trennen werden und die Stunde der Verrücktheit geschlagen hat, weil der Gourgandin so interessiert geschienen hat an Isas neuerlichem Vorschlag, weil sie Lust hat, mit ihm zu schlafen, weil sie aus verschiedenen Gründen nicht mehr wagen wird, es ohne mich zu tun (das heißt, »hinter meinem Rücken«, also »heimlich«, Sie verstehen), weil wir gesagt haben, daß wir es tun würden, weil ich mich ein wenig verantwortlich fühle für das Ganze, weil sie darauf wartet, daß ich es wage, weil auch er darauf wartet, weil sich die Gelegenheit bietet und eine solche Gelegenheit sehr selten ist und weil ich – und das ist sehr wichtig – weiß, daß Isa am Nachmittag arbeiten muß. Aus all diesen und noch tausend anderen Gründen glaube ich, daß der Augenblick gekommen ist. Vielleicht.

Der Gourgandin kneift als erster. Sagen wir, daß er sich außerstande sieht, jetzt gleich, ganz spontan, den Traum wahr werden zu lassen. Ich für meinen Teil glaube nicht an seine Ausrede angeblichen Personalmangels. Er hat in der Vergangenheit zur Genüge bewiesen, daß er sich einen Teufel um solche Kleinigkeiten schert, wenn IHM eine Situation wichtig erschien. In diesem Fall handelt es sich nicht um etwas Dringliches, sondern vielmehr um etwas, das reifliche Überlegung verdient. Dann kommt es doch zu Vorbereitungen. Was ich und Isa unter »sich den Schwanz im Waschbecken waschen« verstehen. Die Seele in Fahrt bringen, die Phantasie aufpolieren, tief durchatmen, sich wappnen, sich bereitmachen.

Während des Mittagessens reden wir dann recht wenig von ihm. Das gefällt mir. Daß er nicht den ganzen Raum einnimmt. Ich genieße es, mit Isa von einem Thema zum anderen zu wechseln. Sie spricht mit derselben Begeisterung von »Beruf-Ideal-Berufung« wie von »Elend-Schmerzen-Hämorrhoiden«. Themen, bei denen Du Dich äußerst unwohl fühlst, mein Lieber. Mit der gleichen Leidenschaft spricht sie von ihrem »Professor-in-direkter-Verbindung-zu-Napoleon« wie von dem Tag, an dem sie sich eine Tischkante reingesteckt hat. Sie macht große entsetzte runde Augen und meint, ohne sich um die Leute an den Nebentischen zu scheren, mit dem Tonfall eines Pariser Straßenjungen: »Eine Elefantenvulva!« Sie gefällt mir, bezaubert mich, bringt mich zum Lachen, hübsch und lebendig, wie sie ist. Sie kokettiert nicht herum wie mein Gourgandin (unser Gourgandin), wenn er mich (uns) während einer ganzen Mahlzeit in seinem Bann hält und in mir die Lust weckt. Ihn ebenfalls zu fesseln, mich mindestens so sehr wie er in Szene zu setzen, zu glänzen … Sie gefällt mir, ohne es darauf anzulegen. Vielleicht. Ich weiß nicht, ob ich ihr gefalle. Ich weiß, daß sie mich liebt und nicht begehrt. Oder nur am Rande, nur über ihn. An mir interessiert sie nur die Möglichkeit, an ihn heranzukommen, sie sieht mich nur als Mittel zum Zweck. Sie kann mich schön finden. Aber ich weiß nicht, ob ich ihr gefalle … Ich versuche, beim Mittagessen nicht darüber nachzudenken.Und weil ich mich dabei ertappe, auf keinen Fall über ihr Verlangen nach mir nachdenken, fühle ich, daß ich versagen werde. Zu spät. Sosehr ich mich auch an lächerliche Strohhalme klammere (nur zum Kaffee, nicht wahr, Isa, wir haben ihn nur zum Kaffee eingeladen) und obgleich sie alles tut, mich zu beruhigen: »Ja, ja, nur zum Kaffee!«, weiß ich, daß alles ins Wanken geraten und mir entgleiten wird … Sie lacht ihr schönes schallendes Lachen. Erinnerst Du Dich, Isa, wie Du in diesem Moment gelacht hast? Es ist ein schöner Streich, ein Schulmädchenstreich, den wir da beide aushecken.

Wir beeilen uns mit dem Essen. Du siehst sehr entschieden auf die Uhr, Isa, und sagst ebenso entschlossen: »Los geht's!« Ich denke: ›Gott, wie sehr sie ihn begehrt!‹ Ich habe es nicht so eilig. Ich weiß, daß der Gourgandin immer einige Minuten zu spät kommt, habe lange geglaubt, das wäre seine Masche, meine Erwartung zu steigern. Nein. Seine Schüchternheit ist Schuld. Sein Schamgefühl.

Und sein Schamgefühl ist es auch, das ihn in seinem Wagen festhält. Reglos, in einer Art Ironie erstarrt. So wie wenn er sich theatralisch in der Öffentlichkeit absondert, den distanzierten, über den Dingen stehenden, blasierten einsamen Wolf spielt. Es ärgert und rührt mich gleichermaßen. Gewöhnlich versuche ich ihn in solchen Momenten zu igno-

rieren, gestern konnte ich es nicht ... Ich bin auf ihn zugegangen, habe ihn aufgefordert, uns ins Haus zu folgen. Auf der Schwelle stieg eine Welle der Zärtlichkeit und des glühenden Verlangens in mir auf. Ich sagte zu ihm: »Du siehst gut aus in deinem blauen Hemd.« Ich fühlte mich zu ihm hingezogen, wollte ihn umarmen. Nein, ihn einfach nur berühren. Ich wollte ihn unterhaken, einen Arm um seinen Hals oder seine Taille legen, ihn ganz zärtlich küssen. Er versteifte sich kaum merklich, rückte ganz leicht von mir ab, war auf der Hut. Es ist vorbei. Er ist für mich verloren. Ich werde ihn lange nicht mehr wiederfinden – einige Stunden – außer vielleicht sporadisch ...

Drinnen geht alles ganz schnell. Ich bin Eure Gastgeberin. Ich biete Kaffee an, auf den keiner Lust hat. Lieber etwas Anständiges zu trinken, dann haben wir wenigstens etwas zu tun ... Aber ich möchte mich nicht zu lange in der Küche aufhalten, aus reiner Höflichkeit, weil ich, vielleicht fälschlicherweise, annehme, daß Ihr beide etwas verlegen seid. Ich scherze, sage Dinge, die so oberflächlich und banal sind, daß ich mich heute nicht mehr daran erinnern kann. Ich erinnere mich nur, daß Du, Gourgandin, plötzlich ganz nackt auf dem Sofa lagst, zappelnd und wimmernd, und daß Du, Isa, immer noch gelacht hast. Sehr laut. Zu laut. Ich fühlte mich nicht ganz wohl und hätte alles getan, damit Ihr beide Euch wohler fühlt als ich. Irgendwas, nur nicht Theater gespielt. Das denn doch nicht. Das war das mindeste, was ich Euch schuldete, meine Aufrichtigkeit, Euch, schon oft verletzt oder doch verunsichert, Lügen, Halbwahrheiten, Heimlichtuereien, Enthüllungen und unterschiedlichen Interpretationen. Ich war Euch absolute Ehrlichkeit schuldig, zum Teufel mit dem »Zauber« des Augenblicks. Hauptsache, ich selbst glaubte nicht daran. Ich hätte zügellose Lust spielen, schreien, mir

Handlungen, Stellungen, Situationen, Geometrien ausdenken können. Du hier, ich da, er so, im Dreieck, übereinander, im Kreis, leckend, knetend, streichelnd. Das hätte ich gekonnt. Aber ich wollte nicht in dem Film mitspielen. Es war ein schlechter Film. Nein, entschuldigt. Für mich persönlich war es ein schlechter Film. Eine ganz spezielle Mischung verschiedener Genres. Es fängt an wie eine Komödie und muß dann ganz plötzlich in Leidenschaft umschlagen. Dazu war ich einfach nicht fähig. Ich wollte mir eine echte Erinnerung an diesem Moment bewahren. Wenigstens das sollte es sein: ECHT. Meinetwegen skeptisch, sogar schmerzlich, quälend, aber ECHT. Ich konnte einfach nicht so tun, als glaubte ich daran. »Mitspielen«, wie Du es nanntest, meine Isa (unsere Isa), das konnte ich nicht.

Aber aus Liebe zu Euch habe ich alles in meiner Macht Stehende getan. Der Gourgandin verlangte ein heimeligeres, diskreteres Liebesnest. Ich stellte mein Gästezimmer zur Verfügung. Ich nenne es »das Oma-Zimmer«, wegen der Erinnerungen. Für Euch ist es das Gästezimmer, und das wird es auch bleiben, wenn Ihr wollt. Auch das wegen der Erinnerungen. Der neuen.

Ich ging in das Zimmer und habe die Fensterläden geschlossen. Es war so schön draußen … Adieu Ferien, hallo Streß! Nein, Isa, ich übertreibe, ich gebe es zu. Aber es hat nicht gleich funktioniert mit uns dreien. Ich wäre schon sehr bald am liebsten abgehauen. In welchem Augenblick genau?

Vielleicht als Du, Isa, gesagt hast: »Ich mag es, wenn man dabei etwas sieht«, nachdem ich gerade gesagt hatte, daß ich es lieber dunkel habe.

Vielleicht als es soweit war, sich auszuziehen. Wie? Schon? So bald? Ja. Keine Zeit zu verlieren, dafür sind wir doch gekommen.

Als ich Dich entdeckt habe, Isa. Entkleidet. Und er dabei war. Er, der Dich bereits kannte. Du warst genauso, wie ich es mir vorgestellt hatte. Schön und mit hell schimmernder Haut im Halbdunkel. Geschmeidig, schlank, die Haut so fein und samtig, daß ich hätte schreien mögen. Rund und knackig wie eine appetitliche Frucht. Mit deinen so roten, so feinen und so zerzausten Haaren. Und meine Liebste, meine Liebste, ich begehrte Dich nicht. Nicht so. Nicht in diesem Zimmer. Nicht mit ihm zusammen. Dein feuchtes Geschlecht, Deine Leidenschaft, Deine fiebrige Lust, Deine gemurmelten Worte, Deine Seufzer, sollte das etwa Deine Jungmädchenscham sein? Miststück! Ich hätte Dich für mich allein haben wollen. Dich ganz allein bumsen. Nicht seine Finger unter meinen fühlen, nicht seinen Schwanz (wohin?) führen müssen, nicht um Dich zittern müssen, als er Dich schüttelte, Dir weh tat, bis Du wimmertest, einfach nicht aufhören wollte, der widerliche Kerl. Es war mir scheißegal, daß er Dich in den Arsch fickte, es erregte mich nicht. Warum war ich also da?

Und auch dann, als ich mich ebenfalls ausgezogen habe, mich an meinen Tampon erinnert habe. Als Du, Gourgandin, beim Anblick meiner Strapse sagtest: »Was ist denn das für ein lila Dings?« Da war noch Zeit, da hätte ich noch gehen können. Ich bin nur geblieben, weil ich Dir geantwortet habe: »Benoît Baradel hat ihn mir geschenkt« und weil Du mir nicht geglaubt hast. Und dabei stimmt es. Dazu noch einen BH und einen passenden Slip. Gott sei Dank hatte ich die nicht auch noch an. Sie hätten Dir nicht gefallen, und Du hättest es gesagt. Es gibt Dinge, die Du nicht aussprechen kannst, und es gibt Dinge, die Du nicht für Dich behalten kannst.

Die Erinnerung an Benoît hat mir geholfen zu bleiben. Ich habe ihn mit zu uns ins Bett geholt, inkognito. Er hatte mehr Spaß als Ihr beide. Ich habe mit ihm gelacht. Ihr habt mich gebeten, mir befohlen, still zu sein. Ich habe mich erboten, zu gehen und Euch allein zu lassen. Ihr habt sehr lieb prote-

stiert, das hat mich berührt. Ich war ganz erfüllt von Dankbarkeit. Ich dachte mir, daß ich Euch nicht unbedingt eine Freude machen würde, wenn ich ginge, weil Ihr Euch dann schuldig fühlen würdet und Euch das Ganze verleidet wäre. Ihr seht also, daß ich wirklich guten Willens war. Ich habe mich zögerlich angenähert, habe die Augen vor meinen geheimsten Gelüsten verschlossen. Ich berühre Dich, Isa, berühre Deine Brust, Dein kleines zuckendes Geschlecht … Ein blondes Gespenst steigt aus meiner Erinnerung auf, zerreißt die Gegenwart, und mein Inneres brennt von der Qual über seine verlorene Sanftheit. Ich könnte heulen wie ein Schloßhund. Bloß nicht. Der Gourgandin haßt Tränen. Und da lache ich. Ihr schimpft mich aus. Ich versuche etwas anderes. Den Gourgandin zu lieben ist leichter, meine Hände und meine Lippen kennen ihn in- und auswendig. Halt! Ich möchte Isa diese Vertrautheit, diese Komplizenschaft nicht zeigen. Blödsinnige Skrupel halten mich zurück: »Und wenn sie sich daran stößt? Und wenn sie eifersüchtig wird? Wenn sie das für eine geschmacklose Demonstration hält?« Siehst Du, mein Schatz, was sich gewöhnlich zwischen uns abspielt! Skrupel, die um so idiotischer sind, als mir auffällt, daß er mit ihr dasselbe macht wie mit mir. Im Grunde habe ich das geahnt. Liebesangelegenheiten sind für sich genommen schon eintönig genug, geben wir dann noch typische Verhaltensmerkmale hinzu …

Dennoch fühle ich mich erleichtert: Ich habe den Eindruck, meiner eigenen Eifersucht Sterbehilfe geleistet zu haben. Niemals wieder werde ich ihre schmerzhaften Stiche erleiden, das schwöre ich. Warum darunter leiden, das zu begehren, was man bereits besitzt? Du hattest recht, meine Isa. Ich habe mich darauf konzentriert, Dich zu streicheln, Isa. Ein wenig, weil er sofort da war, hier, überall, wo meine Hände hinwanderten, auf Dir ruhten, er, er, und wieder er, seine Finger, sein Schwanz, sein Mund, seine Eier! … So ist das unmöglich. Eingepfercht lieben, nach Anweisung lieben. Und er sagt: »Tu dies, tu jenes.« Es war ja lieb gemeint, zeigte Verantwortung. Ganz Oberpfadfinder. Allzeit bereit. Ich karikiere nicht, ich mache mich nicht lustig. Es war wirklich lieb, aber es ärgerte mich. Irgendwann kapierte er das und erklärte: »Dann macht doch allein weiter.« Er machte Anstalten, sich zurückzuziehen. Ich habe sofort zugestimmt, während Du, Isa, sofort protestiert hast. Wir haben uns trotzdem genommen, ein wenig, der Form halber. Und er war verletzt: »Da haben wir's! Ich wußte, daß es so enden würde!« Nein, mein Großer, mein Schatz, mein Liebster, nein, komm zurück. Es wird nicht so enden. Komm zurück, ich werde mich noch mehr bemühen, ich werde Dir das Geschenk, auf das Du so scharf gewesen bist, nicht vorenthalten, egal, ob es weniger schön ist als gedacht, Du bekommst es trotzdem. Ich rette den wichtigsten Teil: Du in Deiner großartigen Rolle. Es stimmt, Du warst perfekt. Absolut gerecht. Du hast Isa und mir beinahe exakt gleich viel Zeit gewidmet, beinahe wie mit der Stoppuhr. Beinahe, aber es war meine Schuld, daß ich weniger bekam. Mit beiden gleich zärtlich, gleich ritterlich und gleich erregend. Absolut perfekt. Sehr entspannt in Deinen Liebesdiensten. Nur ein Haken: Du. Nein, zwei: Du auch, Isa. Es ist schwierig, mit den Menschen zu schlafen, die man liebt.

Und da habe ich mich ein wenig treiben lassen. Habe etwas ziellose Orgasmen gehabt. Habe nur Wahres ausgesprochen: »Das gefällt mir!« Deine Finger, Isa, Deine kleinen sanften Finger … Das gefiel mir. Aber … na gut. Mein Körper sträubte sich, der Verräter. Und Du, Gourgandin, Du hast mir weh getan. Beinahe hätte ich geschrieben »wieder einmal«. Isa findet Dich nicht so brutal. Sie stuft mich als aggressiver ein. Und ich hatte mir Sorgen ihretwegen gemacht! Die Sensible, die Zerbrechliche, die Schamhafte … Nein, wirklich, sie ist nicht die, für die man sie hält.

Was bleibt mir von unseren »Torheiten«? Eine gemischte Erinnerung, bittersüß. Ein wilder Strom von Bildern, die in meinem Inneren brodeln, mich erschüttern, mich entsetzen, mich jedoch so erbarmungslos verfolgen, daß ich Euch von ihnen erzählen muß. Seid Ihr neugierig auf meine Eindrücke? Auf das ganze Ausmaß meiner Eindrücke? Nehmen wir an, daß dieser lange Brief Euch ablenken wird, Dich, Gourgandin, der Du einsam in Saint-Étienne sitzt, und Dich, Isa, weit weg in Paris, wo Du im vergangenen Jahr so glücklich gewesen bist. Nehmen wir an, daß allein die Länge des Briefes deutlicher als meine Nörgeleien und Klagen verraten wird, daß ich Euch liebe und an Euch denke.

Also: Isa, Unverständliches vor sich hin murmelnd, sehr hingegeben, unendlich passiv, aber auch aktiv – ein verwirrender Anblick. Ihre fröhliche Zügellosigkeit, ihre Ergriffenheit, ihre samtige Spalte, feuchtglänzend, hemmungslos ... Eine köstliche Erinnerung. Und dann wird sie geschüttelt, heftig. Und klagend. Gleichzeitig unerreichbar, genommen von einem Grobian, der mir befiehlt, ihn zu führen ... Gräßlich. Der mir seine Finger hinhält, damit ich sie ablecke, ablutsche, befeuchte, damit ich sie ihm überall hinstecke ... Das gefällt mir nicht. (Entschuldigt meine Offenheit.) Weder die Geste noch der Gedanke, noch der Geschmack, noch die Form seiner Finger in meinem Mund. Es gefällt mir nicht.

Und dann sage ich: »Isa, und wenn unsere Männer uns so sähen?« Und er fügt hinzu: »Und mich meine Frau!« In diesem Moment wird er richtig süß. Süß, als er halb lachend verkündet, daß er sich wie ein Irrer einen runterholen wird, wenn er an unseren Dreier zurückdenkt ... Er gibt sich hin, ist überall, triumphiert, jubiliert, erschlafft nicht, verblüfft sich selbst ... Ich liebe ihn. Er bumst mich, schleudert mich beiseite, brutal und rücksichtslos gegenüber meinem vorbe-

lasteten Nacken und meiner schmerzenden Schulter. Ich hasse ihn. Es tut ihm leid. Ich hasse ihn. Bevor er geht, küßt er mich mit unerwarteter Zärtlichkeit. Später ruft er an. Um noch einmal dasselbe zu sagen wie zuvor: daß es ihm leid täte. Das klingt schon viel netter …

Isa ist neugierig auf seinen Anruf, gerührt. Ich habe den Lautsprecher eingeschaltet, weil sie noch da ist und das Gespräch auch sie betrifft. Im übrigen fragt er: »Ist sie noch da? Dann hätte ich ja noch eine Stunde länger bleiben können!« Gott bewahre! Ich habe es gehaßt, wirklich gehaßt, daß unsere Begegnung länger gedauert hat als geplant, daß der Gourgandin Isa so mühelos dazu gebracht hat, ihre Arbeit zu vernachlässigen. Daß er hinterher meinte, alle wären »auf Kriegsfuß« und würden verzweifelt nach ihr suchen. Ich haßte Isas Verlegenheit und seine eigene Gleichgültigkeit: »Ich habe nichts gesehen und nichts gehört. Ich weiß von nichts.« Ich haßte diese Bemerkung: »Raymond hat gemeint, ich hätte ganz glänzende Augen.«

Ich rette ein wenig Intimität mit ihr. Ich habe Lust, mich völlig gehenzulassen, das zu tun, was ich bei ihm niemals tun könnte, weinen, weinen, weinen … Aber es verdirbt ihr die Freude, mich so traurig zu sehen. Und gleich kommt Antoine nach Hause. Wir erledigen die schmutzigen Pflichten untreuer Ehefrauen, verstecken das beschmutzte Laken, räumen auf, lüften, beseitigen alle Spuren, die Gläser, das Tablett … Schließlich geht sie. Und mit ihr verschwindet auch die Wärme. Mir ist plötzlich eiskalt, und ich fühle mich leer, wie gelähmt von meiner Niederlage, meinem Versagen, meiner Enttäuschung. Du hast recht, Gourgandin, ich war schlecht. Vielleicht mußte das einer von uns am Anfang sein. Ich liebe Dich. Und darum ist es mir lieber, daß ich es war. Mir fällt es leichter als Dir, damit umzugehen …

Ich hätte mich gern, wenn schon nicht der Wollust, die sich glücklicherweise nicht steuern läßt, so doch zumindest der Zärtlichkeit kleiner Vertraulichkeiten nach der Liebe hingegeben. Aber es hat kein Nachspiel gegeben (und auch kein Vorspiel, und das eine bedingt das andere). Ich hatte Euch ein Geständnis zu machen, ein komisches Geständnis, das heißt, eigentlich gar nicht so komisch. Ein Gourgandine-Geständnis, das Euch vielleicht empört, zum Lachen gebracht oder eifersüchtig gemacht hätte. Ich habe es für mich behalten, so wie ich alles andere für mich behalten habe, meine Schreie und meinen Wahnsinn. Aber jetzt enthülle ich Euch dieses Geheimnis, auf dieser elften Seite, auf der ich Euch viel mehr liebe als gestern (und hoffentlich weniger als morgen): Der liebe Gabriel hat sehr feierlich und eifrig ja gesagt, Rendezvous an einem Freitag nach dem Lehrgang. Wir haben im Bett über Gabriel gesprochen. Du, Isa, hast etwas verächtlich den Mund verzogen. Ich erwarte von ihm ein wenig Erholung von Euch, Heilung, daß er aus mir wieder das macht, was ich immer hätte bleiben sollen: eine Gourgandine.

Ich habe gleich gestern abend auf der Feier im Boulodrome sehr ernsthaft damit angefangen, an meiner Person zu arbeiten. Ich kann Euch sagen, meine Lieben, daß ich mich dort viel sicherer gefühlt habe als bei Euch. Und das hat mir verdammt gutgetan.

Zuerst habe ich Paul Dubois getroffen. Du kennst ihn nicht, Isa. Er ist ein großer, sehr sehr großer Junge, sehr lieb, sehr schüchtern, und seiner Frau, die mich vor acht Jahren auf die Palme gebracht hat, absolut treu. Das war auch vor Deiner Zeit, mein Schatz.

Wir hatten beim Tanzen eine ganz simple Unterhaltung:

Ich: »Ich war sehr traurig, als du gekündigt hast.«

Er: »Ich weiß.« (Ohne jede Affektiertheit, mit seinem glänzenden und sanften Blick, der von hoch oben auf mir ruht.)

Ich: »Du bist bislang die absolute Ausnahme in meiner Sammlung.«

Er: »Weil ich nicht zur Tat geschritten bin?«
Ich: »Ja.«
Er: »Bist du immer noch so flatterhaft?«
Ich: »Ja.«
Er: »Ich könnte das nicht.«
Ich: »Hast du denn schon mal ernsthaft daran gedacht?«
Er: »Nicht wirklich (und nach einer knappen Minute ernsthaften Nachdenkens, in den Augen ein reizvoller Ausdruck – Verwirrung, Bedauern, Ermutigung?) ... Erzähl mal, was du in acht Jahren so getrieben hast.«
Ich: »Ich habe einen Mann sehr geliebt und viele andere viel weniger.«

Er nickte. Er hatte von meinem Baby gehört, von meinen Büchern, vielleicht auch von »ihm«. Ganz nebenbei gab er mir sämtliche Adressen, unter denen ich ihn erreichen kann. Am Ende des Abends hat er mir wie zu Anfang eine Hand auf die Schulter gelegt. Er hat auf Wiedersehen gesagt. Ich hatte keine Schmerzen mehr.

Ich habe mit allen Männern getanzt, auf die ich Lust hatte. Vor allem mit zwei ganz jungen, dem hübschen Nathanael, der mir sehr empfänglich erscheint, und dem DJ, einem wirklich umwerfenden Araber. Er hat für mich eine Rockballade von Gianna Nannini gespielt, die mir irre gut gefällt. Sie singt mit einer Wahnsinnsstimme: »Questa notte, ti voglio fare impazzire.« Das letzte Wort verstand er nicht. »Impazzire?« »Verrückt machen«, übersetzte ich ihm ins Ohr. Er ließ sein Ohr an meinen Lippen. Ich begehrte ihn sehr, war froh, daß das wiederkam. Ich fühlte seinen Ständer an meinem Bauch, ganz, ganz nah an meinem eigenen Vulkan. »Wenn das Stück fast fertig ist, mußt du mir Bescheid sagen, damit ich die nächste Scheibe auflegen kann ...« Seltsam, aber unsere Umarmung hatte etwas Dringliches, Verzweifeltes. Unsere Zeit war gezählt, und wir vergingen vor Lust und vor Trauer, schon so bald wieder auseinandergehen zu müssen. Es gab einen falschen Alarm, als das Stück langsamer wurde. Wir lösten unsere Arme, rückten die Bäuche voneinander ab, begannen, uns Adieu zu sagen … Und dann plötzlich setzte die wunderbare warme Stimme wieder ein, lauter als zuvor, noch eindringlicher. Er hatte sich schon fast von mir gelöst, und ich habe ihn angefleht: »Nimm mich wieder in die Arme, bitte!« Er reagierte sofort, drückte mich ganz fest an sich, umschlang mich mit seinen Armen. Es war eine wunderbare Reise in die Erfüllung; ich klammerte mich mit beiden Händen an seinen Nacken, er führte, und ich ließ mich führen. »Du sagst mir doch, wann das Stück zu Ende geht, ja?« bat er noch einmal. Die letzten Worte des Liedes kamen, die fast letzten Noten, und ich rief ganz leise, als hätte ich einen Orgasmus: »Das ist es, das ist das Ende!« Er löste sich augenblicklich von mir, als wollte er anderswo kommen. Es war phantastisch, völlig improvisiert, perfekt. Ich hatte vollständig angezogen mit ihm Sex gehabt, und das vor dreihundert Leuten. Und ich bin sicher, daß er dieses Stück niemals wieder hören wird, ohne an mich zu denken. Und auch ich werde künftig immer daran zurückdenken, wie er sich an mich schmiegte, so bewundernswert intuitiv …

Entschuldigt, entschuldigt, meine Lieben, daß ich Euch davon erzähle, von ihm erzähle, von der Gourgandine … Ich möchte Euch damit erklären, daß vielleicht gerade das uns gefehlt hat, oder zumindest mir es gefehlt hat, eine solche Episode mit Euch zu teilen, einen Tanz im Dunkeln, eine schöne Stimme, eine Mahlzeit, eine Terrasse in der Sonne, einen Aperitif, einen Kaffee. Einfach so. Ja, ich bedaure das mit dem Kaffee unendlich. Wir hätten damit anfangen sollen. Das war mein Fehler. Nicht der Eure.

Jetzt frage ich mich: Kann meine Geschichte mit Euch beiden fortbestehen? Wird unsere Dreiergeschichte sich noch weiterentwickeln? Ich bin zu allen Schandtaten bereit, bereit für alle Gabriels, Araber, junge Kerle, DJs, die großen treuen

Pauls und die anderen, um wieder zu mir selbst und somit zu Euch zurückzufinden.

Denn in diesem Punkt habe ich mich selbst ein wenig aus den Augen verloren. Trotz allem.

Aber meine Zärtlichkeit bleibt Euch erhalten. Werdet Ihr mir antworten? Du, Isa, wirst mir schon geschrieben haben, und unsere Briefe werden sich überschneiden. Aber Du, Gourgandin? Nur ein ganz kleines Lebenszeichen? Wie der Anruf nach unserem improvisierten Rendezvous … Denn wenn Isa schon nicht mehr da gewesen wäre, hättest Du mir vielleicht nicht ganz dasselbe gesagt. Vielleicht … Ich für meinen Teil habe jedenfalls hier auf dem Papier das Spiel wirklich mitgespielt. Hier auf dem Papier habe ich Euch am besten geliebt.

Jetzt werde ich anfangen zu träumen. Und zu warten … Und gründlich nachzudenken, zu zögern, zu zweifeln, ob der Augenblick gekommen ist, den Schlußpunkt unter mein Tagebuch zu setzen.

Es schmerzt mich nicht mehr, Euch beide als Paar zu sehen. Und wenn ich durch das Leid etwas Kostbareres, Prächtigeres getötet hätte? …

PS: Montag werde ich zwei Kopien von diesem Brief ziehen. Das Original behalte ich. Aus dem gleichen Taktgefühl heraus, aus dem Du, Gourgandin, weder in der einen noch in der anderen gekommen bist …

Kapitel 46

Freitag, 18. April

Ich bin also am Montag in die Firma gefahren, meinen Brief in der Aktentasche und in meinem Kopf ein wüstes Durcheinander, alle Phantasien meines Wochenendes, alle durchgekauten, verworrenen Erinnerungen, ganz abgenutzt vom stundenlangen Herumwälzen in meinem Kopf ... Ich wappnete mich für eine Woche ohne Isa, ohne den Gourgandin, das heißt für eine Woche völliger Einsamkeit.

Aber dann, noch bevor ich die Glastür zur Eingangshalle erreichte, sah ich, nein, erhaschte ich einen flüchtigen Blick, erahnte einen roten Blitz in den düsteren Tiefen des Gebäudes, und ich wußte sofort, noch in derselben Sekunde, daß er es war. Er öffnete die Tür und kam die Treppe herunter auf mich zu. Sein roter Pullover füllte das ganze Panorama aus, strahlend wie ein Sonnenuntergang in der Savanne, tauchte den Augenblick in ein übernatürliches Licht. Auf meinen überraschten Ausruf entgegnete er, daß er nur noch bis halb elf da wäre. »Das trifft sich gut!« rief ich aus (ich mußte völlig abgebrüht wirken, ganz Herrin der Lage, während ich mich tatsächlich überwältigt fühlte und weiche Knie hatte wie Bernadette Soubirous während einer himmlischen Vision). »Ich muß ein paar Kopien machen!«

Er folgte mir ins Büro. Ich erklärte: »Es handelt sich um einen Brief an euch beide. Ihr bekommt beide den gleichen. Ich wollte ihn dir nach Saint-Étienne schicken, jetzt kannst du ihn gleich mitnehmen!« Ein gieriger, entzückter Ausdruck trat auf sein Gesicht:

»Dreizehn Seiten!« Seine Aufregung, seine Neugier und auch seine Aufmerksamkeit machten mir Freude. »Was macht der Kopf?« fragte er. Ich mißverstand ihn und antwortete: »Tut immer noch weh.« »Nein, nein, ich meine innen drin!«

Diese Frage verblüffte mich aus dem Mund dieses erklärten Feindes der »Couch«, dieses Verächters der »Hirnmasturbation«, dieses Mannes, den alle Seelenangelegenheiten schamhaft zurückschrecken ließen. Verblüffte und rührte mich. Ich sagte: »Das steht alles da drin« und zeigte auf meinen Brief. Er zog mich an sich, und mein Gott, ich war überhaupt nicht mehr überrascht – hier war mein Platz, war es schon so lange gewesen und würde es, das fühlte ich, noch so lange bleiben ... Er brachte mir die Kopien (für Isa) und das Original in mein Büro. Ich habe ihn nicht wiedergesehen. Noch am selben Abend schickte ich die dreizehn Seiten an Isa ab. Von da an wartete ich auf das geringste Zeichen vom einen oder anderen. Dienstag nichts. Mittwoch nichts.

Gestern morgen, Donnerstag, tat mein Herz wieder einen Sprung, als ich um halb neun auf den Firmenparkplatz fuhr. Ich glaubte wirklich, den Wagen des Gourgandin nicht zu kennen! ... Und doch, als er gleich neben meinem stand, erkannte ich ihn doch. Er war es, kein Zweifel, die Farbe, das Modell, das Kennzeichen (ich kannte sogar das Kennzeichen!), was war denn das nun wieder für eine verrückte Geschichte?

Diesmal schaffe ich es bis auf den Flur. Am Ende eines querverlaufenden Flures zu meiner Linken erhasche ich aus den Augenwinkeln den roten Blitz des überschäumenden Glücks. Auf einen Blick registriere ich alle Einzelheiten: Es ist ein anderer Pullover als letztens, und drunter trägt er ein gelbes Polohemd; seine

Augen blitzen grün-golden, er lächelt, freut sich über seine Wirkung auf mich, seine Haare werden langsam zu lang, seine Jeans umschließen seine schmalen Hüften, die nicht mehr so schmal sind wie früher – da hat Isa ganz recht, er ist ein wenig dicker geworden –, er öffnet den Mund, wird gleich etwas sagen, Dinge von kapitaler Wichtigkeit aussprechen ... »Ich bin den Vormittag hier«, sagt er tatsächlich. »Nur heute vormittag.« Er ist mir bis in den menschenleeren zweiten Stock gefolgt. »Und heute nachmittag?« Ich stelle die Frage der Form halber, um einige Sekunden zu gewinnen, um mich nicht auf ihn zu stürzen und ihn zu küssen, bis mir die Puste ausgeht. »Habe ich frei.« Ein Wunder! Wie wunderbar, unvorhergesehen und dabei so unausweichlich! Auch ich habe am Nachmittag nichts vor. Ohne ihm Zeit zu einer Antwort zu lassen (braucht er auch nicht; ich kann ihn denken hören), schlage ich vor: »Sollen wir uns heute nachmittag treffen? Sollen wir etwas Zeit zusammen verbringen? Zusammen essen? Wo sollen wir essen gehen?« Mit der gleichen Schlichtheit nickt er auf alle meine Vorschläge und meint: »Bei dir ... Ich gehe einkaufen, und du kommst nach ...« Ich reiche ihm den Hausschlüssel und widerstehe der beinahe übermächtigen Versuchung, gleich hier auf dem Boden mit ihm zu schlafen, da gerade einige Kollegen auf uns zukommen. Kaum hat er auf dem Absatz kehrtgemacht, fange ich an zu singen und lege einen kleinen Tanzschritt ein. Die Kollegen mustern mich ironisch: »Sieht aus, als ginge es der Schulter wieder besser.«

Um halb eins durchlebe ich einen sonderbaren Moment. Zum erstenmal seit langer Zeit wartet, als ich nach Hause komme, ein Mann auf mich, der nicht mein Ehemann ist. Er hat die Platte von Wally aufgelegt, und die schöne Stimme von Wilhelmine Fernandez erfüllt den Raum. Die Einkaufstüte steht auf dem Tisch, und da wird sie bis halb fünf auch unangetastet stehenbleiben. Und doch fangen wir ganz brav an, wenngleich schon eng umschlungen, und wiegen uns ein wenig im Rhythmus unserer Liebkosungen und der Musik. Sie trägt uns auf großen Schwingen, und wir teilen uns einen einzigen Drink. Ich nippe an seinem Glas, nur ganz wenig, tauche die Lippen hinein, nur um der Vertrautheit der Geste willen. Wir sind in der Küche; sein Wodka, in dem zwei Eiswürfel klirrend aneinanderschlagen, ist nicht kalt genug. Oder aber es ist zu warm, während er mich nimmt, mich drückt, mich umdreht, mich wieder nimmt, mich umschlingt, in mein Haar murmelt, an mich gepreßt, seufzt, mich umarmt, von seiner Liebe spricht, seiner Verwirrung, seiner Leidenschaft, seine Verlegenheit gesteht, seine Ängste verrät, ganz demütig, sehr vorsichtig, sehr komplizenhaft, mich einwickelt, mich erschüttert, mich mit ungewohnten Fragen bombardiert, mit atemberaubenden Zugeständnissen. Er will wissen, wirklich wissen, was ich über unser Rendezvous vom Freitag denke, über Isa. Er will die Wahrheit, will meine Gefühle kennenlernen, fragt: »Wer ist dieses blonde Gespenst?« Und als ich den Kopf hebe, die Augen in Tränen schwimmend, als ich gegen die Tränen ankämpfe, weil er mich dazu erzogen hat, meine Trauer krampfhaft unterdrücke, meine Bitterkeit niederkämpfe, als ich sage: »Laß uns nicht mehr davon reden, ja«, tut er das Unglaubliche, hakt nach, mit einer ganz ungewohnten Sanftheit: »Doch, reden wir darüber.« Seine Bereitschaft zuzuhören, sein guter Wille, seine extreme Aufmerksamkeit verblüffen mich. Er ist meinetwegen gekommen, um mich zu sehen, um zu reden, um mir zu sagen, daß er mich liebt, daß das am Freitag nur eine Erfahrung war, weiter nichts, um mir sanft Vorwürfe zu machen und sich auch selbst anzuklagen. »Du hast nicht auf meine Blicke reagiert, und da wußte ich, daß etwas nicht stimmte, daß du vielleicht nicht wolltest oder nicht konntest …« Er ist gekommen, erfüllt von vagen Gewissensbissen und diffusen Ängsten, von Neugier getrieben, gekommen, um Frieden zu schließen, Freundschaft, Liebe und Zärtlichkeit zu zeigen, um mir, so gut er es kann, zu sagen, daß ich für ihn das bin, was er für mich ist: unvergeßlich, eine Obsession, so präsent, daß es lästig ist, daß es schmerzt. Er ist gekommen, seine Eifersucht kundzutun, seine Privilegien einzufordern, soweit seine Würde es zuläßt. »Ich finde das zum Kotzen, diese Geschichten mit Gabriel, den Arabern und all den anderen …« Er versucht, meine Abschweifungen ins Lächerliche zu ziehen, lacht, leidet, quält sich. »Verlang von mir, auf Gabriel zu verzichten«, fordere ich ihn auf. Er weigert sich. Er verlangt gar nichts von mir. Nicht einmal diese Scheinehe, diese kindische Heirat mit mir, dieses Treueversprechen, das mir zu entlocken so leicht wäre, will er. Er hat Angst, und er leidet, und er weiß nicht, wie er es sagen, wie er es verschweigen soll. Sehr bald sind wir nackt, aneinandergeschmiegt, eng umschlungen, wandern von einem Zimmer ins nächste, von der Treppe zu einem Sessel. Mein Körper ist zickig, reagiert nicht auf sein Rufen, und auch sein Verlangen ist nicht so heftig, so stark, so übermächtig wie manch anderes Mal. Wir lieben uns zu sehr. Er schmiegt den Kopf an mich, und ich streichle ihn. Sein Gesicht hat diesen kindlichen Ausdruck, verjüngt durch das Halbdunkel im Wohnzimmer. Seine Haare weichen aus der Stirn zurück, seine Falten verschwinden, und eine trügerische Blässe verwandelt ihn in einen kleinen Jungen, einen Engel. Er wird zu meinem Kind, und ich liebe ihn über alle Maßen, würde mein Leben für ihn geben, meine Haut für ihn opfern, mir den Bauch aufschneiden für sein Leben. Und als er wieder aufsteht, als er mich nimmt und wieder ein Mann ist, größer und breiter als ich, ist er immer noch mein Sohn, der schöne Italiener, dem ich nicht widerstehen kann, den ich tausendmal am Tag begehre, den ich nie so in den Armen halten werde, leidenschaftlich, gequält von Irrsinn und Liebe.

Er ist aufmerksam und wunderbar, sehr unterwürfig, sehr demütig. Er kontrolliert sich, erkundigt sich, ob er mir auch nicht weh tut. Seine Stimme ist honigsüß, seine Hände streicheln gekonnt, er beherrscht seinen schweren Körper, sein Schwanz lebt nur, mir zu gefallen, bremst sein eigenes Verlangen, vibriert unter meinen Liebkosungen und vergißt einzufordern, was ihm zusteht ...

Und dann verzaubert er mich wie eine männliche Nutte, verführt mich mit Worten, Gesten, schamlosen und sanften Strips. Er holt sich einen runter, befriedigt sich mit stolzer, sicherer Hand. Und dann befriedigt dieselbe Hand mich. Im Badezimmer. Er fragt, woran ich denke, und die Lust überwältigt mich. Ich will seinen Schwanz in mir, dort, wo ich ihm den Weg bereitet habe, dort, wo alles anfängt zu brodeln vor Gier; er weigert sich, wird böse, beherrscht sich, sagt: »Schlampe, du bekommst ihn nicht!« Aber das tut er nur, mir zu gefallen, weil er meine Phantasien kennt, zumindest ein wenig. Ich habe ihn auf die Schwelle meiner Träume gelassen, und er weiß, daß der Schmerz der Frustration mich schon immer fasziniert hat. Er sagt »Schlampe«, und es fällt ihm leichter, das zu sagen als »Mein Schatz, mein lieber Schatz, meine Kleine, meine Liebste, ich liebe dich wahnsinnig.« Mit der einen Hand holt er sich immer noch einen runter, während seine andere Hand sich um die meine schließt. Das ist unsere Hochzeit, die, der er vorhin kein Opfer bringen wollte, unsere Kirche ist ein Badezimmer, und das Weihwasser kommt aus dem Bidet, aus diesem wunderbaren Hahn, dessen Strahl meine Muschi reizt, bis ich überall, überall in der Möse Ameisen fühle, der mich weit öffnet. Und seine Hand ist immer noch da, um die meine, seine große Hand, an die ich mich kurz vor dem Höhepunkt klammere, als ginge es um mein Leben ...

Hinterher sitzt er auf dem Badewannenrand, und ich sitze auf ihm. Er verwandelt sich wieder. Er flüstert, keucht, fleht. Wieder verlangt er: »Fick mich!«, stöhnt, wie gut es wäre, sagt wunderbar obszöne Worte. Seine wimmernde Stimme, seine Zweideutigkeiten, sein »Weiter« und »Fester«, seine gespreizten Beine zeigen ihn mir völlig anders, fremd, liebenswert und verwirrend, zwitterhaft, beinahe Frau, so daß ich mir wünsche, ich hätte einen Riesenschwanz, um ihn zu bumsen, bis er brüllt vor Lust. Ich bin Herrin über seinen Körper, bestimme den Rhythmus, meinen Tanz. Von meiner Raserei hängt sein Glück ab, und dabei bin ich es, die kommt, die abhebt. Nachdem ich lange genug auf seinem Schwanz auf und ab gerutscht bin, masturbiert habe wie eine Wahnsinnige und mich gewunden habe wie ein Aal, hebe ich ab, und er begleitet meinen Höhenflug mit seinen Schreien, seinen Seufzern, seinem Gesang ...

Noch später liegt er auf einem Teppich, und ich sitze rittlings auf ihm. Ich schließe die Augen vor meinen unglaublichen Schreckensvisionen. Zum hundertsten Mal fragt er: »Woran denkst du? Willst du es mir denn nie sagen?« Er läßt nicht locker, fleht, befiehlt. Ich fange an, eine Geschichte zu erzählen, die er mir nicht abkauft. Er hat recht. Ich habe an meinem Szenario einiges geändert. Ich bin einfach unfähig, ihm, den ich so sehr liebe, meine wildesten Phantasien zu enthüllen, und auch wenn er jedesmal wieder von neuem bittet und mich mit derselben glühenden Neugier bedrängt, weiß er doch, daß er keine wahren Geständnisse von mir erwarten oder erhoffen kann. Es ist dieses Geheimnis, das ihn berauscht ...

Und dann richtet er sich wieder auf, zieht mich an sich, dringt erneut in mich ein. Er sitzt auf dem Rand eines Sessels, und ich beuge mich vor, um mich ihm darzubieten. In diesem Moment bin ich ein sehr williges, sehr überzeugtes Weibchen. Ich fühle ihn so gut, so stark. Das Rein und Raus, das Gleiten seines Schwanzes macht mich wahnsinnig, ich fühle die Bewegung bis in den Arsch. Ich sage es ihm, schreie es ihm entgegen. Er vergeht vor Lust, seinen Finger in mir zu vergraben, sich durch mich hindurch selbst zu berühren, ganz tief, dort wo es so kräftig pumpt. Er verspricht, ganz vorsichtig zu sein. Seine Stimme klingt so unglaublich sanft, und seine Worte sind so schlicht: »Wenn ich dir weh tue, brauchst du es nur zu sagen, und ich schwöre, daß ich mich sofort wieder zurückziehe.« Ah! Ich habe gut daran getan, ihm zu glauben, zu vertrauen. Er ist ohne jede Gewalt in mich eingedrungen, und ich hatte sofort einen Orgasmus, so irre war es, von allen Seiten gleichzeitig genommen, ausgefüllt, erforscht, erobert zu werden. Ich schluchzte vor Wonne. Ich hätte noch mehr gegeben, viel mehr, aber das Glücksgefühl raubte mir die Sinne, lähmte mich ...

Gegen Ende des Nachmittages hielt mich eine glückselige Müdigkeit an seiner Seite. Ich konnte einfach nicht mehr von ihm lassen; meine Lippen, meine

Wange und meine Hand streichelten sich unablässig an seiner Haut. Sein Körper war mir so vertraut, so nah, wie ein von den Wellen meiner Leidenschaft glatt polierter Kieselstein. Ich streichelte ihn von der Taille bis zur Schulter, von der Brust bis zum Hals, vom Po bis zu den Haaren. Lange im tiefsten Inneren verborgene Worte strömten mühelos hervor, und auch seine Erwiderungen sprudelten wie eine klare Quelle. »Ich wäre gern mütterlich zu dir. – Dann sei es. – Ich bin verrückt nach dir. – Und ich nach dir.«

Er war pathetisch und aufrichtig, und endlich glaubte ich an meine Macht, fand den mir gebührenden Platz, fand mein Gleichgewicht mit ihm, den so lange ersehnten Frieden. Ich habe mich hinterher nicht neu geschminkt und auch das Licht nicht gescheut. Ich habe seine Blicke, die sanfter waren als sonst, auf meinen von der ungezügelten Lust gealterten und von der Liebe ermüdeten Zügen ruhen lassen. Ich saß wie ein kleines Mädchen auf seinen Knien, auf die er mich gezogen hatte, und knabberte an ihm, einen Arm um seinen Hals gelegt …

Er sprach von Isa. Er sagte: »Nein, ich habe sie seitdem nicht wiedergesehen. Ich werde sie wenigstens anrufen müssen.« Er schwor mir erneut, daß das Wesentliche an unserem Abenteuer für ihn der ungebührliche und dramatische Aspekt gewesen wäre. Er fragte: »Bist du in sie verliebt?« und antwortete selbst, als ich ihm dieselbe Frage stellte, ohne den schönen Blick abzuwenden: »Nein, wirklich nicht.« Er würde gehen und mich ganz verzaubert und sanft zurücklassen, ganz erfüllt von ihm, nachsichtig, glücklich über diesen Nachmittag, an dem es mir vorgekommen war, als hätte unsere Liebesgeschichte neuen Aufschwung erfahren, als wäre eine Bresche in die Mauer aus

Gewohnheit und Tabus geschlagen worden. In der Tasche hatte ich einen Brief von Isa, der an diesem Morgen eingetroffen war und in dem sie begeistert von unserer schönen gemeinsamen Erfahrung schrieb. In dem sie in der zweiten Person Plural von Liebe sprach. Der Gourgandin hatte nicht darum gebeten, den Brief lesen zu dürfen. Vielleicht wollte er ja wirklich mein ureigenster Gourgandin bleiben ... Vielleicht hatte ihn der Dreier wirklich nur vom spielerischen Standpunkt aus gereizt. Bevor er ging, hat er trotz allem gefragt: »Werden wir es wieder tun?« Seine Augen leuchteten. Er meinte: »Du müßtest dich ein paarmal allein mit ihr treffen ... Dann würde es besser werden im Falle einer Wiederholung ...« Und dann fügte er hinzu: »Wir werden es doch wieder tun, oder?«

Vorhin hat Isa mich aus Paris angerufen. Sie hat gestern meinen Brief erhalten. Sie sagte, seitdem wäre sie traurig ... Der Gourgandin hatte sie am Vorabend angerufen, so wie er es mir gegenüber angekündigt hatte. Allerdings noch am Mittwoch abend, also einen Abend vor seinem Besuch bei mir. Was er tunlichst verschwiegen hatte.

Geblendet von den Geschenken, mit denen er mich überhäuft hatte, von seiner Aufmerksamkeit, seiner Inbrunst, seiner Eifersucht, seiner geheimen Schamhaftigkeit, dem Eingeständnis seiner Schüchternheit und dem Wunder seines Liebesgeflüsters, brachte ich nicht die Kraft auf zu leiden.

Vielleicht wird er mir ja eines Tages völlige Offenheit entgegenbringen. Aber was würde ich dadurch gewinnen, abgesehen von dem traurigen Sieg, ihn künftig der letzten Skrupel beraubt zu wissen?

Kapitel 47

Samstag, 18. April

Mir ist aufgefallen, daß ich mich gestern im Datum geirrt habe: Es war der 17. Und nicht der 18. Das ist an sich unwichtig; das einzig Bemerkenswerte daran ist, daß Isa in dem Brief, den sie mir vorhin, unmittelbar nach ihrer Rückkehr aus Paris, überreicht hat, der gleiche Fehler unterlaufen ist. Auch sie hat geschrieben »Freitag, 18. April ...«

Dieser Brief, den sie nicht abgeschickt, sondern mir vorbeigebracht hat, bevor sie ganz traurig, nachdenklich und müde zu einem langen Osterwochenende mit ihrer Familie aufgebrochen ist, dieser ergriffene und ernste Brief hat mich kaum berührt. Eher verärgert, sogar aufgebracht.

Natürlich versichert Isa mir, daß sie mich liebt. Daß sie begeistert war von meinem Brief. Daß sie ihn mehrmals gelesen und die Lektüre genossen hat. Daß meine Worte sie erschüttert haben und sie das Leid bedauert, das sie mir unwillentlich bereitet hat. Daß ihre eigene Erinnerung an jenen Nachmittag wunderbar gewesen wäre bis zum Erhalt meiner ... sagen wir Klageschrift. Und schon ist es passiert: Wir verfallen wieder in einen Teufelskreis, in dem uns abwechselnd klebrige Schuld wie Leim überzieht. Sie ist traurig, daß ich mich verletzt gefühlt habe, während ich bedaure, sie traurig gemacht und ihre schöne Erinnerung zerstört zu haben ... Und dann beklagt sie sich erneut, wiederholt, daß sie nichts ist, ein so kleines Licht, daß sie in unserer Beziehung nicht ins Gewicht fällt, daß sie nicht wie wir »spielen könne« (sie denkt dabei an die Episode mit den Strapsen, die ich gestanden habe, geschenkt bekommen zu haben). Sie beharrt darauf, daß ihr Auftreten in unserer Geschichte »zumindest dazu gedient hat, unserer Beziehung neue Leidenschaft einzuhauchen« ... Danke, Isa. Für alles. Für die neue Leidenschaft, die Du tatsächlich unserer Beziehung eingehaucht hast. Es stimmt. Doch! Doch! Vor allem, wenn Du zwei von drei Seiten darauf verwendest, mir darzulegen, daß dieser Mistkerl von Gourgandin Dich zweimal angerufen hat, was ich schon seit Deinem gestrigen Anruf wußte, und dabei Details anführst, die ich nicht hätte wissen brauchen. »Er hat zehn Minuten mit mir gesprochen und mir Streicheleinheiten und Küsse in meiner ›Klosterzelle‹ versprochen (...) Ich war überglücklich, seine Stimme zu hören, und seine Worte waren wie Liebkosungen ... Ich glaube, das ist es, was ich am meisten an ihm liebe, seine Worte, seine Blicke, sein Atem. Siehst Du, meine Schöne, ich war nie eine ernsthafte Rivalin für Dich, ich habe Dir nur sehr wenig genommen ... Der ganze Rest gehört Dir. Und das schon lange ... das weißt Du. Das Telefonat ist dann plötzlich ins Heimlichtuerische umgekippt, ins Verbotene, weil Chrichri unverhofft dazukam. Er versprach, sich am folgenden Tag wieder zu melden, und das hat er auch getan ... Wie verliebt ich war ...«

Was meint Isa eigentlich genau mit »der ganze Rest«??? Man nehme von dem Gourgandin eben das, was ihr so gut gefällt und was er ihr gerade zweimal geschenkt hat, ganz still und heimlich, seine Worte, seinen Atem, die fesselnde Heimlichkeit seiner Geständnisse, und damit nimmt man ihm auch das Kostbarste, das Seltenste, das, was ich selbst nur so wenige Male bekommen habe, während sie es ganz selbstverständlich erhielt, unverdient, wie ich meine. Für sie ist er das

Risiko eingegangen, von sich zu Hause aus anzurufen, ihr zu versprechen, sich am nächsten Tag wieder bei ihr zu melden. Er hat dieses Versprechen gehalten, und wenn man einmal vom Charme dieser Art von Aufmerksamkeit absieht, von den Verführungskünsten dieser so kostbaren Art der Huldigung, was bleibt vom Gourgandin dann noch? Sein Schwanz? ... Seine brutale, ungeschickte Art, einen zu nehmen? Ah! Ich bin versucht, die »Börsenkurse« zu korrigieren. Sein Gerät interessiert mich doch nur zu 10%. Und ich spreche bewußt nur von interessieren. Der Gourgandin, der mich fasziniert, ist doch derselbe wie der Isas! Und sie tut so, als wüßte sie das nicht. Ich bin verzweifelt, erfüllt von glühender Eifersucht. Böser Rückfall! Und hinzu kommt, wie Isa mir mit ruhiger Feder anvertraut, daß Gabriel sie in ihrem Zimmer angemacht hat und sie beinahe auf seine Avancen eingegangen wäre ... Und dann jammert sie wieder: »Ich verstehe nichts von der Kunst des Verführens ...« Ich bin wirklich geladen.

Der Gourgandin wird dafür bezahlen, das fühle ich. Ich stehe kurz davor, ihm noch nie dagewesenen Ärger zu machen ...

Sein Pech ...

Kapitel 48

Dienstag, 21. April

Dienstag (der erste meiner Ferien) – 15 Uhr
Du liebst »große Premieren«. Ich auch. Ob Dir diese gefallen wird: Es ist das erste Mal, daß ich Dir an Deine Privatadresse

schreibe! Warum? Weil ich Dich liebe. Du siehst da keinen Zusammenhang? Ich werde es Dir erklären.

Zuallererst muß ich Dir das sagen und wiederholen, damit Du auch absolut, absolut überzeugt bist, und das ganz, ganz schnell, noch vor Ende der Ferien. Du mußt die außergewöhnliche, wirklich absolut außergewöhnliche Dimension dieser Liebe begreifen, noch außergewöhnlicher als ein Besuch, als ein verrückter und zärtlicher Nachmittag, als ein Anruf, als zwei Anrufe. Darum schreibe ich Dir an Deine Privatadresse. Etwas, das ich mir bislang noch nie erlaubt habe. Damit Du begreifst, daß auch ich mich weiterentwickle, daß meine Liebe sich nicht mehr auf die miesen, kleinlichen Vorsichtsmaßnahmen eines banalen Seitensprungs beschränken kann. Nie zu versuchen, Dich daheim zu erreichen, war jahrelang ein Beweis meiner Liebe. Heute beweise ich Dir meine Liebe eben dadurch, daß ich diese Regel breche und Dir nach Hause schreibe.

Im übrigen ist das Risiko gar nicht so groß. Deine Frau ist vielleicht auf der Arbeit oder aus sonst einem Grund nicht zu Hause, wenn die Post kommt. Oder sie ist da und stellt keine Fragen. Oder sie stellt welche, und Du redest Dich heraus – in diesem Punkt setze ich vollstes Vertrauen in Dich.

Das einzige wahre Risiko besteht darin, daß Du diesen Brief gar nicht oder zu überhastet liest, zu oberflächlich, weil Du dabei beobachtet wirst. Und daß Du ihn hinterher sofort zerreißt oder verbrennst. Schade. Ich hätte ihn gerne zurück …

Ich weiß, daß Du Isa zweimal in Paris angerufen hast. Zweimal. Von zu Hause aus. Na, was sagst Du jetzt? Ich bin eifersüchtig. Mein trauriger Rest von Eifersucht ballt sich zu einem kläglichen Häufchen zusammen bei diesem kleinlichen Vergleich: Du hast ihr von daheim liebe und zärtliche Worte zugeflüstert, ständig in Gefahr, überrascht zu werden. Etwas, das Du für mich nie getan hast. Das regt mich auf.

Nicht so sehr, daß ich deswegen eine Szene machen, in Tränen ausbrechen oder irgend etwas Spektakuläres anstellen würde. Nur so weit, daß ich Dir diesen Herzensschrei »Es regt mich auf« schicke, zu Dir nach Hause, zu Deiner Frau.

Es ist an der Zeit, geliebter, liebenswerter Gourgandin, daß Du ein wenig zitterst, daß Du nun ebenfalls die Konsequenzen der Leidenschaft zu spüren bekommst. Ich, empfindlich und schnell verletzt, habe blaue Flecken, Hämorrhoiden, Hautabschürfungen (ich habe vergessen, Dir zu erzählen, daß ich mir beim letzten, nein, beim vorletzten Mal, bei unserer Geschichte mit Isa, eine seltsame Verletzung an der Ferse zugezogen habe, eine Abschürfung, die sich entzündet hat und heute noch weh tut). Du wirst meinen Brief bekommen. Um so besser, wenn er Dir kein Leid zufügt – es ist nicht meine Absicht, Dich zu verletzen. Aber, mein Gott, nur ein ganz kleiner Schauer, wenn Du rückblickend denkst: ›Was, wenn der Brief Christine in die Hände gefallen wäre?‹

Ich habe unseren gemeinsamen Nachmittag in schöner Erinnerung behalten – werde ihn weiter in schöner Erinnerung behalten, trotz Deiner Anrufe bei Isa (vor allem jenem vom Vortag, vom Mittwoch, den Du mir verschwiegen hast).

Und – unvermeidbar – ich liebe Dich.

Kapitel 49

Mittwoch, 29. April

Isa und ich hatten verabredet, daß ich sie heute nachmittag besuchen sollte. Als ich kam, saß sie in ihrem kleinen Innenhof in der Sonne, in einem Gartenstuhl an einem Holztisch. Sie trug einen langen schwarzen, luftigen Baumwollrock, eine ebenfalls schwarze Bluse und darüber einen lachsfarbenen Blazer. Sie war hübsch geschminkt, und ihre Migräne vom Vorabend überschattete noch ihre Augen auf sinnliche und reizvolle Art … In der Hand hielt sie ein zusammengeknülltes Taschentuch, ganz leidgeprüfte und zerbrechliche Genesende. Sie schrieb …

Ich mußte unwillkürlich denken, daß dies alles, der Gartenstuhl und der Tisch, das Papier, das zerknüllte Taschentuch, der Lippenstift von gleicher Farbe wie ihr Blazer, ja sogar die Sonne und der Windschutz in ihrem kleinen Innenhof, in den kein kalter Wind hineinblies, daß dies alles für mich inszeniert war, für mich allein. Ich war empfänglich für ihr demütiges und sanftes Willkommen, ihr hübsches Aussehen, ihre Anmut und Eleganz. Eine Bekannte von ihr schaute kurz nach meinem Eintreffen vorbei und störte unser Tête-à-tête. Wir warteten beide darauf, daß sie wieder ging, brav, höflich, ohne sie zu drängen. Isa kochte Tee, und ich redete über Gott und die Welt. Als wir endlich wieder allein waren, streichelte ich ihre Hand, ihr Handgelenk, ihren Arm. Wir sprachen leise über uns, über ihn, über die letzten Tage und die letzten Briefe. Von dem Brief, den ich ihm nach Hause geschickt hatte. Isa hat meine Gehässigkeit nicht verstanden (oder so getan, als verstünde sie sie nicht). Sie hat wieder einmal eine beeindruckende Zahl von Sätzen dem Thema »Ich nehme dir so wenig weg, ich zähle so wenig neben dir …« gewidmet.

Diesmal habe ich sie ohne erkennbare Logik darin bestärkt. Ich brachte sie zum Weinen, indem ich ihr die Worte des Gourgandin wiedergab: »Nein, ich bin nicht in Isa verliebt.« Natürlich fügte ich hinzu, daß diese Erklärung mich schockiert und nicht überzeugt hätte, aber das konnte sie nicht trösten.

Hinterher hat sie mir dann mit großer Vorsicht erzählt, daß sie eine Episode meines letzten Buches, die, in der der Liebhaber seine Maîtresse mit einer Goldkette streichelt, mit dem Gourgandin nachgespielt hätte. Sie sagte: »Ich habe Angst, daß es dich eifersüchtig macht, wenn ich mit ihm etwas nachspiele, was ihr beide schon miteinander gemacht habt.« »Aber nein«, protestierte ich, »ich habe es weder mit ihm noch mit sonst jemandem getan. Noch nie.« Das schien sie zu trösten. Wir gingen etwas wehmütig auseinander, sie begleitete mich zu meinem Wagen. Es war kalt geworden, und sie fröstelte. Ich schämte mich wieder einmal dafür, daß ich die Worte des Gourgandin nicht hatte für mich behalten können, obwohl ich gewußt hatte, daß es sie verletzen würde. Ich schämte mich, weil diese Bemerkung von mir nicht nur meinem Bedürfnis, ihr gegenüber ganz offen und ehrlich zu sein, entsprungen war.

Und doch fühlte ich, daß ich sie liebte. Aber verletzt man die Menschen, die man liebt, nicht eher als andere?

Kapitel 50

Montag, 4. Mai

Rückkehr in die Firma nach zwei Wochen Urlaub. Es kommt mir vor, als wäre ich hundert Jahre nicht mehr da gewesen. Als ich die Eingangshalle betrat, setzte der Gourgandin eine grimmige Miene auf und brummte: »Ich sortiere meine Post.« Kurz darauf trafen wir uns in seinem Büro. Die Finger an meinem Hals, gestand er mir, daß er mich am liebsten erwürgt hätte an dem Tag, da er beim Nachhausekommen einen geöffneten Brief in den Händen seiner Tochter gesehen und entsetzt meine Schrift erkannt hatte ... Er bedroht und streichelt mich gleichzeitig, noch aufgebracht und doch bereits seinen Groll vergessend ... Ich lache über meine Dreistigkeit, seine Mimik. Sein Körper, sein Gesicht, seine Nähe werden mir wieder vertraut. Ich lege mein neues Buch auf den Tisch, von dem ich gerade die ersten Exemplare aus Paris mitgebracht habe. Mit Kugelschreiber habe ich eine Widmung hineingeschrieben: »Für Dich, mein Schatz, um Dich eifersüchtig zu machen.«

Vorhin, als ich auf seinem Stockwerk zu tun hatte, warf ich einen Blick in sein Büro. Er war nicht da. Als ich wieder raufging, konnte ich nicht anders, als aus dem Fenster in Isas Büro zu spähen.

Kapitel 51

Montag, 11. Mai

Ich habe keine Zeit mehr, zu schreiben oder auch nur nachzudenken. Und noch weniger Zeit zu leiden. Das Erscheinen meines Buches (es ist das dritte; noch eins, das Du nicht lesen wirst, Christine) beherrscht meinen Alltag, raubt mir die Zeit, führt mich nach Paris zu journalistischen Interviews in Studios und Radiosendern. Im Augenblick noch kein Fernsehen. Wenigstens das bleibt mir erspart ... Der Gourgandin ist immer noch schön, immer noch zärtlich. Ich habe ihn für Dienstag, den 5., eingeladen. Ein wunderbarer Nachmittag bei mir zu Hause, und doch habe ich am Abend nichts darüber geschrieben. Die Müdigkeit lähmt meine Feder. Isa ermüdet mich ebenfalls, noch viel mehr als das Abenteuer der Veröffentlichung meines Buches, noch mehr als die Leidenschaft des Gourgandin, mehr als alles andere.

Wir haben gemeinsam eine kleine Verrücktheit angestellt: Ganz heimlich ist sie am vergangenen Wochenende mit mir nach Brüssel gefahren. Aus einer vagen Vorsicht heraus, um Eifersüchteleien und Argwohn vorzubeugen, haben wir beide unseren Ehemännern nichts davon erzählt. Ich außerdem darum, weil die Reise auf diese Art nach einer amourösen Eskapade aussah. Als ich bei ihr eintraf, um sie abzuholen, war Isa strahlend schön und sehr elegant. Sie sagte: »Ich fühle mich wie eine junge Braut …« Die Bemerkung hat mich bewegt in ihrer Spontaneität und gleichzeitig durcheinandergebracht mit der Inbrunst und Erwartungshaltung, die sie verriet …

Und doch bin ich gestern in den Schoß der Familie zurückgekehrt, bedrückt von einer Enttäuschung, und die Erinnerung an jene zwei Tage lastet voller Bedauern auf meiner Seele, sucht mich in Schüben heim, die zwar berauschen, jedoch ohne jeden Überschwang. Isa war sanft und zärtlich, sehr stolz, sehr dankbar, für einige Stunden mein Leben als »öffentliche Person« teilen zu dürfen. Die Bewunderung, mit der sie in normalen Zeiten schon nicht geizt, steigerte sich noch während einer Radiosendung, bei der ich angeblich unschlagbar war in Sachen unkonventioneller Ausschweifung. Als wir zu Fuß vom Studio zurück zum Hotel gingen, schmiegte sie ihren schlanken geschmeidigen Körper an mich und tat mit knappen Ausrufen und langen

Seufzern ihren Stolz kund. Wir waren zuvor schon untergehakt umhergewandert; sie hatte sich die ganze Zeit über so verhalten, verliebt, bescheiden, bewundernd und aufmerksam … Am Ende des Nachmittages hatten wir, vom eisigen Regen auf unser Zimmer verbannt, die Zeit damit verbracht, uns unsere Herzen auszuschütten. Während wir uns noch leise unterhielten, waren die Dämmerung und gleich darauf die Nacht angebrochen. Ich hatte Isas Rock aufgeknöpft und die Hände unter ihren Pullover geschoben, um sie besser streicheln zu können, und Isa bog unter meinen Fingern den Hals zurück und redete weiter, willig und warm … Die Nacht gehörte uns; ich hatte auf einem Zimmer mit einem einzigen großen Bett bestanden, und Isa hatte keinen Einwand erhoben.

Ich konnte es kaum erwarten, sie im Dunklen zwischen den weichen Laken an mich zu ziehen, mich an ihr satt zu streicheln, ihr wohlige Seufzer zu entlocken, sie wieder einmal zu überwältigen, diesmal aus dem Bedürfnis heraus, sie aus der Ruhe zu bringen, ihr die glühenden und leidenschaftlichen Dinge zuzuflüstern, zu denen sie mich seit so langer Zeit inspiriert. Darüber hinaus konnte ich es kaum erwarten, mich ebenfalls hinzugeben, mit ihr gemeinsam abzuheben, Jahre des Vergessens ungeschehen zu machen, die Zeit zurückzudrehen, weit zurück, bis dahin, als ich verrückt war nach einer Frau, die meine Gefühle erwiderte … Oder auch nur um drei Wochen, bis zu jenem Nachmittag, da ihr nackter und verführerischer Leib mich in einen verzweifelten Tantalus verwandelt hatte, als ich wegen des Gourgandin keine Gelegenheit gehabt hatte, meinen Durst zu stillen, das zu tun und zu sagen, was mir auf der Seele brannte.

Aber jetzt ist sie mir ausgeliefert, nur noch durch die

lächerliche Barriere eines langärmeligen T-Shirts vor meiner Umarmung geschützt, durch das ich sie unermüdlich streichle, modelliere, ein wenig zerknautsche, drücke ... Dann wandern meine Hände unter den weiten Stoff, tiefer, über ihren glatten Bauch und ihre unglaublich weichen Schenkel ... Sie läßt mich gewähren, versteift sich manchmal, schnell erschrocken und ebenso schnell überredet. Ihr fügsamer Körper bebt und resigniert fast sofort. Ja, es ist Resignation, und als sie endlich die Schenkel spreizt und mir den Kuß gestattet, von dem ich schon so lange träume, sogar unter meinen Lippen stöhnt, bin ich überzeugt davon, daß meine Liebkosungen ihr mehr Furcht als Lust bereiten und daß sie, als sie meinen Fingern entgegendrängt, mit denen ich in sie eingedrungen bin, danach trachtet, es schnellstens hinter sich zu bringen, weil sie nur diese Möglichkeit sieht, sich zu verweigern: indem sie sich schnellstmöglichst hingibt und mich glauben macht, sie hätte sich ergeben, nur um sich schneller wieder fassen zu können ...

Hinterher bekundet sie nicht die ergriffene und glückliche Dankbarkeit einer befriedigten Frau, schmiegt sich nicht stammelnd und überwältigt an mich, um selbst aktiv zu werden. Sie sagt nur mit ihrer leisen schüchternen Stimme: »Oh! Ich bin gekommen« und nimmt mir den Wind aus den Segeln, so daß ich ein wenig verwirrt, argwöhnisch und entwaffnet bin von ihrer raschen Kapitulation. Sie erklärt ihre Zögerlichkeit und Reserviertheit mehrfach dadurch, daß es sie bedrücke, mich traurig zu sehen. Sie fürchtet, schmerzliche Erinnerungen wachzurufen, alte Wunden aufzureißen. Leider hat sie in mir nichts von dem bewirkt, was ich mir so sehr erhofft hatte. Und dabei hatten ihre Hände auf meinem Körper, sanft, zaghaft, eine wunderbare Macht, und ich mußte an mich halten, mich nicht gehenzulassen, ihre Finger zu führen, sie mit konkreten Worten anzuleiten, heftig die Befriedigung meiner Gier einzufordern … Sie hatte mir in erschrecktem Tonfall empfohlen, meine Lust zu zügeln, hatte mich um Geduld und Verständnis gebeten, und ich brachte es nicht übers Herz, ihre Hemmungen und ihre Schüchternheit zu brutal und zu rasch zu erschüttern. Ich fühlte, wie ihre Hände, ihre Worte und ihr Atem weicher wurden. Die Müdigkeit übermannte sie, und sie flüchtete sich hinein, um sich meiner sinnlichen Avancen nicht länger erwehren zu müssen, nicht länger vorgeben zu müssen, sie zu ignorieren. Ich sagte zu ihr: »Willst du mit mir nicht einmal das tun, was du getan hast, als der Gourgandin dabei war?« Sie stammelte, daß sie an diesem Tag im siebten Himmel gewesen wäre, in einem Zustand absoluter Glückseligkeit. Ich dachte wieder einmal, daß ihre nebulöse Magie, das Wunder, der Grund für ihren Wagemut, ihre Beweggründe, mich zu lieben und es mir zu beweisen, eng mit dem Gourgandin verknüpft waren … Daß ich sie an jenem »berühmten Freitag«, wie sie ihn nennt, nicht hatte nehmen können, weil er dabei war, während andererseits ihre ungewöhnliche Zügellosigkeit nur darauf zurückzuführen gewesen war, daß er zwischen unseren zwei weiblichen Körpern gewesen war. Der Gourgandin, unsere gemeinsame Wunde, unsere gemeinschaftliche Sorge, unser Kreuzungspunkt und Stein des Anstoßes, unsere kostbare Differenz, unsere größte Gemeinsamkeit …

Am nächsten Tag erzählte sie mir von ihm. Von ihm und ihr. Von ihm und mir. Von ihm und uns. Sie hat mir zum hunderttausendsten Mal erklärt, daß meine Eifersucht absurd wäre, da sie selbst nicht eifersüchtig sei.

Niemals. Daß sie es nicht sein könne, daß sie sich dazu nicht berechtigt fühle. Oder doch, vielleicht ein wenig. Ein- oder zweimal. Oder drei. Oder zehn. Daß es weniger Eifersucht wäre als Schmerz. Mehr Enttäuschung. Mehr Haß. Mehr Bitterkeit. Und so hat sie, ohne es zu merken, alle Komponenten ihrer Eifersucht analysiert, aufgeführt, seziert, ihren ganzen Schmerz, all ihre Wunden.

Und als ich sie beim Abschied um ein Treffen gebeten habe, ein amouröses Treffen, hat sie mit einer Brutalität, die wohl witzig gemeint war, entgegnet: »Geh zum Gourgandin ...«

Kapitel 52

Donnerstag, 4. Juni

Fast ein Monat, ohne zu schreiben. Das Rad der Zeit dreht sich, zieht mich mit sich. Meine Erinnerung gleitet über Ereignisse, ohne wirklich irgendwo hängenzubleiben, läßt mir nur hier und da einige Bilder, einige vage, verworrene Sequenzen ... Es hat einen Dienstag gegeben (es war der 12., glaube ich), an dem der Gourgandin am Morgen in mein Büro gekommen ist, mich auf seinen Schoß gesetzt und mich aufgefordert hat, ihm von Isas und meinem Aufenthalt in Brüssel zu berichten. Sie hatte ihm nichts erzählt. Ich habe nur wenig preisgegeben, nur das Wichtigste, nur daß ich enttäuscht und verwirrt von dieser Reise zurückgekehrt wäre. Nur daß ich manche Hoffnungen hätte aufgeben müssen ... Der Gourgandin streichelte mich ohne Hast. Ich schlug ihm ein Treffen am übernächsten Tag vor, da ich den Nachmittag frei hatte. Er fragte lächelnd: »Mit dir oder mit euch?« Ich verzog ein wenig unbestimmt den Mund. Wir verabredeten uns für den kommenden Tag, um noch einmal darüber zu sprechen.

Am nächsten Tag, Mittwoch, saßen wir mittags auf der Terrasse unseres Cafés. Er gestand mir, daß er Isa nach der Möglichkeit einer neuerlichen Begegnung zu dritt gefragt habe. Sie wäre einverstanden gewesen. Dann hatte er ihr von meinem Zaudern erzählt, woraufhin sie um acht Tage Aufschub gebeten hatte. Er verließ das Café, als Isa eintraf. Sie sah sehr schlecht aus, einen traurigen Ausdruck auf dem armen kleinen zerknitterten Gesicht, und ihr Kinn zitterte, als sie mich anflehte, noch zu bleiben. Aber das ging nicht. Antoine steckte in einer schwierigen Phase und regte sich über die geringste Verspätung meinerseits auf. Wie ein weidwundes Tier legte sie eine Pfote auf mein Handgelenk und sagte: »Ich muß mit dir reden …« Ich riß mich mit Gewissensbissen von ihr los, wütend, daß ich ihr letztendlich meistens nur unangenehme Gefühle verdankte wie Zweifel, Scham, Schuld, Eifersucht.

Sie gab mir ihren Brief am nächsten Tag, einem erstickend heißen Donnerstag, an dem der Gourgandin seiner Wege ging und ich der meinen. Mittags aßen Isa und ich bei mir zu Hause. Sie fuhr mit Verspätung zurück in die Firma. Ich konnte es kaum erwarten, wieder allein zu sein, um ihren Brief noch einmal zu lesen. Um nachzudenken. Um zu vergessen …

Isas Worte tanzten vor meinen Augen, hastig dahingekritzelt, Worte, die unter gräßlichen Kopfschmerzen und Seelenqualen geschrieben worden waren: »Gegen 16 Uhr 15 war der Gourgandin bei mir und hat mir von seinem Vorschlag und Deinen Bedenken erzählt. Wir haben uns sehr lange im Bistro unterhalten, so etwa bis 18 Uhr. Ich weiß nicht, ob ich Dir davon erzählen soll; ich habe immer das Gefühl, Dir weh zu tun, wenn ich von uns erzähle. Ich habe Angst, indiskret zu sein, ungeschickt, verletzend ... Da ein einfacher harmloser Anruf schon oberflächliche Gewitter auslöst (sie hatte offenbar vergessen, daß der »Harmlose Anruf« sie hatte dahinschmelzen lassen) ... Es war seine Idee, und die Umstände waren günstig, aber Deine Kälte und Dein Zögern hatten etwas Demütigendes ...«

Dies unterstrich Isa mit großem Nachdruck, hob den verletzenden Aspekt meines mangelnden Enthusiasmus hervor, berichtete von ihrer Enttäuschung und ihrer Migräne ... Ich habe den Nachmittag damit verbracht, meine Verärgerung in meinem Schwimmbecken zu ertränken ...

In der darauffolgenden Woche hat der Gourgandin mich wieder in meinem Büro aufgesucht. Einmal, um mich zu streicheln, anzuheizen, in Fahrt zu bringen, aber als ich dann soweit war, war die Pause fast vorbei, und es war keine Zeit mehr. Ein weiteres Mal, um mich zu nehmen. Er stürmte geradezu herein, hat die Tür abgeschlossen und einen Stuhl aufgestellt. Ich habe die Brille abgenommen, den Rock hochgezogen und den Slip ausgezogen. Sein Schwanz war schon hart. Ich habe mich rittlings auf ihn gesetzt, und meine Absätze schlugen in wildem Rhythmus auf dem Boden auf. Er hat sofort kapituliert ...

Er ist auch zu mir nach Hause gekommen. An einem Donnerstag und dann wieder am darauffolgenden Dienstag. In seinen Armen habe ich jedes Zeitgefühl verloren. Ich hatte einen wichtigen Termin, und er schien stolz und hocherfreut, daß ich durch seine

Schuld zu spät kommen würde. Wie ein fürsorglicher Ehemann hat er mir anschließend die Riemen meines Kleides im Rücken geschnürt. Ich war zu sehr in Eile, um ihm zu sagen, daß ich ihn mehr denn je liebte.

Diese geheimen Treffen mit ihm bedeuteten mir mehr denn je. Es kam mir vor, als hätte ich sie vor irgend etwas gerettet, einer drohenden Gefahr, einer Invasion. Und seit der Episode mit Isa schien es mir, als wäre unsere Beziehung enger geworden, unsere Leidenschaft gleichzeitig vereinfacht und gestärkt. Ich stellte mir gern vor, daß Isa etwas von unseren geheimen Rendezvous ahnte. Ich genoß es, sie ihr zu verschweigen, ich wollte meine Geheimnisse und Monopole zurückerobern. Aber gleichzeitig fühlte ich immer noch diese verfluchte Scham, dieses Gefühl, etwas Verwerfliches zu tun, das vor ihrer Zeit so lange legitim gewesen war.

Sie hat sich mir gegenüber abwechselnd verletzt, niedergeschlagen, verärgert, zärtlich, besorgt gezeigt ... Eine Zeitlang glaubte ich, sie nicht mehr zu begehren. Ihre fröhlichen Anwandlungen haben jedoch meine Blicke wieder magisch auf ihren Mund, ihren Hals und ihre sommersprossigen Wangen gezogen. Ihre Wärme, ihre Geschmeidigkeit, ihre Weichheit, wenn sie sich an mich schmiegt, und ihre Aufmerksamkeiten haben meine Hände wieder über ihre Strümpfe wandern lassen. Eines Abends habe ich zusammen mit noch einigen anderen Gästen bei ihr zu Abend gegessen. Sie stand neben mir und war damit beschäftigt, das Essen zu servieren. Ich ließ meine Finger über ihre seidigen Strümpfe gleiten, berauschte mich an ihrer wahnsinnigen, samtigen Weichheit, wagte mich bis hinauf zu der überwältigenden Hitze zwischen ihren Schenkeln. Ihr Mann hat mich dabei ertappt. Ich hätte beinahe laut aufgelacht.

Ein andermal ließ sie sich wieder über ihre Bitterkeit aus und grübelte über meine vorausgegangene Kälte nach, meine Abkehr, meine Reserviertheit, die den langen Brief, den ich ihr am Tag nach unserem Dreiecksabenteuer geschickt hatte – derselbe, den auch der Gourgandin bekommen hatte – so schlecht vorbereitet hatten. Ich sagte zu ihr: »Du könntest mich ja ein wenig umwerben.« Sie setzte ihre zärtlich-traurige Miene auf, neigte mir ihren hübschen Hals zu und fragte mit zärtlichem Blick: »Glaubst du nicht, daß ich das bereits tue?« Unsere Hände begegnen sich oft, sprechen miteinander, erforschen sich, unsere Finger verschränken und streicheln sich, unsere Körper schmiegen sich flüchtig aneinander. Sie pflegt mich, beschützt mich, verhätschelt mich, spannt ihren Schirm auf, um mich im Regen zu meinem Wagen zu bringen, bemüht sich, mir jeden Wunsch zu erfüllen, paßt sich meinen Entscheidungen an, wir essen hier oder dort, wie es mir gefällt, gehen auf den Markt oder gehen nicht, essen gemeinsam zu Mittag oder auch nicht. Ich liebe sie für ihre Verfügbarkeit, ihre perfekte Diskretion – aber es ist eine schmerzliche Diskretion. Eines Tages war mein Bruder zu Besuch, und ich wollte mit ihm allein sein. Sie hat das verstanden. Trotzdem bin ich sicher, daß sie auch ein wenig darunter gelitten hat. Und mir, die ich ihre Verletztheit erahnt habe, hat es auch weh getan …

Manchmal unterbricht sie sich, um mir ein glücklich-enthusiastisches Geständnis entgegenzuschleudern: »Ich fühle mich wohl mit dir.« Manchmal untermalt sie ein Schweigen dadurch, daß sie eine Hand auf die meine legt. Sie sagt: »Ich liebe dich.« Manchmal küßt sie mich auf den Hals, unter das Ohr, auf die Nase, reibt die Wange an meiner Schulter. Ihre Gesten üben auf mich stets eine hypnotisierende Macht aus. Sie macht mich nachgiebig, weich, bereit. Ich befinde mich von der ersten Berührung an in Erwartungshaltung. Und dann denke ich zurück an unsere gemeinsame Nacht in Brüssel.

Heute ist der Gourgandin in der Mittagspause zu uns gestoßen. Hat seine grünen Augen wandern lassen. Hat seufzend gemeint, er hätte einen Moralischen. Ich fragte, was ich für ihn tun könne. Isa ebenfalls. Ich blieb hartnäckig: »Was können wir tun?« Seine teuflischen Augen glühten. »Ihr?« Ich verbesserte ihn: »Jede für sich!« Aber es war ein Spiel. Ich wußte, daß ich sehr wohl ihren anhaltenden Avancen nachgeben könnte, die so zärtlich und im Grunde auch so schmeichelhaft waren …

Kapitel 53

Freitag, 5. Juni

Gestern hat die Ankunft von Martial meine Schreiberei unterbrochen. Martial ist ein alter Freund, der immer unangemeldet erscheint und die ganze Familie mit seinen theatralischen, beinahe magischen Auftritten verzaubert. Wir reden noch lange nach einem Besuch von ihm darüber, warten ständig, daß er sich wieder blicken läßt. Und er verspricht auch, bald wiederzukommen, hält sein Versprechen aber nicht, weder am nächsten Wochenende noch am übernächsten, den ganzen Monat, das ganze Vierteljahr nicht. Man rechnet nicht mehr damit, vergißt es. Und dann geht die Tür auf, und er kommt herein, täppisch, verlegen, lächelnd …

Isabelle hat ihn auf einer Feier bei mir kennengelernt. Sie findet ihn charmant, entwaffnend in seiner Naivität und Nettigkeit, verwirrend. Martial hat bei uns übernachtet, und heute haben Isa und ich mit ihm zusammen zu Mittag gegessen, bevor er wieder zu seinem ungewissen Ziel des ewig Unzufriedenen aufgebrochen ist. Wir waren alle drei ganz entspannt und ausgelassen. Ich neckte Martial, und er rollte mit seinen großen blauen Augen, die, dem ungläubigen Ausdruck zum Trotz, strahlten. Isa spielte mit, und er hat sie an sich gedrückt, ihre Bluse aufgeknöpft, ihre Brust gestreichelt … Aber Isa mußte zurück in die Firma, sie war schon zu spät dran. Es hätte nicht viel gefehlt, und wir hätten beide den Gourgandin betrogen. Das heißt, nicht viel gefehlt … Es hätte gereicht, wenn Isa nur einen Augenblick länger geblieben wäre. »Ich konnte nicht«, erklärte sie später.

Aber dem Gourgandin zuliebe hatte sie an jenem »berühmten Freitag« gekonnt, oder? Als wir wieder allein waren, Martial und ich, waren wir beide enttäuscht, wenn auch aus verschiedenen Gründen.

Wir haben einander getröstet.

Kapitel 54

Dienstag, 9. Juni

11 Uhr. Der Gourgandin ist wieder in mein Büro gekommen. Das war gelinde gesagt eine Überraschung, da er seit Tagen von professionellem Eifer gepackt ist (ein bei ihm recht seltenes Phänomen), der

ihn von mir, von meinen Händen und Blicken fernhält ...

Ich habe vergessen, von Isas und meinem Telefonat am Freitag zu erzählen. Während wir mit Martial schäkerten, hatte ich gesagt: »Das müßte der Gourgandin erfahren! Das würde ihn rasend machen.« Und Isa hatte gemeint: »Wetten«, woraufhin wir ihn angerufen hatten. Sie hatte dem Gourgandin verkündet: »Wir sind mit Martial zusammen!«, und ich hatte hinzugefügt: »Wenn du wüßtest, was wir alles mit ihm machen!«

Hinterher habe ich mich schlecht gefühlt und hatte Gewissensbisse. Schlecht habe ich mich gefühlt, weil ich festgestellt hatte, daß Isa inzwischen ebenso verdorben war wie wir selbst. Gewissensbisse hatte ich, weil ich den Anruf im nachhinein idiotisch fand. Unnötig gemein.

Aber der heutige Besuch des Gourgandin in meinem Büro und seine besitzergreifenden Hände unter meiner Strickjacke haben mir wieder einmal bestätigt, was ich bereits wußte, was ich schon immer gewußt habe: Eifersucht stimmt ihn zärtlich. Sofern man bei ihm überhaupt von Eifersucht sprechen kann. Ich fragte ihn: »Warst du böse auf uns wegen des Anrufs am Freitag?« Er schien überrascht und sagte ganz lieb: »Nein, wieso?« (Ja, wahrhaftig, wieso auch?) Fügte dann hinzu: »Aber ich war gerade beim Chef und konnte nicht reden. Man konnte euch kichern hören ...« Auf seinem Gesicht lag ein Ausdruck vagen Bedauerns ...

Was bedauert er genau, mein Gourgandin? Daß er nicht zu uns stoßen konnte? Daß er unsere Ausgelassenheit bemerkt hat? (Er sagt immer: »Ich ziehe es vor, nichts davon zu wissen.«) Oder daß er nicht gelitten hat?

Während er mich an sich drückt, frage ich nach: »Hat

Isa dir gesagt, daß wir bald alle drei wieder zusammenkommen werden? Daß sie mich schließlich doch noch überredet hat?« Er spielt den Unschuldigen, setzt ein entzücktes Lächeln auf. Seine Augen sprühen Funken: »Nein, nein, davon wußte ich nichts … Wirklich sehr interessant … Wann? Donnerstag? Donnerstag morgen habe ich frei!« Ich weiche dem Problem aus, schiebe es hinaus. »In zwei Wochen. Sie organisiert alles. Vorher nicht.« Er küßt mich wieder, leidenschaftlich. Ich für meinen Teil versuche, mir unser Trio vorzustellen und dabei nicht zu zittern.

Sie hat mir versprochen, die Fensterläden zu schließen und sehr kooperativ zu sein. Ich denke wieder an jene Nacht in Brüssel. Zur Zeit ist sie sehr schön, wechselt jeden Tag die Farben als Kontrast zu ihrem schwarzen Blazer. Heute trägt sie Rost und Schwarz. Wir treffen uns heute mittag, gehen zusammen auf den Wochenmarkt.

Kapitel 55

Dienstag, 9. Juni

14 Uhr. Im Anschluß an den Markt hatte ich es nicht sonderlich eilig, nach Hause zu fahren. Wir haben im Café eine Kleinigkeit gegessen. Die anderen sind dazugekommen, der Gourgandin auch. Dann sind die anderen wieder gegangen, der Gourgandin ist geblieben. Wir haben noch einen Kaffee getrunken, Isa, er und ich, und uns unterhalten. Er saß uns gegenüber und sagte: »Ich betrachte euch.« Langsam bekommt er den Bogen

raus, mit zwei Frauen gleichzeitig zu flirten. Wir, Isa und ich, hatten uns auf unseren Stühlen kaum merklich voneinander abgewandt. Vorher waren wir aneinandergeschmiegt gewesen, beinahe von Angesicht zu Angesicht, so daß unsere Schläfen und Arme sich gestreift hatten. Vor ihm, seinen Blicken ausgesetzt, berührten wir uns nur noch an der Schulter und kehrten uns beinahe den Rücken zu. Ob es dem Gourgandin auffiel, dessen Schenkel längere Zeit an meinen gedrückt gewesen war und der sich beim Aufbruch der Kollegen umgesetzt hatte, um uns beide zusammen und besser sehen zu können?

Kapitel 56

Mittwoch, 10. Juni

Isa trägt einen roten Rock und ein rotes Halstuch. Heute abend holt sie Benoît und mich ab – wir sind zu einer Feier bei Aline eingeladen, die inzwischen nicht mehr bei uns in der Firma arbeitet.

Isa hat mir die Zeit, zu der sie mich abholen würde, genannt, als würde sie ein amouröses Rendezvous mit mir vereinbaren, mit einer zärtlichen Mimik, die an einen angedeuteten Kuß erinnerte, und mit leuchtenden Augen. Ihr Parfum wehte mir in frischen Schwaden entgegen.

Der Gourgandin ist auch eingeladen, wird aber nicht kommen. Um so besser. Es hätte mir weh getan, wenn er Aline zuliebe einen seiner heiligen Familienabende geopfert hätte. Auch hat er letztens auf Isas Geburtstag

Aline auf eine Art geneckt, die mir nicht gefallen hat, hat sie auf seinen Schoß gezogen und sie betatscht ...

Es gibt Tage, an denen ich ihn richtig hasse. Tage, an denen seine Ausschweifungen, seine Treuebrüche mich so tief verletzen, daß ich sehr deutlich die Last der schrecklichen Wahrheit spüre: Ich werde nie aufhören, ihn zu lieben, und nie aufhören, darunter zu leiden.

Kapitel 57

Donnerstag, 11. Juni

Die kleine Feier bei Aline gestern abend war etwas mißglückt. Wir waren viel weniger zahlreich als vorgesehen, und sie wirkte sehr unsicher und irgendwie träge. Eine seltsame Art von Schüchternheit lähmte sie und ließ sie nonchalant, ja beinahe gleichgültig wirken. Sie wußte nicht, ob wir uns zum Essen an den Tisch setzen sollten oder welchen Wein sie uns anbieten sollte; genaugenommen hatte sie gar keinen eingeplant, ebensowenig wie Brot. Das hat mir leid getan. Ihre Feier erinnerte an die Einladung eines rasch überforderten kleinen Mädchens, das sich viel Mühe gegeben und doch nur ein eher kümmerliches Ergebnis erzielt hat. Isa hatte Kopfschmerzen, und einer der Gäste, der Ehemann einer Kollegin, war richtig fies, hat abwertende Bemerkungen über Alines Bewirtung gemacht. Ich fühlte mich unwohl. Die einzigen Lichtblicke dieses Abends waren die Hin- und Rückfahrt. Auf der Hinfahrt hat Jérôme Isas Wagen chauffiert wie ein Taxifahrer – er saß allein vorn, während Isa, Benoît und ich aus

Spaß im Fond Platz genommen haben. Benoît hat sich natürlich zwischen uns gesetzt. Er hat uns auf recht gewagte Art gestreichelt, und das ausgesprochen symmetrisch. Ich habe wieder einmal die mangelnde Empfänglichkeit Isas für solche Dinge festgestellt oder zumindest das völlige Ausbleiben jeglicher sichtbarer Reaktionen. Und ich war wieder einmal verblüfft. Auf der Rückfahrt hat Isa sich, von Migräne geplagt, vorne neben Jérôme gesetzt, während Benoît, allein mit mir im Fond, seine Liebkosungen unter meinem Rock fortsetzte, und das noch kühner als zuvor. Er hat mir einen phantastischen Orgasmus beschert. Ich habe ihm die Gefälligkeit entsprechend vergolten. Wir sind mit zärtlich-komplizenhaftem Lächeln auseinandergegangen.

Kapitel 58

Montag, 15. Juni

Isa hat mir erst heute mitgeteilt, daß sie alles für morgen geplant und organisiert hat. Aber ich kann mich nicht einfach so in letzter Minute freimachen. Dienstags esse ich immer mit Antoine zu Mittag, und diese Routine behalte ich bei, es sei denn, er kann aus irgendwelchen Gründen nicht. Außerdem bin ich erschöpft von meinem Wochenende, und überhaupt habe ich meine Tage. Mist. Ich kann nicht.

Kapitel 59

Dienstag, 16. Juni

Auf dem Markt hat Isa meine Gewissensbisse verschlimmert, als sie mir von dem Menü erzählte, das sie sich ausgedacht, von der Zeit, die sie auf die Vorbereitungen verwendet hat, und von der Freude, die es ihr gemacht habe, unser gemeinsames Essen und das, was darauf folgen würde, zu planen, zu organisieren, herbeizusehnen. Ich war schrecklich niedergeschlagen. Sie protestierte: »Aber nicht doch! Schon allein das Kochen war ein Fest. Davon zu träumen, mir auszumalen, wie es sein würde. Außerdem wollte ich euch draußen unter den Bäumen auf dem Hof bewirten, und heute regnet es. Siehst du, es sollte einfach nicht sein.«

Dem Gourgandin fiel es schwerer, die Enttäuschung zu verkraften. Er ist heute morgen ganz aufgedreht in mein Büro gekommen und hat gemeint: »Dann sehen wir uns also heute mittag?« Ich habe darauf erwidert, daß ich schon am Vortag abgesagt hätte, aber er wirkte so überrascht, so enttäuscht, daß ich ihm vorgeschlagen habe, ohne mich hinzugehen. Er wollte nicht, hat aber alles darangesetzt, mich umzustimmen. Ich wußte jedoch, daß Isa die gesamte Mahlzeit bereits eingefroren hatte. Offensichtlich war ihm das völlig egal. Auch wenn es gar nichts zu essen gegeben hätte, ich glaube, für ihn war das Wichtigste, die traumhaften Augenblicke zu retten, die er sich erhoffte. Und dabei hatte er selbst ein paar Tage zuvor zugegeben: »Du hattest recht mit dem, was du in deinem Brief geschrieben hast, es hat kein Davor und kein Danach gegeben. Das nächstemal nehmen wir uns Zeit für ein Vorher, ein Während und ein Nachher ...« Auch wenn er ins Auge faßte, uns eine erlesene Mahlzeit in einem Restaurant zu spendieren, auch wenn er sehr noble, sehr großzügige Pläne schmiedete – es war trotz allem nicht der Gentleman in ihm, sondern derselbe Pornotarzan, der ganz aus dem Häuschen geriet bei der Aussicht auf einen weiteren flotten Dreier.

Kapitel 60

Mittwoch, 17. Juni

Nachdem er seine Enttäuschung verdaut hatte, wollte der Gourgandin doch wissen, was ich am Wochenende denn so Anstrengendes getan hätte. Auf der Terrasse des Cafés erzählte ich ihm, was ich Isa bereits berichtet hatte, von den ungewöhnlichen Leuten, die ich auf der Buchmesse kennengelernt und mit denen ich einige denkwürdige Momente verbracht hatte. Zum erstenmal seit Beginn meiner Affäre mit dem Gourgandin habe ich ihm völlig arglos von meinen amourösen Eskapaden berichtet. Ich wurde weder von Rachegelüsten getrieben noch von dem Wunsch, ihn eifersüchtig zu machen. Es steckte überhaupt keine negative Motivation dahinter. Es ging allein um das gute Gefühl, eine Beichte abzulegen, so wie man einem guten Freund beichtet, den nichts verletzen oder überraschen kann, den man vielmehr zum Lachen bringen will. Ich habe den Gourgandin dafür geliebt, daß er mir so gelassen und nachsichtig zugehört hat, belustigt, aufmerksam und mit theatralischen, fatalistischen Seufzern. Ich habe ihn dafür geliebt, daß er meine Geständnisse so aufgefaßt hat, wie sie gemeint waren. Ich habe ihn dafür geliebt, daß er mich ausnahmsweise einmal nicht als Schlampe tituliert hat. Nicht einmal im Scherz.

Kapitel 61

Donnerstag, 18. Juni

Er ist in mein Büro gekommen. Ich habe ihn leidenschaftlich empfangen, die Hände in seinem Nacken verschränkt und die Lippen an seinen festgesaugt. »Was für ein Empfang«, rief er aus, in freudig-überraschtem Tonfall und mit einem unwiderstehlich charmanten Ausdruck auf dem Gesicht. Dann stellte er den Stuhl auf. Liebe und Lust zu empfinden ist mir ungewöhnlich leichtgefallen. Er ist ebenfalls sehr schnell gekommen. Erst da hat er gesagt: »Du bist eine Schlampe von einer Gourgandine, aber ich mag dich!« Ja, Gourgandin, ich glaube, du fängst wirklich an, mich zu mögen.

Kapitel 62

Donnerstag, 9. Juli

Der Juni ist am Ende in Regen ertrunken. Isabelle ist zu einem zweiwöchigen Lehrgang gefahren. Ihre Abwesenheit habe ich anfangs als Erleichterung empfunden, aber dann fühlte ich mich unvollständig, zwar unterschwellig, aber doch sehr nachhaltig. Ich war erleichtert, nicht mehr reden, immer wieder dasselbe sagen, argumentieren und meine Eifersucht rechtfertigen zu müssen. Und nicht mehr befürchten zu müssen, daß sie sich heimlich mit dem Gourgandin trifft.

Aber dann wurde der Gourgandin von einem Berg von Arbeit in Anspruch genommen, als die großen Sommerferien anbrachen. Und mein Baby war krank. Ich habe mir acht Tage Urlaub genommen, um es zu pflegen, und war völlig isoliert, noch vor dem Urlaub in einem familiären Rhythmus befangen, aus dem ich raus war und den ich anfangs als bedrückend empfand. Ich habe Isas Abwesenheit in keiner Weise »ausgenutzt«, um mich in aller Ruhe und ohne Gewissensbisse mit dem Gourgandin zu treffen. Ich glaube, unbewußt wollte ich ihre Abreise nicht als Glück betrachten. Immerhin wäre das leichtfertig gewesen und hätte die Bedeutung verraten, die ich Isa in meiner Affäre mit dem Gourgandin beimaß. Und dabei habe ich seit meinem dreizehn Seiten langen Brief, der noch an »meine Liebsten« gerichtet war, zu Isas Leidwesen meine alte Vorrangstellung wieder für mich beansprucht und meine Besitzansprüche wieder angemeldet. Ich hatte zu große Angst, zu weit gegangen zu sein, zu vieles zugelassen zu haben und letztendlich mit leeren Händen dazustehen. Wenn er nicht Dir gehört, Christine, gehört der Gourgandin mir. Keinesfalls werde ich mich so weit erniedrigen, ihn stürmischer zu umwerben, wenn ich freie Bahn habe. Ich bin keine flüchtige Bettgeschichte. Ich besitze meine Favoritinnenwürde, die ich mir so mühsam zurückerobert habe. Und die pflege ich ...

Aber Isa hat mir auch gefehlt, und das auf sehr grausame Art. Kein Gelächter mehr, kein Getuschel, keine freundschaftliche sanfte Hand mehr zum Halten und Drücken, keine kleinen, gespitzten Ohren mehr, die unter meinen anstößigen Geständnissen erschauern. Mein Horizont ist grau und leer geworden, und der Regen hat den farbigen Hintergrund meiner Tage fortgewaschen. Ich habe außerhalb der normalen Zeit gelebt, beschäftigt mit Post, Medikamenten, Aufräumen und dem Haushalt, da Gilberte in Kur war.

Gestern war ich nur für einen einzigen Tag wieder in der Firma. Und ich fuhr mit Isa hin, die am Vortag zurückgekommen war und mich abgeholt hatte. Zuallererst das Wiedersehen mit ihr. Sie kam zu spät. War trotz ihrer Müdigkeit frisch, aufgekratzt, voller Elan, aktiv und ausgelassen … Dann das Wiedersehen mit ihm. Er empfing mich, ohne sich um die anderen zu scheren, nahm mich in die Arme, drückte mich mit vertraulicher Geste auf ein Sofa im Flur und streichelte mich ganz offen, unter dem Vorwand, die neue Sekretärin provozieren zu wollen. Er gestand mir, daß er mich am Vortag zum Essen einladen wollte, daß er angerufen, sich jedoch nur der Anrufbeantworter gemeldet hatte. Er ließ durchblicken, daß ich ihm gefehlt hatte, und ich war überwältigt von seinen lieben Küssen und seinen zärtlichen Gesten …

Die Szene bleibt niemandem verborgen. Isas Laune trübt sich. Tränen steigen ihr in die Augen, ihre Mundwinkel zeigen abwärts. Es läuft schlecht für sie. Sie weiß nicht, ob sie nach den Ferien noch in der Firma sein wird, trotz ihrer Bemühungen beim Chef, der ihrer Ansicht nach völlig inkompetent ist und den sie entsprechend anschnauzt. Sie ist sauer auf die Geschäftsführerin, die ihr gegenüber einige dumme Bemerkungen hat fallenlassen, sie ist sauer auf den Gourgandin, der irgendwelche Rundschreiben vernachlässigt hat, die er in ihrer Abwesenheit überarbeiten sollte ... Nachdem sie verschwunden ist, wie von ihrem Kummer verschluckt, mache ich mich auf die Suche nach ihr und stoße die Tür zum Büro des Gourgandin auf, abrupt, aber ohne ernsthafte Hintergedanken ... Sie sind beide dort, und sie sagt gerade: »Ich bin unglücklich!« Sie sucht rasch das Weite. Ich mustere den Gourgandin mit fragendem Blick. Er zuckt resigniert die Achseln, zieht mich wieder an sich, küßt mich, hüllt mich ein in anhaltende, aufreizende Liebkosungen. Ich habe Lust auf ihn. Ich fühle seinen harten Schwanz an meinem Bauch. Ich will nicht daran denken, daß sie mir vielleicht beide etwas vorgespielt haben.

Mittags trifft sich die ganze Abteilung zum Merguez-Essen bei Benoît. Wir sehen uns dort wieder, ich immer noch mit Isas Auto und mich nach einem Augenblick allein mit dem Gourgandin sehnend. Demselben Gourgandin, der einige Aperitif trinkt und mir quer durch Benoîts Haus folgt, das ich bereits kenne und anderen Kollegen zeige. Ich versuche, ihn im Badezimmer festzuhalten, dem einzigen abschließbaren Zimmer im ganzen Haus. Er zögert, wendet sich ab, geht, trinkt noch etwas und schlägt mir dann vor, zurück ins Bad zu gehen und dort auf ihn zu warten.

Unser Rendezvous ähnelt Hunderten anderen ... Wir haben uns schon so oft bei dem einen oder anderen Kollegen abgesondert, er hat mich schon so oft auf dem Rand eines Waschbeckens, an einer Flurwand genommen ... Und doch war es das erste Mal, daß ich mich für ihn ausziehe, auch wenn ich sehr schnell mache, auch wenn ich nicht mehr zögere, mich im harten, erbarmungslosen Licht zu zeigen, das durch das kleine Fenster fällt, auch wenn ich, ohne zu zittern, meinen Tampon entferne und dabei lachend verlange: »Sieh nicht her …«

Ich warf den kleinen blutigen Stöpsel achtlos in die weiße Wanne und machte mich sogleich bereit, meinen Gourgandin in mich aufzunehmen. Und es war das erste Mal … Sein Schwanz war ganz benommen von der Schnelligkeit meiner Attacke, schlecht vorbereitet auf meine Eroberung, und schwankte etwas träge vor meiner Pforte. Fünf Minuten später geißelte er mich mit hartem Knüppel, entzückt davon, mich zu nehmen, mich wiederzufinden, ohne daß ich ihn führen mußte. Wie gewöhnlich (als wäre es das erste Mal) zog er alle Register des erfahrenen Liebhabers, packte mich, hob mich hoch, wiegte mich, bearbeitete mich sorgfältig, plazierte mich mal hier, mal dort, auf dem Teppich, gegen die Badewanne, stehend, gebückt, von hinten, von vorn … Er sagte: »Halt dich fest«, und ich ließ ihn gewähren, verschränkte die Arme in seinem Nacken, schlang die Beine um seine Taille, paßte mich seinem Tempo an, rauf, runter, rauf, er kämpfte mit sich, die Lider zitternd zusammengekniffen, schwamm gegen den Strom der Müdigkeit, der Lust hinterherjagend. Das Dickicht an seinem Unterleib, so drahtig und doch auch so weich, streichelte rauh meine klaffende Muschi, und ich hatte einen Orgasmus nach dem anderen, übergangslos, von Anfang an, feucht und weich unter seinem Sporn. Er erblaßte im Laufe der Schlacht, und ich konnte sein Herz wie wild pochen hören. Auf seinen Zügen lag der Ausdruck des gequälten kleinen Jungen. Ich hätte schreien können vor Liebe …

Als ich hinterher wieder zu den anderen in den Garten ging, reichte Isa mir mit einem ironischen Lächeln ein paar Würste. »Sei still!« zischte ich, woraufhin sie meinte, sie hätte ja gar nichts gesagt, nur gedacht. Ich erwiderte darauf, daß ich sie denken hören könne. Und so, mit der Süße der Komplizenschaft und ihrem Lachen auf meine schroffen Bemerkungen, ihrer Hand, die mir prompt etwas zu essen reichte, voller Dankbarkeit und Zärtlichkeit, besiegten wir Trauer und Verlegenheit, linderten Bitterkeit, Groll und Enttäuschung …

Am Abend fand eine Feier in der Firma statt, organisiert von jenen, die in Urlaub fuhren. Ich ging mit Antoine und Isa mit ihrem Mann hin. Der Gourgandin kam mit geröteten Augen und sichtlich müde. Ich kannte diese Symptome nur zu gut. Er erfand eine dürftige Ausrede, die ich mich zwang, ihm abzukaufen.

Er blieb eine Weile, glücklich, weil Irène, eine ehemalige Datentypistin der Abteilung, sich mit ebenso naiven wie aufrichtigen Komplimenten an ihn heranwarf: »Immer noch so schön wie damals!« rief sie. »Weißt du, solche wie dich gibt es anderswo nicht! Du hast dich überhaupt nicht verändert. Ich liebe dich.«

Er ließ sich streicheln und gestattete Irène, ergriffen und sanft ihr Gesicht an seine Schulter zu schmiegen. Ausnahmsweise ärgerte ich mich nicht über die Anbetung dieser unscheinbaren, arglosen Frau. Ich beneidete sie vielmehr um ihre Schlichtheit ohne jede Berechnung, bewunderte sie dafür, daß sie mit solcher Ehrlichkeit so charmante und wahre Dinge sagen konnte, die der Gourgandin lächelnd genoß. Gern hätte ich eingestimmt, mich ihrer Inbrunst angeschlossen und wie sie geseufzt: »Ja, er ist schön, und ich liebe ihn.« Aber von seiten der Gourgandine hätte der Gourgandin bestimmt geglaubt, auf den Arm genommen zu werden. Meine von Zweifeln geplagte, von Besitzansprüchen geprägte, von Eifersucht durchsetzte, von

Herausforderungen übersteigerte Leidenschaft hat ihn zu sehr an Ironie, an Gewalt und Maßlosigkeit gewöhnt. Meine Sprache hatte bis dahin in Schreien, Gelächter und Zähneknirschen bestanden. Und wenn ich nach all den Jahren plötzlich Lust bekam auf zärtliches Liebesgeflüster? …

Später am Abend bemerkte ich, daß er nicht mehr da war. Isa war ebenfalls verschwunden. Und vielleicht Myriam … und … Aline ebenfalls, wie mir schien. Etwas in mir erschauerte ganz leicht, ich verspürte ein sanftes Brennen. Das ferne Echo einer alten Wunde, die noch ab und an Beschwerden macht. Ein sehr, sehr alter Schmerz, der keinen richtigen Biß mehr hat, einen nur einige Sekunden berührt, einen flüchtig beunruhigt, ein wenig mit seiner schwachen Kralle auf einem lastet, ohne einen zu kratzen.

Isa kam zurück, in einem anderen Kleid. »Ich habe mir beim Tanzen den Reißverschluß kaputtgemacht«, erklärte sie. »Ich war kurz zu Hause, um mir etwas anderes anzuziehen.« Ich habe gar nicht versucht zu mogeln. »Ich dachte, du wärst mit ihm weggegangen.« Sie sah mir fest in die Augen und drückte mit einer Hand mein Handgelenk, als wollte sie schwören: »Ich habe den ganzen Abend kein Wort mit ihm gewechselt.« In meinem tiefsten Inneren habe ich ihr nicht geglaubt. Aber das war nicht so wichtig. Ich habe weiter gelacht, getrunken, getanzt und mit Händen, Lippen und Herz die liebenswertesten Männer und Frauen auf der Feier umarmt. Irène stand in einer Ecke und sagte traurig: »Er ist wieder klammheimlich gegangen, ohne ein Wort …« Und sie war es, die deswegen beinahe in Tränen ausgebrochen wäre.

Kapitel 63

Freitag, 10. Juli

Wir hatten uns nicht voneinander verabschiedet. Ich bin heute morgen extra in die Firma gefahren. Er hat mich auf seinen Schoß genommen und mit wunderbar wissenden und zärtlichen Fingern meinen Nacken gestreichelt. Ich habe ihn gefragt: »Wenn ich dir schreibe, wirst du die Briefe dann in deinem Büro abholen?« Er hat es versprochen …

Ich bin gegangen, ganz erfüllt von Liebe. Ich habe ihn sagen hören, daß er mittags nicht in der Firma essen würde, habe mich gefragt, was Isa wohl machte, die mich eigentlich hatte anrufen wollen, jedoch nichts hatte von sich hören lassen. Und dann fing ich an, auf das Ende der Ferien und meine Rückkehr in die Firma zu warten.

Christine, ich werde niemals aufhören, Deinen Mann zu lieben.

Mein Liebster,
im Januar habe ich angefangen, eine Art Tagebuch zu führen, ein »Buch«, wie ich es großspurig nannte. Um zu versuchen, meine Gefühle für Dich besser zu verstehen, so wie ein Seemann tagtäglich das Bedürfnis hat, Bilanz zu ziehen, um nicht vom Kurs abzukommen. Nur daß ich nicht so genau wußte, welchem Kurs ich überhaupt folgte. Ich ließ mich von meinem Groll leiten, versuchte, meine Enttäuschungen zu sammeln wie Orientierungspunkte, weil ich beschlossen hatte, die Leinen zu lösen und eine Insel namens Erinnerung hinter mir zu lassen, die nach und nach im nebligen Fahrwasser meiner Reise immer mehr verblassen sollte … Aber

das war keine echte Entscheidung. Die Insel existiert, ich habe sie nur umschifft, mal in größerer Entfernung, häufig in Sichtweite der Ufer. Ich habe auf dieser Fahrt mir bis dahin unbekannte Anlegeplätze entdeckt (von denen einer den Namen Isabelle trug), aber die Reise war so vergeblich wie die einer Motte, die um eine Lampe herumflattert, ohne sich von ihr entfernen zu können …

Ich habe mir zahlreiche Vorwände ausgedacht, die Insel zu verlassen, und ebenso viele andere, wieder zu ihr zurückzukehren. Und so bin ich auch jetzt noch dort, glücklich festgemacht, auf der ganzen Linie gescheitert, betört von der Rückkehr und, wie ich fürchte, dauerhaft verankert. Ich wollte Dich nicht wirklich vergessen, meine Insel, mein geliebtes Anderswo, mein Traumland, mein Fluchtpunkt, ich wollte mich nur inmitten deiner Pracht vom Gift Deiner Flora und Deiner hübschen Fauna fernhalten. Es tat zu weh, wenn sich, nachdem ich Dich lange gestreichelt hatte, eine eifersüchtige Wunde auftat, schwärend und unerträglich schmerzhaft. Ich wollte nicht mehr von Deinen Quellen trinken. Nur noch eine zurückhaltende Touristin sein, ein vorsichtiger weiblicher Robinson, der giftige Blumen und riskante Liebkosungen vermeidet. Aber der Vergleich trägt sein Scheitern in sich: Robinson war allein auf seiner Insel … Ich hingegen litt darunter, daß diese Insel noch andere Reisende anzog. Es hat sechs Monate der Suche und Navigation gebraucht, der Rückfälle und unnötigen Wiederholungen, um zu begreifen, daß diese Insel trotz der Freizügigkeit, mit der sie sich auch von anderen Händen erkunden ließ, immer noch mein war und neben ihren Giften auch die Gegengifte stellte … Mein Liebster, die Milch Deines Schwanzes ist das einzige Heilmittel für die Wunde der Eifersucht, so wie der Honig Deiner Worte, die grün-goldene Sonne Deines Blickes und die bezaubernde neue Sanftheit Deiner Berührungen.

Ich bin gleichzeitig feuriger und zahmer als früher

zurückgekehrt, um an dem einzigen Schwanz festzumachen, der mich so leidenschaftlich zu halten vermocht hat. Als Navigatorin bin ich selbst neugierig genug auf fremde Häfen, um zu verstehen, daß meine Insel sich in der Eroberung anderer Vergnügungsreisender gefällt. Ich habe lange gebraucht, es mir einzugestehen, und Isa ist Teil meiner Entdeckung. Ich habe kürzlich noch einmal eine Nachricht von Dir gelesen, die Du mir irgendwann einmal geschrieben hast. Wunderbare Worte: »Ausschweifungen sind nicht weiter wichtig …«

Du hattest tausendmal recht. Siehst Du, mein Geliebter, ich stelle mich der häßlichen Wahrheit; auch wenn Du mit hunderttausend Frauen schlafen würdest, würde ich nicht aufhören, Dich zu lieben. Und mein Verlangen nach Dir würde nicht weniger, wenn hunderttausend Männer sich mir verführt zu Füßen legten.

Ein andermal hast Du etwas anderes, Schreckliches gesagt: »Verheiratet zu sein ist, als würde man jeden Tag Eintopf essen. Eines Tages wirst du mein zweiter Eintopf sein und ich der deine.« Und damit hattest Du tausendmal unrecht. Weil unsere Bande uns nämlich vor den Bequemlichkeiten und Fallstricken der Routine schützen, so wie auch unsere Seitensprünge und unsere Eifersucht. Ein Eintopf, der leidet, knurrt, sich beklagt, sich wehrt und die Herausforderung annimmt, der in den Kampf zieht und immer noch gefallen will? Vielmehr ein Stier in der Arena, ein edles und wildes Tier, stolz, das ruhmreich lebt oder ebenso ruhmreich stirbt! Es ist nicht der Kochlöffel, der ihn sticht, sondern die Banderilla der Leidenschaft.

Am Anfang dieses Tagebuches habe ich mich über Deine »Schandtaten« aufgeregt. Und jetzt bin ich nicht mehr weit davon entfernt, jetzt da ich die Insel umschifft habe, o Unbeständigkeit des schnell verlorenen und schnell wiedergefundenen Seemannes, einen Lobgesang auf sie zu singen …

Du bist nicht mein Eintopf.

Du bist mein wunderbarer Liebhaber, mein Tristan, den man weder verlassen darf noch kann, der einen fesselt, bindet, besessen macht, der, mit dem man untergeht, wenn man nicht mit ihm hat leben können.

Ich bin aus Liebe zu Dir schon tausend Tode gestorben. Und ebensooft bin ich selig wiederauferstanden, Dich noch mehr liebend als zuvor, von noch glühenderer Leidenschaft erfüllt. Ich verspreche Dir für die Zukunft unerwartet reiche Ernten. Und ich werde Dir diesen Brief geben, damit Du ihn mir eines Tages, vielleicht bei der nächsten Krise, zurückgeben und sagen kannst: »Sieh her, lies, was du selbst geschrieben hast, und erinnere dich an deine Versprechen.«

Mein geliebter Gourgandin, es war kein Scherz, als ich letztens im Cafe sagte: »Ich hatte das wunderbare Glück, dir zu spät zu begegnen …«

Ich bitte Dich nicht, Deiner Frau mein Beileid auszusprechen, weil sie, indem sie Dich geheiratet hat, vieles verloren hat, bis hin zu dem Recht, zu wissen und zu zittern, bis hin zu dem, sich zu sorgen.

Behalte meine grenzenlose, nie gesättigte Liebe für Dich allein, im hintersten, wärmsten Winkel Deiner selbst.

Kapitel 64

Samstag, 24. Juli

Ich habe ihm den Brief noch nicht gegeben. Vielleicht werde ich ihn ihm nie geben. Ich habe andere geschrieben und an die Firma geschickt, und er wird sie dort abgeholt haben wie zu Beginn unseres Abenteuers, da ich es nicht aushielt, nur einen Tag nicht an ihn zu denken, nicht mit ihm zu sprechen …

Die Ferien haben uns auseinanderdriften lassen. Isa läßt sich ab und an blicken, wehmütig. Es steht immer noch nicht fest, ob sie nach den Ferien weiterbeschäftigt wird.

Ich behalte mein Liebesgeflüster, mein Verlangen, meine Zärtlichkeit für mich. So wie auch mein Bedauern. Ich habe alle Hoffnung aufgegeben, außer jener auf eine Freundschaft, die dem Schmutz entgangen ist, die um so stärker und überschwenglicher ist, als wir beide aus derselben Wunde geblutet haben. Ich behalte mein Begehren für mich, das, was Leidenschaft hätte werden können und sie zu bald überfordert hätte.

Ich spare das alles für den Gourgandin auf.

Nach den Ferien wird er mein Buch lesen. Er wird lächeln, sich vielleicht auch empören. Und er wird ein wenig zittern, aus Angst, erkannt und kompromittiert zu werden. Aber warum? Denn Du, Christine, wirst mein Buch ohnehin nicht lesen.

ENDE

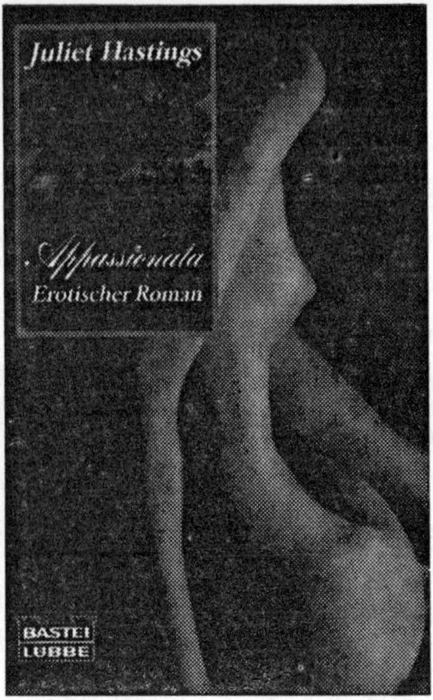

Band 13 919
Juliet Hastings
Apassionata
Deutsche Erstveröffentlichung

Tess Challoner hat sich durchsetzen können: Sie spielt die Carmen in einer neuen Londoner Produktion, die so freizügig wie ungewöhnlich sein soll. Eine Gelegenheit, die die junge Sängerin nicht verpassen darf.
Aber Tess hat kaum Lebens- und Liebeserfahrung. Um die Carmen überzeugend spielen zu können, muß sie viel mehr über Sehnsucht und Leidenschaft wissen. Tony Varguez, der gutaussehende und eifersüchtige Tenor, übernimmt diese Aufgabe.
Die Verwicklungen beginnen, als Tess sich in ein neues Besetzungsmitglied verliebt ...

BASTEI LÜBBE

Sie erhalten diesen Band im Buchhandel, bei Ihrem Zeitschriftenhändler sowie im Bahnhofsbuchhandel.

Band 13 712

Roberta Latow

Galerie der Liebe

Deutsche Erstveröffentlichung

Cheyney Fox, eine kunstbegeisterte, äußerst attraktive junge Frau, eröffnet in New York eine Galerie. Ihr ganzes Hab und Gut hat sie in den Kunsthandel gesteckt. Aber bald muß sie Konkurs anmelden – ein Buchhalter hat sie getäuscht. Am Boden zerstört, beschließt sie in Griechenland einen Neuanfang zu versuchen. Und stürzt Hals über Kopf in eine Affäre mit einem österreichischen Magnaten, der ungeahnte Leidenschaft in ihr weckt ... Aber leichter wird Cheyneys Leben dadurch nicht – zumal es da noch einen anderen Mann in ihrem Leben gibt, einen Globetrotter und Reporter, der Frauen eigentlich nur als hübsche Staffage betrachtet ... bis er Cheyney kennenlernte, eine Frau voller Erotik, Macht und gutgehüteter Geheimnisse ...

ROBERTA LATOW ist in England seit langem die führende und beliebteste Autorin für erotische Literatur – ›sie hat in diesem Genre neue Maßstäbe gesetzt‹. (Sunday Times)

BASTEI LÜBBE

Sie erhalten diesen Band im Buchhandel, bei Ihrem Zeitschriftenhändler sowie im Bahnhofsbuchhandel.